追梦之路
潮涌珠江向大海

得人者兴

广州人才建设纪实

周 航 著

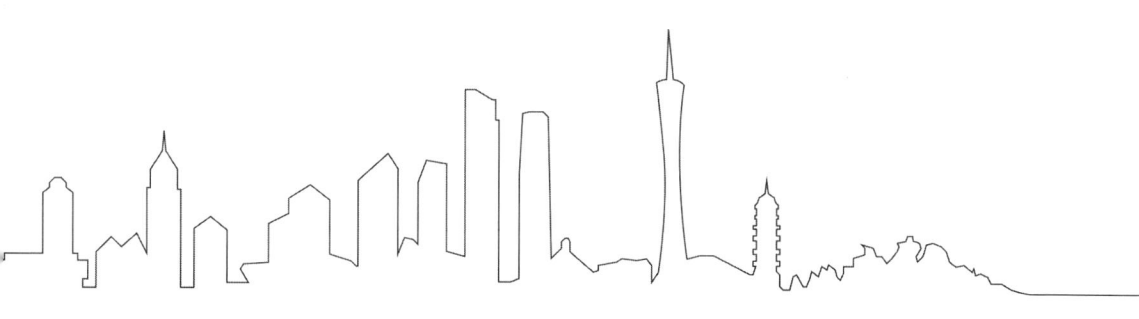

SPM 南方传媒 | 花城出版社
中国·广州

图书在版编目（CIP）数据

得人者兴：广州人才建设纪实／周航著. -- 广州：花城出版社，2021.11
（追梦之路：潮涌珠江向大海）
ISBN 978-7-5360-9482-6

Ⅰ. ①得… Ⅱ. ①周… Ⅲ. ①报告文学－中国－当代 Ⅳ. ①I25

中国版本图书馆CIP数据核字(2021)第180140号

出 版 人：肖延兵
策划编辑：张　懿　陈宾杰
项目统筹：陈诗泳
责任编辑：杨淳子
技术编辑：凌春梅
封面设计：荆棘设计

书　　名	得人者兴：广州人才建设纪实 DERENZHEXING GUANGZHOU RENCAI JIANSHE JISHI
出版发行	花城出版社 （广州市环市东路水荫路11号）
经　　销	全国新华书店
印　　刷	深圳市福圣印刷有限公司 （深圳市龙华区龙华街道龙苑大道联华工业区）
开　　本	787毫米×1092毫米　16开
印　　张	15　2插页
字　　数	200,000字
版　　次	2021年11月第1版　2021年11月第1次印刷
定　　价	56.00元

如发现印装质量问题，请直接与印刷厂联系调换。
购书热线：020-37604658　37602954
花城出版社网站：http：//www.fcph.com.cn

追梦之路
潮涌珠江向大海

本书编委会

编委会主任：徐咏虹

编委会副主任：胡训军

编委会成员：（按姓氏笔画排序）

方常亮　皮　健　刘　鉴　刘尚昆　汤伟群　李永祺
何　龙　何志勤　陈　思　陈玉元　张政军　欧志明
赵艺霏　曾雪玲　蔡　琳

总序

在百姓生活中感受自信

中共中央总书记习近平在庆祝中国共产党成立100周年大会上庄严宣告："经过全党全国各族人民持续奋斗，我们实现了第一个百年奋斗目标，在中华大地上全面建成了小康社会，历史性地解决了绝对贫困问题，正在意气风发向着全面建成社会主义现代化强国的第二个百年奋斗目标迈进。"

当今世界正处在百年未有之大变局。伫立云山珠水，面向浩瀚的海洋，在实现全面小康社会迈步向建设现代化国家征程的大道上，探寻其奋斗与梦想的实践逻辑和文学逻辑，是一件很有意义的事情。报告文学是一个很好的表达方式。

文学作品是一种价值创造。一个社会的发展，往往充满了曲折、坎坷、苦难，坚定就成为一种重要的力量。当面对黑暗，寻找那一缕星光，梦想就成为一种重要的力量。任何一种文明的发展，肯定会出现这样或那样的问题，任何问题都有其多面性，但向上的力量永远是其主要价值。这也是文学作品的一个价值取向和重要功能。一切的形式都要服务于作品的内容，好的形式深化了好的内容，这就是价值创造。有价值就有灵魂，有灵魂的东西能让人走远，能让人看到希望。

文学作品的含金量就是这个时代的含金量。当面对纷繁复杂的世界，聆听时代的声音，揭示社会本质，寻找发展规律，让人看到内心的光芒，让温暖成为一种强大的力量。文学是追寻大道的脚步，是人类文明的音符。

文学作品能看见未来。上接"天气"，下接"地气"，是人与自然的邀约。从出发的地方看初心，从改革开放的大潮中看远方，写的是现在，看到的是明天，走过一道道坎坷，遇见的是美好，成就的是未来。

文学有根才能见到魂。苦难从这里开始，辉煌从这里起步。在这里，感受广州，读懂中国。风云激荡后留下的满天霞光，都将成为人类所仰望的美景。

广州是中国民主革命的策源地，具有红色文化的独特气质。中国民主革命的思想建设、组织建设、人才建设、武装力量建设、农民运动、工人运动、青年运动、妇女运动、武装起义和发生在近代史上的一系列重大事件，很多是在广州发生发展的。广州，对中国革命产生了深远的影响。

广州是中国改革开放先行地，具有开放、创新的独特气质。"敢为天下先""杀出一条血路"的勇气与担当成为这座城市又一独特的精神标志。市场经济的发展，吸引成千上万的人南下务工。"东西南北中，发财到广东。"从产权确认、价格闯关、商品流通到全面开放，从个体到民营、合资、独资，各种不同类型的企业在这里创业、融合、激荡、成长。在短短四十年的时间里，广州就成为世界制造中心，走完资本主义国家几百年才能走完的路。从计划经济、商品经济、社会主义市场经济到十九大报告进一步明确，市场在资源配置中起决定性作用，广州更好地发挥了政府的作用，形成改革开放建立市场经济的基础理论架构，创建一种前所未有的、科学的经济结构和运行体制，运用中国理论、中国方案、中国实践解锁了一个时代的禁锢。广州，为中国特色社会主义制度的形成与成熟提供了生动的实践，为推动深化全国改革开放提供了重要经验，见证了国家整个工业化发展的进程，成为人类发展史上的奇迹，对中国和世界都产生了深远的影响，成为中国特色社会主义改革开放的重要窗口。

广州是粤港澳大湾区文化中心城市，具有多元文化的独特气质。"粤港澳大湾区"不仅是一个地理概念、经济概念，同时也是一个文化概念。香港、澳门与珠三角文化同源、人缘相亲、民俗相近。鸦片战争以来，大湾区人民一起历经苦难，一起斗争，一起流血，一起奋斗，共同成长，在国家民族争取独立解放的过程中，做出了不可磨灭的贡献。特别是改革开放以来，共同创造、共同发展、共同富裕，岭南文化在不断吸收国际文化元素中碰撞、融合、创新，焕发出新的无限的魅力。创造性转化、创新性发展，逐步形成了大湾区人民的国家认同、民族认同、文化认同等多元文化特质。

一个时代有一个时代的主题。建党百年全面建成小康社会，这是人类文明发展史上的大事件。十四亿人口摆脱绝对贫困，成为世界第二大经济体，完备的工业体系、强劲的科研态势，成为人类发展的奇迹。这次蔓延全球的新冠肺炎疫情给人类带来了灾难，也引发了思考。哪种制度机制更有效，哪里的人民生命财产更安全，哪里的幸福更多、更长久，在老百姓的生活里都能得到答案。没有对比的生活，很难让人找到坐标。眼前没有硝烟，觉得和平很平常；没有饥饿，感到温饱很平常；没有灾难，感到团聚很平常。几十年的和平、几十年的发展，让人们心里淡化了危机。小康社会是党的功劳，也是人民的功劳，在分享这份荣光的同时，人民感受到的是小康生活背后的制度优势。数字化、全球化、市场化是我们这个时代的必然生态，社会主义制度的体制机制是引领时代的内在逻辑和根本主题。

一个崛起有一个崛起的密码。追求梦想，实现全面小康，我们为什么能成功？是什么基因？有什么密码？奔跑的每一个人都清楚，从出发到现在的成就，都超出了自己的想象。从一个文盲大国到一个人才大国，从一个农业大国到一个制造大国，从一个贫穷大国到一个经济大国，从一个制造大国到一个科技大国，短短几十年，中国让世界震撼。在回顾历史，感受辉煌中，我们很容易找到"四个自信"的理由和逻辑。我们走过的路、做成的事，没有哪一件是容易的，但中国人做成了，广州人是先行者。中国的发展用西方理论解释不通，中国自己也没有教科书，是摸着石头过河蹚过来的。中国特色社会主义有两个让人们看得到的逻辑：一个现实逻辑就是每一次大的改革、大的阵痛之后，人们都能过上更好的日子；一个理论逻辑是只要以人民为中心，一切的矛盾都可以化解，一切的敌人都可以战胜。这是共产党人成功的密码。

一个生态有一个生态的滋养。全数字化时代，有什么样的需求就有什么样的传播，有什么样的传播就会形成什么样的舆论。生态的核心是受众。全数字化时代的全球化，人们的视野是世界的，但不一定看得清；人们的信息是海量的，但不一定都有用；人们的工作和生活离不开物质享受，但其品质需要精神追求。人们在浮躁后的冷静中，对精神文化产品的需求会有一个很大的提升。用读者喜欢的方式做传播，用读者成长所需的内容做连接，用读者正向需求做引导才会有一个好生态。生态的动脉是时代。社会转换中的矛盾点、人们精神需求的提升点、产品呈现方式的吸引点，就是时代的脚步声。生态的感动是故事。故事是焦点性、支点性的，具有创新性和深刻性。读者在故事中感动，在故事中思索，用一种舒服的方式聊天，和心中的迷惑和解，让内心光明，充满力量，在寻找故事的本真中发现更好的自己。

站在世界看广州，站在广州看未来。"追梦之路：潮涌珠江向大海"丛书，讲述的故事鲜活、深刻、有力量。我国全面建成小康社会，让我们有了足够的自信和底气，昂首阔步迈向社会主义现代化国家新征程。只有经历风雨，走过坎坷，才能遇见美好，看见未来。

目 录

第一章 广州人才建设风雨四十年 001

一 改革春风吹来的人才建设季节 004
扬帆起航，凝聚人才 005
两个窗口可管窥：广州站和南方人才市场 007
邓小平视察南方谈话前后，广州的前行 009

二 领略人才规划的四个"五" 013
"十五"人才规划（2001—2005） 014
"十一五"人才规划（2006—2010） 015
"十二五"人才规划（2011—2015） 018
"十三五"人才规划（2016—2020） 019

第二章 "孔雀东南飞"和世纪之交新局面 021

一 时代在变，在前行 023
十一届三中全会以后 024
邓小平视察南方谈话以后 026
世纪之交 029

二 人才建设，抢占先机 032
南华西街的"两个中心" 033
新生事物在广州如走马灯 035

三　回顾与瞭望，走向新世纪　038
　　人才市场的建设　039
　　跨世纪人才建设的构想　041

第三章　新世纪：打造人才创业之都　047

一　想象之中的创业之都　049
　　人才规划中的人才创业设想　049
　　人才建设工作者如此说　052
　　以留学回国人员创业环境为例　056

二　创业艰难，创业更辉煌　059
　　北大才子：广州的猪肉大佬　060
　　留学人员创业群像　062

第四章　新时代：面向世界高歌猛进　069

一　人才建设中的世界意识　071
　　眼下的中国与世界　072
　　人才蓝图和意图　074

二　与全球接轨，与世界融合　078
　　国内国际双循环　078
　　谈谈广州的"人才特区"　083
　　世赛，一个视角　086

三　文化与人才环境　089
　　德才兼备，以德为先　090
　　文化是人才诞生和成长的土壤　092
　　环境是人才的阳光和雨露　096

第五章　有温度、可信赖的院士之家和院士风采　099

一　走近院士之家——广州院士活动中心　101
广州院士活动中心的成立与初衷　101
有温度的院士之家　104
可信赖的院士之家　107

二　院士风采之巍巍钟南山　111
少壮有为钟南山　112
对抗SARS，一夜成名天下知　115
老将再出马，捧回共和国勋章　118

三　移动的山峰——领头羊　122
才者德之资，德者才之帅　123
院士齐心，其利断金　125
"广州榜样"：周福霖　127

第六章　羊城工匠精神是怎样炼成的　131

一　羊城，一座工匠之城　133
路，一步一步地走　133
本地人、外来工，一个都不能少　136
政府搭台，大家唱戏　137

二　那学院，那院长，那老师　141
职教一枝独秀：广州市工贸技师学院　141
平凡中的不平凡：汤伟群　145
放弃保研的"大师"：林泽生　149

三　"世赛"中一身本领的他们　153
黄枫杰：对母亲的愧疚与对工匠精神的追求　154

03

温彩云："芭比娃娃"与金牌服装设计师的故事　157

莫镇安：重型车辆重，心中的梦想更重！　161

胡耿军：机器人，"99分都算不及格"　164

第七章　为人才发光发热做贡献　171

一　海归归来心飞扬　173

人才"红娘"颜光美　174

从无到有到强：鸿基创能的伟业　176

二　创新创业之孵化梦想　180

"人才港"和"服务包"　181

孵化器不是一台机器　182

以"双创"人才大赛促进人才服务　184

服务技能人才："粤菜"和"家政"　186

"人才公寓"的故事及其他　188

三　服务港澳台青年人才　191

都是一家人：服务港澳台　191

"百企千人"实习计划　193

办法想尽，但求方便港澳台青年人才　194

第八章　无限延伸的人才建设之路　199

一　人才建设"新"导向　201

二　人才建设与产业升级相匹配　206

三　人才建设对接世界　212

四　优化人才发展之路　218

第一章

广州人才建设风雨四十年

1978年12月十一届三中全会召开，中国开始实行对内改革、对外开放的政策，改革开放前沿城市广州自然是领风气之先。我们不会忘记，以广州为中心的珠三角曾经是全国"孔雀东南飞"的目的地，打工、老板、摊贩、创业、炒鱿鱼、南货北上、外资厂、高楼大厦、流行歌曲……一时成为这座城市令人眼花缭乱的外部显在符号。然而，这绝不是广州的全部。广州改革开放后，三资企业"炒鱿鱼"现象司空见惯，体制内各行各业我们很容易看到越来越繁华的都市景象，却不容易看到人的变化。时代语境变了，一切都在与时俱进，曾经以"铁饭碗"为标志的用人制度环境逐渐改变，人才建设的步伐也在不断加速。中国实行改革开放的重大转向，意味着中国要面向世界；中国与世界的竞争，本质上讲就是人才的竞争。广东是中国改革开放的最前沿，广州又是广东的省会，其重要地位和方向标意义，可想而知。

　　千秋基业，人才为本。2018年7月3日—4日，全国组织工作会议在北京召开，中共中央总书记、国家主席、中央军委主席习近平出席会议并发表重要讲话，强调必须加快实施人才强国战略，确立人才引领发展的战略地位，努力建设一支矢志爱国奉献、勇于创新创造的优秀人才队伍。习近平高屋建瓴，既对我们改革开放以来人才建设工作进行了总结，更对新时代人才工作队伍建设进行了展望。

　　人才是我国经济社会发展的第一资源。广州市委、市政府历来高度重视人才工作。改革开放以来,广州采取灵活多样的方式引进培育人才,开创"孔雀东南飞"的崭新局面。20世纪90年代,广州市就成立了广州市人才资源开发领导小组,领导小组办公室设在广州市人事局。21世纪初,领导小组改为广州市人才工作领导小组,领导小组办公室设在市委组织部。广州市人社局按照广州市委、市政府决策部署,在市人才工作领导小组领导下,积极参与推进实施人才强市战略,以高层次人才和高技能人才为重点的各类人才队伍不断发展壮大,市场配置人才资源的基础性作用有效发挥。全市人才资源总量大幅提升,人才结构逐步优化,为广州市加快建设国家中心城市、加快转变经济发展方式、全面提升科学发展实力提供有力的人才保障。

广州具有独特的人文地理和历史地位,回顾广州在我党领导下,自改革开放以来在各行各业取得的辉煌成就、在岭南的重要地位、在中国的重要地位、在国际上的重要地位,这一切成就的获得除了国家和政府的大力支持外,人才在广州的飞速发展进程中起到了决定性作用。从某种程度上讲,广州40年来经济发展的历史,就是人才建设的历史,它高度体现了社会主义制度的优越性,中国全面实现小康社会的时代发展,以及广州人才建设的开放性、前沿性、科学性、人民性和可借鉴性。

一 改革春风吹来的人才建设季节

为什么说广州40年来的发展史,高度体现了中国全面实现小康社会的时代发展?有些客观数据现在列出来,会令人吃惊,和当下的广东比起来简直是天壤之别!广东在改革开放之前是个穷地方,1979年全国工农业生产总值人均636元,广东工农业生产总值人均仅526元,平均数比全国低了17.3%。广东的文化教育水平也相当落后,万人中拥有大学生数处于全国第18位,仅有一个学部委员(院士)。改革开放早期,1980年接替习仲勋同志上任的广东省委书记兼广州市委第一书记梁灵光肩负着重大使命,他曾经说起一件事,说中央文件中提出,做好了广州的工作,就等于做好了广东的50%。弹指一挥间,40年过去了,现在的广东和广州是什么情形呢?2020年广东的地区生产总值突破11万亿,遥遥领先于全国其他各省级行政单位,而且是连续32年高居全国首位。从世界银行统计的2018年各国国内生产总值来看,广东省真正做到了富可敌国,竟以"一省之力"位列全球第13位,紧追韩国和俄罗斯,且远超澳大利亚、西班牙、荷兰、瑞士等一大批发达国家。而同年仅广州一市的地区生产总值就高达2.5万亿元,文化教育和人才领域方面接收了在籍和非在籍院士50余名。如此大的经济体量,如此雄厚的人才资源,实在令人惊叹!

今昔对比,日月生辉;抚今追昔,鉴往知来。广州走了一条曲折但又光辉的发展之路,在人才领域,从观念的转变到实实在在的人才建设,皆可圈可点。在此不说大话，就由一些小视角来窥探一番吧。

扬帆起航，凝聚人才

1978年，是中华人民共和国历史上十分重要的一年，是中华民族再次扬帆起航的一个时间节点。这一年，国家制定并推行了具有划时代意义的改革开放政策，也就是从这一年开始，作为开放前沿重镇的广州，亦开启了翻天覆地的发展变革的历程。以广州为中心的整个广东省，借助与港台距离近的独特地理优势，率先向外商提供了各种优惠的经济政策，从而很快成为招商引资的先驱城市。而改革开放之后不久，广州市的经济得到飞速发展，信息快捷，分配灵活，用人新颖，很快成为吸引和凝聚人才的地方。

改革开放，在很大程度上解放了城乡的劳动力，在全国范围内激起了人员流动的狂澜，而且由以往的从南向北转变为从北向南。这个"南"，指的就是广东。再具体一点，指的就是珠三角，尤其是广州和深圳这两座中心城市。那时候，深圳特区成立伊始，对人员流动还有诸多限制，广州也就成为人员流动的理想之地。那时候，由于外商企业云集于此，或许广州是异地务工人员最向往的地方。至今，我们都还在回味"东西南北中，发财到广东"这句顺口溜的时代含义。或许，改革开放初期，还没有形成不同领域的高端人才、各路"英雄好汉"会聚的良好势头，但已打下良好的社会经济基础，已在烘托国内外密切交流的环境，已形成一种人气十足的人才建设氛围。

改革开放总设计师邓小平曾说过一句话：发展才是硬道理。这句话把党和国家工作重心转移到经济建设上来，也夯实了在全国范围内实行改革开放的历史性决策。这句话带来的积极效果，就是极大地解放和发展了生产力，使国家从数十年的曲折艰辛和重重危难中重新定位并再次奋起，这句话也最终让中国人民再一次创造了人间奇迹。没错，总设计师的话给中华民族指引了方向，如果具体到人上来，最重要的是，刷新了用人的观念；再具体一点，就是更新了用人和就业的观念。在广东，在广州，有一个词曾经流行全国，至今我们都不曾忘却，那就是一个我们不需要多做解释人们就明白意思的词——"炒鱿鱼"。

改革开放后，外资企业、合资企业遍地开花，国有企业和很多政府单位的劳动关系也逐渐发生了变化。"铁饭碗"和"跳槽""炒鱿鱼"等词一样，也都成为社会上人们经常讨论的词语。不过，"炒鱿鱼"从单方面的用工一方解雇转变为双向的用工一方解雇和员工辞职。员工辞职是"跳槽"，也叫"炒老板鱿鱼"。这在改革开放之后三资企业很常见，与几十年来的"铁饭碗"形成鲜明对比，也能相互映衬。在某种程度上讲，固定的用工制度不利于人员的流动，甚至有显而易见的弊端，随着外资企业用工制度的机动需求，企业与员工之间需要建立一种灵活的劳动关系，于是"铁饭碗"被打破了，"下海潮"涌起了。

可别小看这看似简单的"炒鱿鱼"，它的内涵与"广货"和打工潮一道，一经传播开去，这种全新的劳动关系逐渐被全国人民认可和接受。这个词语，让中国社会产生了一种全新的人才语境，这种语境非同小可，在相当程度上直接推动和促进了改革开放的进程。因为，它为人的流动和人才的流动大开了绿灯，也为人才的建设奠定了社会认识的公共基础。

这种人才的流动是经广州和深圳等地流向全国的，它代表着一种新事物和一种新观念，也改变了人们的生存方式和生活方式。毫无疑问，这是个人意识的觉醒和个体劳动的解放，也为社会变革解决了"人力资源"的难题。同时，营造或烘托了广州用人机制的某种氛围，也为体制内人才建设和人才竞争奠定了观念基础。改革开放让广州在时代的滚滚洪流中扬帆起航，凝聚人才。

两个窗口可管窥：广州站和南方人才市场

说是"孔雀东南飞"，可是改革开放之前又有几个南下的人能"飞"过来呢？这么说吧，绝大部分到珠三角谋生的人，都曾与广州火车站结下过不解之缘。坐火车便宜，机票太贵了！那时候不像现在有高铁这般便捷，也没有几个人舍得掏钱买机票。坐火车才是首选！广东改革开放以后，南来北往的人数可谓天文数字。南下，必须到广州火车站，然后分流至珠三角各地；北上，也必须从这里始发，这里是最重要的交通枢纽。可以大胆说一句，广东改革开放的伟大成就与经济奇迹，不可能离开全国人才的南聚和民工潮数十年的往返。

广州火车站是几代人青春的中转站。

广州火车站是数以亿计年轻人的乡愁和梦想的港湾。

广州火车站留下过无数人的辛酸、无奈、期待和成功的脚步。

广州火车站更是改革开放几十年来南北大交流和人口大迁徙的交会点。

对了，1987年广州民工返乡潮，创造了中国"春运"这个崭新的时代词语。春运，对广州来说就是一次又一次的大考和严峻的挑战。从改革开放初期到1997年，广州火车站春运的压力，始终驻扎在广铁集团老一代人的脑海中。表面上看，春运是在解决千万民工返乡过年的难题，实则凸显了广州经济发展进程中的一大障碍，也是广州人才建设的一道坎——没有良好的出行保障，人才的良性交流和正常生活将难以得到保证。

交通是否畅通，决定了人才环境的优良与否。这个道理不需要细讲。

1997年，广州春运取消了"棚代客车"，"猪笼车"成为历史。

1998年，港穗直通车终点迁往天河区广州东站。

2004年12月，番禺新广州火车站动工修建。新火车站承担了武广客运专线、广珠城际轨道和广深港城际轨道，最大限度地分散了广州站的客流。新火车站在2010年亚运会前已投入使用。尽管如此，广州老火车站仍是南北大交流的中心枢纽。

然而，广州火车站依然任重道远，历史上的一些大事件让广州站丝毫不能停止发展的脚步。1998年湖南一场大雪让30万旅客滞留广州站；2008年初一场百年一遇的大雪冰冻，让广东、江西、湖南等地的交通几乎瘫痪，广州火车站尖峰时刻一天最多滞留旅客60万人，广州市政府当时面临着春运的天大难题！

岁月匆匆，时光荏苒。广州现在的交通已得到极大改善，广大人才的生活和出行条件都得到立体化和实质性的改善。说的是交通，但也称得上是广州人才建设史上留下的浓墨重彩而令人记忆深刻的一笔。

咱们再来看看南方人才市场吧。

人才市场？人才还能在市场中进行买卖？你没听错，的确是有人才市场的，现在任何人听到人才市场这个称谓，都不会奇怪，然而在20世纪80年代的中国，它委实是一个新名词。广州就有这么一个人才市场——中国南方人才市场。

南方人才市场是大量南下人才下广东的第一站，位于广州市天河区，成立于1995年9月13日，是人事部和广州市人民政府联合设立的国家级区域性人才市场，其前身为1985年成立的广州市人才交流服务中心。人力资源服务，在改革开放之初是不可想象的一件事，是改革开放以来的新生事物，该部门则是劳动力资源能够自由流动和自由竞争的一个中介机构，有点像"媒婆"的角色，行使着提供信息和进行管理的功能。南方人才市场的诞生，是广州人才建设和人才服务历史进程中的一件标志性的大事，完全可以载入史册。当然了，我们不但要去了解它繁荣至今的历史和无法抹去的功勋，更要深入理解它的存在昭示着中国用人制度的巨大转变，它是社会转型变迁进程中的一个醒目的符号，具有里程碑式的意义。

自1995年成立以来，广州南方人才市场一直作为广州市人力资源和社会保障局人事人才服务的窗口，秉承"服务人才，服务社会"的宗旨，专注于人力资源服务领域，现已为数千家知名企业及数十万名个人客户提供了专业的人事人才服务。南方人才市场致力于与客户建立战略合作伙伴关系，帮助客户量身定做可靠、安全的解决方案，同时力求方便客户在实际工作中的操作，协助企业实现人力资源服务低成本、高效率的运用。同时，为了不断推进服务的专业化、信息化、国际化发展，南方人才人事代理中心还配置了劳动资深律师，建立劳动争议快反应的联动预警机制、完善的客户服务体系等，并于2000年全面推行ISO9001质量管理体系，专注人力资源领域。

南方人才市场的存在，不仅见证了广州人才机制转型，以及人才市场产生、发展和壮大的历史，它甚至对全中国都产生过重大的影响。

邓小平视察南方谈话前后，广州的前行

早在2013年6月28日，习近平出席全国组织工作会议并发表重要讲话，指出要树立强烈的人才意识，寻觅人才求贤若渴，发现人才如获至宝，举荐人才不拘一格，使用人才各尽其能。这一精神用在广州人才建设发展史上再合适不过了。广州历届领导人没有一个不重视人才建设的，如果没有市委、市政府对人才的一贯重视，也就没有广州繁荣的今天，更没有她在中国乃至在国际上的重要地位。

1984年12月28日，时任广州市委副书记的朱森林参加了广州经济技术开发区的奠基典礼，据说这是朱副书记拎着几个公章从无到有建成的一个开发区，在起点和布局上以高新技术为主。当时就引进了宝洁公司，还有易拉罐、可口可乐、厨具、钢格板等项目，其中技术含量最高的是人工心脏瓣膜项目。这一开局是相当不错的，体现了改革开放初期广州人敢为天下先的精神和面貌，取得了良好的社会和经济效益，如宝洁公司曾在一年里交税10亿元。做项目需要人才，广州市十分重视人才，想方设法网罗人才，当时就在

开发区里创办了"留学生创业园",可谓真正地拉开了广州海外人才引进的序幕。当然了,这只是广州开始重视人才建设的一个缩影,是良好的开端。

1992年1月18日—2月21日,邓小平视察武昌、深圳、珠海、上海等地并发表重要谈话,为中国走上有中国特色社会主义市场经济发展道路奠定了思想基础。为了加快广东社会主义现代化建设步伐,广东省委、省政府就进一步扩大开放的若干问题做出决定,指出20世纪90年代扩大开放要实现的基本目标是在广东建立具有较强国际竞争能力、高效、开放的国民经济体系和良好的外向型经济运行机制;经济特区要发挥优势,建立以高新技术产业为先导、以先进工业为基础、以高度社会化的第三产业为支柱的产业结构,发展现代化程度较高的农业,办成科技型、综合型和多功能、高层次的特区;以广州为中心的珠江三角洲开放区要加快高技术产业带的建设,调整和优化产业结构,努力发展成为竞争力较强、吸引力较大、富有活力的经济区;把惠州大亚湾、珠海西区和横琴岛、广州的南沙作为我省20世纪90年代进一步扩大开放的重点区域,认真规划,打好基础,加快开发建设;与珠江三角洲相连的东(潮汕地区四市)、西(湛、茂、阳三市)两翼及西江走廊,要积极利用外资,发展外向型生产基地,扩大对外贸易和劳务出口;山区市、县要加快交通、通信和能源的建设,努力改善投资环境,增强外向能力,力争使山区的对外开放在20世纪90年代有一个新的突破;加快推进对外经济贸易的多元化战略;推动有条件的企业到海外投资,兴办跨国企业;大胆利用外资,引进技术,努力提高利用外资的水平;进一步简政放权,扩大市、县审批利用外资的权限;加快金融改革,创造一个更适宜于外资营运的金融环境;进一步改善投资环境,高度重视发展外向型经济所需人才的培养工作,提高人才素质。

根据邓小平视察南方谈话精神,广东省委、省政府的以上这些决策,为广东未来的高速发展指明了大方向。就广州和人才建设来看,已将广州定位为珠三角开放的"中心",同时正式提出高度重视"所需人才"的培养工作和提高人才素质的导向。可以看出，广东已是求贤若渴！万事人为先，广东和广州对人才的重视，必将写下历史的新篇章！也正是这一年的7月1日，广东向中共中央、国务院报送了《关于加快广东发展步伐，力争20年赶上亚洲"四小龙"的请示》。其中提到，在2000年后的10年为第二阶段，全省从总体上达到"四小龙"2010年的经济水平。

亚洲"四小龙"指的是中国香港、中国台湾、新加坡和韩国，从20世纪60年代开始，"四小龙"推行出口导向型战略，重点发展劳动密集型的加工产业，在短时间内实现了经济的腾飞，一跃成为全亚洲除日本外最为发达富裕的地区。目标定下后，接下来需要人去努力，去实现。实际上，广东的地区生产总值在1998年即超越新加坡，2003年赶超香港，2007年赶超台湾。截至2017年，广东经济总量逼近9万亿人民币，达89 879亿元，按照2017年人民币兑美元平均汇率计算，折合13 312亿美元，是新加坡的4.35倍，是中国香港的3.98倍，是中国台湾的2.33倍，是韩国的83.6%。当年广东省内仅深圳和广州两地，其经济总量均已经超过了新加坡，逼近香港。2021年广东省的地区生产总值达到了1.92万亿美元，仅以一省之经济总量就名列世界前十位。而广东的经济总量，广州一市就贡献了近四分之一。光芒着实耀眼！征途是远了一些，时间是久了一些，但是成果来之不易，毕竟整个世界在这近30年的历史阶段里都发生了翻天覆地的变化。数字令人惊喜！然而数字终究是冰冷的，这些数字的背后是无数火热的"人"心，这要归功于无数人才的共同努力和奉献。

1988年任广州市委书记、1991年任广东省省长的朱森林，后来谈到了20世纪90年代广东人才建设的情况。广东从三个方面来落实教育强省、科技兴粤的方针：一是在全国率先普及九年制义务教育；二是大学教育突破两级（中央、省）办学框框；三是解决中央部委直属大学与广东共建的问题。其中的一些细则，在当下看来显得理所当然、自然而然，然而在20世纪90年代初期，都堪称先例。有些看似面对的是广东全省，但广州得天时地利人和之便,出力最多,也受益最多。

如今回顾,广州、深圳等地大力培养高新技术带头人,通过创办高科技园区以吸引人才,重奖科技人员,这些都开了重视人才和重视科技的先例。正如1990年—1996年任广州市市长的黎子流所言:"没有敢想、敢干、敢为人先、敢负责任的精神,广州的发展就很难有突破,也就不会有广州的快速发展。"在提到广州人才建设的时候,黎市长曾深有感触地说:"实际上,广州的人才是非常多的,关键是有各种束缚,能量无法真正发挥出来。我曾经说过,只要思想解放了,这些人才就会变成推动广州发展的千军万马。"

诚哉斯言!还有什么比解放思想更能推进人才建设的呢?!

二 领略人才规划的四个"五"

早在20世纪90年代初,还是黎子流任广州市市长的时期,在一次市政府召开的"建立社会主义市场经济体制研讨会"上,基本上就给广州定了个位:广州是广州人的广州,也是广东省和全国的广州,广州的改革应该立足广州,面向广东,面向华南以至全国、全世界。如此雄心壮志,为广州走向21世纪打下了良好的基础。21世纪到来后,广州市的人才建设也同步揭开新发展的序幕,尤其是2009年市人事局、市劳动和社会保障局合并为市人力资源和社会保障局后,更是加大了人才建设在各方面的力度。广州市人力资源和社会保障局坚持"统一规划、统一标准、统一平台、统一门户、统一管理、资源共享、安全保密"的建设原则,突出"以服务对象为中心"的指导思想,在满足信息公开、服务指南、政民互动、网上办事、结果反馈等政务网站一般要求的同时,按照人社事业重点服务对象和业务工作内容,分别建立了服务对象、专题频道和专题专栏三大类栏目频道。此外,在此之前的2005年,为加强对人才工作的领导,广州市委就已决定成立广州市人才工作协调小组(组织部人才工作处),这为新世纪广州人才建设的决策和服务,以及大力推进提供了保障。从"十五"到"十三五"的人才规划,就是21世纪20年来广州人才建设的蓝图,回顾广州人才建设的历史,这些规划又可视为新世纪以来广州人才建设的几道清晰轨迹。

"十五"人才规划(2001—2005)

2000年刚迈开脚步,人们还沉浸在千禧年喜悦之中的时候,广州市人事局就急匆匆地根据国家人事部和广州市委、市政府的要求,以及《中共广州市委关于制定广州市国民经济和社会发展"十五"计划的建议》,制定了广州市人才"十五"规划(2001—2005)。

广州市人才"十五"规划(2001—2005),给广州人才工作制定了明确的奋斗目标,从机构、体制、运行、服务、类型、保障等全方位做了良好的定位,为广州人才建设在新世纪的顺利发展开了新局,描绘了蓝图,指明了方向,铺就了新路。

全面发展中,我们又看到醒目的"人才市场"字眼。"问渠那得清如许?为有源头活水来。"人才的流动、人才的引进、人才的科学管理,才是保证广州人才建设良性发展的前提。时任广州市人事局科长李明华曾就"人才市场"发表了自己的看法:"人才市场是社会主义市场体系中的组成部分。人才市场的滞后,将影响我国整个社会主义市场经济体制的进程。因此,应按照市场的内在规律,并结合我市实际情况对人才市场加以培育,引导人才市场健康成长。"

规划当中,还有一句特别引人注目:加强人才国际交流与合作,加快引进留学人员和外国专家工作步伐。这句话的提出是在2000年,巧合的是,第二届中国留学人员广州科技交流会(后文多称"留交会")于1999年12月28日—30日在广东美术馆隆重举行。来自全球27个国家和地区近500名留学人员带着600余项最新科技成果参加本届"留交会",还有300余名归国留学人员携带一大批合作项目参与交流。全国40多所大学、10所科研院所、30个省市政府代表团、10个开发区和高新区、4个国家级人才市场、10家境内外风险投资公司、42家大型企业，也带着相关成果项目和人才供求信息，前来寻求项目合作和人才招聘。在交流会举行的同时，各种针对留学人员的优惠政策纷纷出台，趋于白热化的人才争夺战成为场外一道景观。特别是一些先尝过留学生甜头的企业更是不甘落后，一些省市甚至已经开始着手组织留学人员去实地考察，力图通过各种可用资源留住留学人员。

这是一次真正的盛会！难道真的是一次巧合吗？当然不是！新千年开始了，广州将面临新世纪的全新挑战，广州将用独特的世界眼光为广州的人才建设出谋划策，设计未来。

"十一五"人才规划（2006—2010）

"十五"人才建设仍在途中，广州人的眼光已在超前地酝酿"十一五"人才规划的制定了。打有准备之仗，紧跟党中央的步伐，吃透党中央、国务院人才工作精神，对现有成绩没有自满，未雨绸缪，长远谋划俨然成为广州人才工作的作风。提前一年多，相关部门即已开始着手制定"十一五"人才规划，历时近三年时间，几度修订，才于2007年6月发布。

时代赋予了广州新的人才建设任务，广州认真吸纳党中央和国务院的人才工作精神，经过了一段时间的学习、吸收、酝酿和筹备工作，"十一五"人才规划提前着手编订。2004年9月以后，广州市人事局根据国家和省的要求，会同市委组织部、市发改委等单位多次召开专题会议，研究开展广州市"十一五"人才规划的编制工作。市委常委、组织部部长邬毅敏同志和市人事局局长江云同志分别担任市"十一五"人才规划编制工作领导小组的正副组长，并邀请市委组织部、市发改委、市经贸委、市教育局、市科技局、市财政局、市人事局、市劳动和社会保障局、市农业局、市卫生局共10个部门作为成员单位，同时注意充分发挥组织人事骨干与理论研究专家的作用。广州市人事局根据规划编制的需要，提出重点调查研究和统计分析的课题，先后完成6个专题调研报告，获取全国人才统计、全市经济普查，以及广州地区常住人口、流动人口等方面有关人才的基本数据，为摸清家底和进行科学预测提供可靠保障。

2005年初，相关部门完成《广州市"十一五"人才发展规划基本思路》的编写工作，并于2月8日呈报中组部和人事部、省委组织部、省人事厅、市发改委。同期，开始编写并完成《广州市"十一五"人才发展规划纲要》及说明。

2006年初，编制小组完成《广州市人才发展"十一五"专项规划》（以下简称《规划》）初稿的编写工作，专程赴北京邀请中国人事科学研究院、北京大学、清华大学、中国人民大学和国家发改委宏观经济研究院等单位的国内著名人才学专家对《规划》进行充分论证。上半年编制小组基本完成《规划》编制工作。广州市人事局《规划》编制小组在编制过程中多次将《规划》的思路、进展等情况向国家人事部、省人事厅、市委组织部等相关部门报告，先后两次书面报告编制工作进展。何伍爱副局长在广州市"十一五"规划编制工作会议上做《构建一流的人才创业之都——关于制定〈广州市人才发展"十一五"专项规划〉的基本做法、主要体会和规划实施思路》的报告，受到相关部门的好评。

2007年正式印发《规划》，这时已是"十一五"的第二年，工作之慎重由此可见一斑。《规划》是广州市在党中央召开全国人才工作会议后编制的第一个规划，也是正式纳入广州市国民经济和社会发展总体规划的第一个人才专项规划。6月，广州市人事局会同市委组织部、市发展和改革委员会联合印发《规划》。9月，广州市人事局会同市委组织部、市发展和改革委员会联合印发《广州市人才发展"十一五"规划实施方案》。

规划从酝酿到出台实属不易，"十一五"人才规划依据的是中央实施人才战略的精神，从各个方面对广州2006年—2010年的人才建设做出了布置。

依据广州人才发展的形势,"十一五"时期紧紧围绕广州经济社会发展和城市功能定位来规划人才发展,通过健全人才体制、机制,实施科学可行的人才对策措施,建设一支数量充足、素质精良、结构合理的人才队伍,实现中国乃至东南亚"一流竞争力、一流配置、一流环境、一流效益"的人才发展目标,努力把广州建设成为人才创业之都。

至2010年,广州地区人才资源总量中受过大专以上教育的人才资源达到180万人左右(2020年达到330万人);农村实用人才达到20万人(2020年达到30万人);留学人员达到2万人左右,在校大学生达到80万人,每10万人口中大专以上学历人才(包括在校大学生)达到2.4万人,居全国省会城市首位;具有硕士研究生以上学历的人才达到15万人左右;具有高级以上职称的专业技术人才达到14万人左右;高等教育毛入学率达到65%,人均受教育年限达到13年;社会劳动生产率达到每人15.5万元左右。全市对教育、科技、人才的投入水平居全国前列。

至2010年,新生人才资源市场化配置率达到90%。优化人才产业结构、学历结构和职称结构调整。第一、二、三产业人才比例调整为1.6∶29.5∶68.9,研究生、本科、专科人才比例调整为8.5∶43.4∶48.1,高级、中级、初级职称人才比例调整为12∶38∶50。促进人才向企业及创新机构流动,使企业成为技术创新的主体,全市大中型企业从事研究与开发的人员占企业职工总数的比例达到4%,工程技术人员占职工总数的比例达到15%,建立研发机构的企业比例达到80%以上。

至2010年,全市企业的研发投入占销售投入的比例要达到2%,每百万人口的发明专利授权量达到1 700件,形成一批具有自主知识产权的关键技术,提升区域原始创新能力。全市科技进步对工业经济增长的贡献率超过55%,全市高新技术产品产值占全市工业总产值达到30%以上,新产品销售率(新产品销售额/产品销售额)比例达到18%。

为确保"十一五"人才规划能够按期实现,广州市委、市政府也出台了一系列的配套对策与措施。其中特别提到制定实施规划的具体目标和保障措施，建立规划目标任务逐年分解和实施情况年度评估制度，加强督促检查，及时分析和研究规划实施过程中出现的新情况和新问题，并积极采取应对措施加以妥善解决，确保人才规划各项任务落到实处、各项目标如期实现。

以务实著称的广州人，向来"只做不说"，或"做得多，说得少"。我们发现，广州"十一五"人才规划，提出了把广州建成"人才创业之都"的口号，这与广州这座国际大都市的地位是相当匹配的。一直以来，广州人事人才工作创造了许多的全国第一，树立了人事部门高效创新务实的风范，"创新"一词成为广州人才建设进程中的一个关键词。时任广州市人事局局长江云在一次采访中谈到"创新"时说："创新不是作秀，创新是很务实的，创新要有实效，要能发挥实际作用。创新是务实中的创新，是为解决实际问题而创新；而创新也必须务实，只有务实的精神才能搞好创新。"

"十二五"人才规划（2011—2015）

2009年广州市人事局开展《广州市人才服务业发展研究》项目计划的实施工作，将调研成果作为制定下一个广州市人才发展规划的重要依据，同时提出了《广州市人才发展"十二五"规划基本思路》。两局合并后，根据新成立的广州市人社局的工作职能及相关部门的要求，编制广州市人力资源和社会保障事业发展"十二五"规划，规划中包括广州市人才发展"十二五"规划内容。

机构重组之后，广州市人社局及时调整工作思路，在全面推进编制"十二五"规划过程中，于2010年会同市委组织部和市发改委就《广州市人才发展"十二五"规划》的方案制定开展前期调研、框架起草和意见征求等工作，并将《广州市人才发展"十二五"规划》纳入人社事业"十二五"总体规划中。其主要任务是广州人才建设的一次大布局,格局很大,领域齐全,如此视野和胸怀的确超过以往任何一个时期。令人瞩目的是,第一次将高层次人才和高技能人才并举,同时强调加速人才的国际化程度,这是极具远见卓识的一次规划!

"十三五"人才规划(2016—2020)

2015年,广州人社局牵头组织撰写《广州市人才工作调研报告》。在局领导的关心支持下,会同各有关单位、处室赴北京、上海、深圳、天津、杭州、南京、苏州等国内重点城市调研学习,同时收集香港地区、新加坡等的人才政策,重点考察天河区、南沙区、黄埔区、花都区等,以及广药集团、广州港集团、红日燃具集团、番禺节能科技园和广州八家中国创新50强企业等相关企业。组织市发改委、市公安局、市住建委、市金融局、市国资委、市地税局、市教育局、市卫计委、市文广新局、市港务局等职能部门座谈会,组织召开广州大学、广州医科大学、市一医院、市妇儿医疗中心等事业单位座谈会、创新型企业座谈会以及国有企业座谈会。结合外地城市的先进经验和广州市人才工作的开展现状,最终完成了《广州市人才工作调研报告》。之后,广州人社局会同各人才工作处室,共同草拟"十三五"期间的人才发展规划,同时,将《广州市人才发展"十二五"规划》纳入人社事业"十三五"总体规划中。

可以说,"十三五"是"十二五"的升级版,仍然十分重视高层次、高技能人才和人才的国际化。但在人才强市项目上,有很多创新性的举措出台,更为具体,更有目标感。

弹指一挥间,改革开放已40多年,广州的城市面貌已发生了惊天之变!40多年来广州沧海桑田般的发展,见证了我们这个时代的伟大!新世纪以来的20年，特别是新时代以来的10年，广州正以加速度在前行、在发展。在中国，它是改革开放的窗口城市之一；在世界，它同样是叱咤风云的国际大都市。说一千，道一万，广州40年来的飞速发展，都离不开广州人的努力，离不开千千万万从五湖四海到广州来发展创业的人的努力。广州的伟大成就和今后的发展，永远都与与时俱进的人才建设分不开。人才是决定广州发展的一切力量之源，是决定广州成败的关键！历史说明了一切，将来也会见证这一切！

| 第二章 |

"孔雀东南飞"和世纪之交新局面

"孔雀东南飞"在这里不再是凄美的古诗意象,而是在中国开始了一场千年变之后出现的一次人口大流动的社会现象。20世纪80年代中期以后,数以千万计以农民为主的人口像候鸟一般拥向珠三角一带打工,那是一场难以想象的、让人惊叹的、宏伟壮观的时代景观。"孔雀东南飞"人口流动现象,彻底改变了中国社会整体上的限制人口流动的历史,城乡人口相对稳定的原有结构逐渐呈现出全新的异动。农村人口的流动,是国家实行改革开放政策,具体实施政治经济体制改革的直接结果,这同时也催动了城市的人口流动和城市人口结构的变化。在这一大背景之下,为了适应不断推进深化的改革形势,以往固化的用人机制在很大程度上得到松绑,人才也开始出现全国性的流动。

早在1977年5月24日,邓小平即告诫:"靠空讲不能实现现代化,必须有知识、有人才。没有知识,没有人才,怎么上得去?"1978年底就开始了改革开放。

广州市人才建设的历史也紧随改革开放的步伐,引领时代潮流,得时代风气之先,开始了全新篇章的书写。广州人才建设的新时期,从"孔雀东南飞"开始时的先声,到20世纪90年代逐步稳健地推进,再到世纪之交的统筹、布局和展望,都留下过一串串让人难忘的足迹。

一 时代在变，在前行

十一届三中全会于1978年12月18日—22日在北京召开。会议由时任中共中央主席华国锋主持，全会中心议题是根据邓小平的指示，把全党的工作重心转移到社会主义现代化建设上来。这是一次特殊的会议，是一次能够改变中国未来发展命运的大会。十一届三中全会之前，中央已举行了长达36天的筹备和统一思想的会议。老一辈革命家和领导骨干，对"文革"之后的一些错误提出批评意见，并提出转移党的工作重点、政治重大决策，恢复和发扬党的优良传统等方面的意见，为全会的召开打下了良好的基础。邓小平在中共中央工作会议闭幕会上做了题为《解放思想，实事求是，团结一致向前看》的重要讲话，这是全会的主题报告。

十一届三中全会实现了中华人民共和国成立以来的重大转折，实现了我党历史性的伟大转折。

从"文革"到十一届三中全会，广州市主要领导经过了焦林义、杨尚昆和梁灵光等同志的新老接替，以后渐趋平稳。焦林义同志于1979年12月赴任湖南省委书记之后，广州市主要领导为杨尚昆同志，直到1980年11月，由梁灵光同志任中共广东省委书记兼广州市委第一书记、广州市市长。

梁灵光同志在主持广州工作期间，十一届三中全会精神已真正深入人心，改革开放政策已在全国全面铺开。梁灵光借助改革的春风，大力搞活流通，放开市场，改革体制，推进市政工程，改善投资环境，并率先提出珠江三角洲经济开放区的构想，这为广东和广州的全面发展打下了坚实的基础。

十一届三中全会以后

如果要谈改革开放之后广州人才建设的发端，就要先从广州当时经济状况、用人体制和文化教育水平谈起。谈发展，就要有人才。没有灵活的用人体制，人才就没有发展的空间；没有发达的教育和较高的文化水平，人才也无从涌现。

1990年5月—1996年8月任广州市长的黎子流曾回忆说："小平同志视察南方谈话前，广州的局面是比较沉闷的，困难也比较多……"广州在改革开放之初，在全国是个什么地位？广州的经济状况如何？文化教育状况如何？广州的人才状况怎样？我们应该进行回顾，这样才能更清晰地看到广州几十年来的巨大发展，清晰地看到广州人才建设发展的脉络。

关于20世纪80年代广州的经济发展状况，1985年任广州市市长、1988年任广州市委书记的朱森林曾有过一些较为客观的分析。别说国内其他城市，就算是广州，20世纪80年代的经济增速也要低于珠三角其他地区，广东地区生产总值年平均增长15%以上，而广州只有13.68%，整个20世纪80年代基本上都处于如此窘境。在全国十大城市中，广州位居中下游。朱森林同志认为原因有这么几点：一是计划经济的影响，改革难度比较大；二是财政负担重，投入资金紧张（广州财政收入三分之二要上交）；三是城市建设基础设施欠账多，影响城市发展；四是信贷资金管理死板。从这些分析可看出，当时广州仍处于艰难的转型挣扎期，人才建设新规划基本上还没有真正地提上议事日程。

尽管如此，广州当时已认识到发展过程中的瓶颈所在。1984年12月28日，广州经济技术开发区举行隆重的奠基典礼，正式揭开了广州经济技术开发区建设的序幕。开发区在起点和布局上以高新技术为主,既然是高新技术,就既需要引进国外资金和先进技术,又需要引进现代化管理方法和专业技术人才,这是广州市政府重视海外高新技术人才的开端。开发区还创办了"留学生创业园",引领了吸引海外人才风气之先。而且,当时广州经济技术开发区兴办的宗旨和建设目标就是开发新技术、新产品,为全市、全省和内地其他地区企业的技术进步服务。广州当时虽然经济不发达,各方面发展缓慢,但是目光长远、视野开阔,强势崛起已初露端倪。

广州经济技术开发区正是针对当时广州发展缓慢而筹建的。1984年1月,改革总设计师邓小平到广东视察,认为广东开局不错,同时认为路子是对的。同年3月26日—4月6日,中共中央书记处和国务院在北京召开部分沿海城市座谈会,明确了让一些城市兴办和建设经济技术开发区,让它们成为"窗口",以加快对外开放的进程。

历史还可以向上回溯,即为外商排忧解难、改善投资环境而兴建花园酒店和中国大酒店。花园酒店和中国大酒店是我国第一批五星级酒店。当时是杨尚昆同志任广州市委书记。1979年,广州市政府即已与香港商人霍英东商洽兴建白天鹅宾馆;1980年又与爱国人士利铭泽、胡应湘等协商共同兴建花园酒店和中国大酒店相关事项。20世纪80年代初,香港恰遇严重经济萧条,又加上收回香港已进入中国大事议程之中,花园酒店和中国大酒店的兴建在利铭泽注入1亿港元之后不久即搁浅。广州市政府认识到问题的严重性,如果投资半途而废,不仅会影响到广州的经济发展,更重要的是会影响其他财团投资广州和中国的信心,势必造成连锁性的不良影响。在这种不利形势之下,市政府克服重重困难,在梁灵光、廖承志、谷牧、蒋文桂等多位同志的共同努力之下,花园酒店终于建成了(投入资金9亿元)。中国大酒店也面临着许多类似的困境,可谓以前从未遭遇到的困难,对外开放的推进举步维艰。说这些广州发展过程中的大事,意图不在说经济,而是在经济发展过程中,不仅安排了大量的就业人员,还为广州培养了属于自己城市的大批管理人才。

十一届三中全会以后，对广州的发展和人才建设起到极大促进作用的还有两个规划的起草与颁布：一是1984年国务院批复的《广州市城市总体规划》，这为广州的发展远景描绘了蓝图，打下了良好的基础；二是同年8月广东省委、省政府批准并上报国务院批准的《广州开发区规划大纲》。这两个大纲尽管都有时代的局限性，但都是有益的尝试并开了一个好头，思想逐步得到解放。

邓小平视察南方谈话以后

1992年1月19日—29日，邓小平视察广东，肯定了广州改革开放所取得的巨大成就，并就国内外关心的一些重大问题和路线、方针、政策发表了重要谈话。邓小平对广州提出了殷切希望，希望广东继续发挥龙头作用，争取用20年时间赶超亚洲"四小龙"。这成为中国改革开放史上的重大事件，对广州发展方向的选择与确定也同样至关重要。

之后，广东省迅速做出了回应，很快就颁布了《关于扩大开放的若干问题的决定》。《决定》对当时的广东做了定位：扩大对外开放区域，拓展对外开放的形式；扩大海外市场，放宽开放政策，加强对海外华侨和港澳台同胞的工作；抓紧培养和造就扩大开放所急需的各种人才，切实加强管理。

事实上，面临全新的发展形势和时代紧迫感，这是广东和广州第一次产生对人才的饥渴感，这种意识直接影响到广州后面几十年的人才建设工作，人才水平的高低直接关系到广州是否能够快速发展成为具有重大国际影响的大都市。尤其是1992年7月1日，广东向中共中央、国务院报送《关于加快广东发展步伐，力争20年赶上亚洲"四小龙"的请示》之后，包括人才建设在内的各方面大力发展的愿望就更为强烈了。在目标和措施上，专门将人才建设列为单独的一条进行陈述：努力发展教育，培养人才，提高劳动者素质。广州也正是基于这一背景，在20世纪90年代初期大大加快了人才建设的步伐。

在人才建设上，借用曾任过广州市委书记和广东省省长的朱森林的话说，就是"实施科教兴粤的方针"。这一方针的实施，对广东和广州的社会、经济发展起到了巨大的刺激和促进作用。朱森林当时参加过中央的两次会议，一次是全国教育工作会议，另一次是全国科技大会。当时教育部提出，广东在经济快速发展的同时，也应该重视教育，大比例投入教育。之后不久，广东省委在深圳召开珠三角高新科技工作会议，提出要更加重视依靠科技进步来发展高新技术产业。教育强省、科教兴粤在这一背景之下真正地被提出来，并在全省落实、铺展开来。

科教兴粤的具体措施有以下几点：一是率先在全国普及九年制义务教育，1995年时全国只有两个城市能够做到这点；二是突破大学教育的两级（中央、省）办学框框，几乎每个地级市都办了地方大学；三是实行中央部委直属大学与广东共建，这在全国是最早的，后来才有中央和地方共建的模式。对于共建大学的专业设置，特别重视广东的人才需求。当年汕头大学提出要建设"211大学"，李嘉诚找到当时的省领导谢非和朱森林，李嘉诚答应再次投入大量资金，省政府也出资三亿进行扶持。在科技方面，则是要求通过创办高科技园区来大量吸引人才，重奖科技人才。朱森林省长任内，建立了六个国家级高新技术开发区，还构建了珠三角高新技术产业带。

我们在前面所说的"孔雀东南飞"现象，是指全国各地大量农村劳动力拥向以广州为中心的珠三角地区务工的现象。不过，就人才建设而言，"孔雀东南飞"现象也绝不应该仅限于农民外出打工的社会现实，同时也指在珠三角已经形成良好的人才流动环境之后，不同地域、不同领域的各类人才的"下海潮"。"下海"是个较为宽泛的指代，总的来说，包括其他城市的技术工人、下岗工人，以及各类管理人才和文化人才。"下海潮"群体多数是脑力劳动者或脑力、体力劳动结合者，是通常意义上的"人才"，其实这一群体与异地务工人员群体形成了很大程度上的互补。这两大群体为广州和广东的社会经济发展做出过不可忽略的贡献。

重视人才，也应该重视作为异地务工人员的劳动力，前者多表现为吸引、引进和扶持，后者多表现为人道关怀和照顾。朱森林就认为异地务工人员到广东，为广东出力，对广东的经济发展发挥了重要作用。他提到他任内广东的异地务工人员需要进行管理，也需要让他们行使应有的民主权利。这里还有另一个人才建设的隐性问题。数以万计的异地务工人员当中，有大量的自学成才者或经过培训的技能人才，他们中有无数人实现了身份的转换，从体力劳动者，转型成为技能、文化、管理、经营、销售、技术等各种类型的人才。对异地务工人员的关心，不仅体现了政府的关怀，实际上也在培养各个领域的实用型人才。

1991年，10集电视连续剧《外来妹》在中央电视台播出，一时风靡全国，主题曲"一样的天，一样的脸……"也唱响大江南北，影响广泛而深远，留下了一道改革风起云涌时代的真实轨迹。电视剧讲述的是，在改革开放初期，珠三角一带是内陆许多省市年轻人想象中的天堂，来自一个名叫赵家坳的小山村的六名青年男女怀着梦想来广东打工的故事。他们希望通过打工来改变自己的命运。剧中的女主人公赵小云，由于技术好，被任命为厂长助理，后又当上生产主管。故事并未到此结束，赵小云后来回到家乡，从一个普通的打工妹成长为一个乡镇企业的负责人，实现了自己人生的飞跃。活生生的实例加上形象生动的艺术塑造，告诉了我们异地务工人员也是可以成为人才的，他们不仅可以成为技能人才，也能胜任管理岗位。

对了，《外来妹》的主要拍摄地就在广州。

世纪之交

20世纪80年代初,广州就相继建成了花园酒店、白天鹅宾馆和中国大酒店等国内著名的首批五星级大酒店,极大改善了外商投资环境,培养了一大批酒店管理人才。20世纪90年代初始任广州市市长的黎子流,一上任就感觉到广州的基础设施不行,交通十分不便利,原有的市政道路已完全不能适应广州城市的发展,广州地铁的建设于是开始再次酝酿(广州在20世纪60年代即在设计、规划广州地铁一事,但因条件、资金、技术等因素而困难重重)。黎子流与朱森林、高祀仁等书记和领导商量,召开各界人士和专家学者论证会,1991年终于下定决心建设广州地铁!

不过,有个老领导善意劝阻黎子流说:"广州地铁最好不要搞,因为已经酝酿了30多年了,各种条件都不具备。你都57岁了,再过两三年就到年龄了,让它继续讨论下去不就得啦,广州人也不会怪你的。你不要自找麻烦,自找苦吃,万一建设过程中出了事,这个责任你担得起吗?"但黎市长认为广州再不搞地铁就没有出路了,不能再等下去!地铁一定要搞!这对广州的长远发展有利!

如此庞大的地下工程,哪有那么容易!

克服了重重困难之后——

1993年12月,广州地铁正式开工!

1998年,广州地铁1号线正式建成通车!

后来,就相继又有了2号线、3号线、4号线、5号线!

地铁的建设、通车和密布,极大改善了广州的交通状况,提升了广州城市建设的水平,其实也在很大程度上优化了广州人才建设的环境。

在广州人才建设史上,有两个青年组织起到了不可忽视的作用——广州青年企业家协会和广州青年商会。这两个半官方半民间的青年组织，在广州人才建设的目标和形式都尚不明确和清晰的20世纪80年代，从另一个层面或侧面，对广州企业管理人才建设、对外人才交流、人才流动机制、企业员工管理和技术人才建设等方面，都起到了较大的推动和促进作用。而且，这种作用的体现不仅贯穿20世纪80年代末到90年代，甚至还延伸到世纪之交和新世纪。

广州青年企业家协会成立于1986年3月，是共青团广州市委指导和管理下的广州地区青年经营管理者的群众组织，具有独立法人资格，是共青团联系青年企业家的桥梁和纽带。广州青年商会成立于1995年，是以广州为中心的珠三角及周边地区各种不同经济成分的青年工商界人士自愿共同组成的，并经政府部门核准注册登记具有法人资格的民间社会团体。

早在1984年，团中央响应邓小平培养"四化"干部、培育"四有"新人的要求，即出台文件鼓励青年人建立社团。此外，广东改革开放的实践，要求个人获得自由与解放，逐步形成体制外的人才力量和优势。这两个因素促成了广州青年企业家协会的成立。

广州青年企业家协会的工作内容首先就是培养人才。协会是青年企业家的会集之地，的确起到了增长才干、发现人才、培养人才的作用，其中有党政干部和民营企业家，这类人才主要是指管理人才和管理人才之下的其他类型的人才。其次是去国外考察交流，考察交流有利于拓宽青年企业家们的视野，了解国内外企业发展动态。再次是举办多种形式的公益活动，有利于企业家回报社会，培养企业家的社会责任意识，造就企业家精神。协会还在梅花村59号一个华侨留下的房子里定期举办学术沙龙座谈会，除了青年企业家们自由交流之外，还邀请专家、学者来做讲座，这对开启青年企业管理人才的思维和创新精神十分有益，也起到了解放思想的作用。温元凯受邀来做讲座时谈到，企业家们将50%的精力放在人事和政治上，而没有放在生产和技术上，这对改革不利。他还谈到人的评价系统，认为不仅需要"螺丝钉"，还需要挑大梁的人，要有领军人物，建议企业家们不能都去做"螺丝钉"，要对人民做出更大、更多的贡献才行。尤其是从长远来看，人才越流动，经济就越能得到发展，这个观念是超前的，也发出了人才大解放的呼吁，这对广州的人才建设可谓具有建设性的意义。协会加强了青年企业家与社会各界的联系，发现和培养了大量的企业人才。

挂靠广东省共青团的青年企业家协会受到某些限制，有一定的局限性，其成员后来就另外成立了与广州青年企业家协会能够互补的广州青年商会。这是中国内地第一家青年商会，具有开创性意义。

观念在逐渐深入人心，思想已在解冻，在世纪末和新世纪之交，广州的人才建设实际上已在春雷涌动，跃马扬鞭不过是迟早的事。2000年，广州市人事局根据人事部和广州市委、市政府的要求，以及《中共广州市委关于制定广州市国民经济和社会发展"十五"计划的建议》，准备着手制定广州市人才"十五"规划。

二 人才建设，抢占先机

广州本来就是改革开放的前沿阵地与窗口，是在各个领域实行改革开放的试点中心城市之一。广州的城市建设之所以取得如今辉煌的成就，在国际上获得如此高的地位，完全是得风气之先和敢做敢闯的结果。黎子流说："我到广州不久，即1990年底到1991年初，就与市委、市政府相关领导一起，提出要进行思想解放，放胆往前闯。在当时能这么提的省、市并不多，因为在小平南方谈话以前，社会上的思想普遍比较保守。我提出，广州要大胆解放思想；我曾经说过，放下架子之时，就是广州发展腾飞之日。"黎子流说出这话意味着什么？这就是在抢占先机！关于人才方面，黎子流也说过一段发人深省的话："1992年，小平同志南方谈话后，思想解放的热潮迅速在全国各地兴起，广州的思想解放工作很快就上了一个新台阶。实际上，广州的人才是非常多的，关键是有各种束缚，能量无法真正发挥出来。我曾经说过，只要思想解放了，这些人才就会变成推动广州发展的千军万马。"

诚哉斯言！广州的人才建设工作，必须解放思想，必须抢占先机。

南华西街的"两个中心"

让我们把镜头拉近点,视角再小点,从一个小街的发展来看看广州人才建设是如何开展的。这里题目所说的"两个中心",一是职工培训中心,另一个是文化中心。话得从头说起。

南华西街位于广州市珠江南岸,是广州海珠区的一条街道,是一条具有浓郁岭南特色的行政街道,素有"先有南华西街,再有海珠区"的说法,是广州海珠区最早的城区和发祥地。别小看了这条小街道,它的名声很大!先后获评全国街道之星、全国最佳街道、中华第一街、全国精神文明建设创建活动示范点等一系列荣誉称号。这是一条有故事的街道!

1973年曾任南华西街革委会副主任的韩伟煜,1978年重回南华西街分管经济工作。年底,十一届三中全会召开,要求全党把工作重点转移到发展经济上来,这是一个重大的历史转折。消息传来,韩伟煜兴奋得睡不着觉。那时的韩伟煜已是街道的党委书记。

南华西街在改革开放之初,可以说是一穷二白,却占尽天时、地利、人和。

20世纪70年代末期,街道办企业只能是小规模地办,只能挂靠国营大厂搞点来料加工的生产。因为缺少资金、技术和人才,南华西街想到一个"投机倒把"的点子——搞联营。韩伟煜本身就是个人才,他看到了许多国营大企业想找毗邻港澳的南大门——广州的一个落脚点,而南华西街又需要国营企业资金、技术和人才的支持,于是联营成为最佳选择。1981年,南华西街与北京化工厂联合在广州开设化工产品联营部,尽管不是生产,只是销售,却也遭遇到巨大阻力。有人还警告韩伟煜:"小心要坐牢!"韩伟煜的确有"敢为天下先"的精神,他安抚街道同事道:"跨地区联营对搞活经济有好处，符合中央精神，且得到了区委、区政府的支持，你们不要怕，继续干下去。干出成绩，是你们的功劳；干错了，一切责任由我来负。要坐牢，我去！"不仅如此，他还要求街道党委一班人发动职工，积极联系国内的厂家、港商、外商，邀请他们到南华西街来谈合作。

1982年，南华西街掘到了第一桶金。街道先后与上海柴油机厂、兰州电机厂联营生产中小型发电机。发电机是当时极为紧缺的机械，南华西街生产的发电机相当畅销，最高峰时占中南地区发电机组销售量的三分之二。这让南华西街尝到了甜头，20世纪80年代中期，不仅与国企跨地联营，还不断加强与外商的合作，并开拓海外市场。最早与香港合作搞毛织厂、针织厂。1986年还在香港设立公司，当年就创汇1000多万美元！

成功来之不易，抢得先机的韩伟煜不仅让南华西街成功了，还迎来人生最光荣的时刻。1989年，即中华人民共和国成立40周年，韩伟煜出席全国劳模和先进工作者表彰大会。

南华西街出名了！当时任广东省委副书记的谢非，号召学习"两南"——南海、南华西，可见当时南华西街的影响力之大。但南华西街并未停止前进的脚步。1996年，南华西集团公司上市，南华西街再次向前实现了大跨越式发展。回顾历史，我们不禁会问：韩伟煜是不是广州最早的企业和经济管理人才？他是不是广州在改革开放初期现出来的本地人才？其实回答起来并不困难。我们说韩伟煜是人才，这个容易，但还远远不够。南华西街抢占的并非这一个"先机"，所以我们需要回到开头所说的"两个中心"。

随着经济的发展，在广大职工里出现了"一切向钱看"的倾向，这是思想出现问题的表现。同时，街道企业的大力发展急缺各类人才。南华西街意识到问题的严重性，在20世纪80年代南华西街道决定成立两个中心：职工培训中心和文化中心。街道每年还拨出两万多元教育经费，让职工学习各类文化知识，还送很多业务骨干到大学和大厂去深造。除此之外，还撤掉400多平方米的干部办公场所划为图书阅览室，后来又新建一栋三层楼房，建起了全广州市第一个街道图书室。按照南华西街的说法,这是物质和精神两手抓。事实证明,这是精神文明建设和人才建设双管齐下的成功举措! 1989年发生了经营困难,职工工资一度下降三分之二,可是南华西街的企业职工没有一个人跳槽,许多技术骨干高薪都挖不走。在他们心目中,南华西街就是他们施展才华的理想之地。

新生事物在广州如走马灯

中国改革开放,对广州可谓冲击最大,广州也是"孔雀东南飞"的首选之地。你可能会说,深圳是经济特区,对南下各类人群的吸引力难道不是更大?这就要充分考虑到深圳的特殊情况,以及毗邻香港的原因了。20世纪80年代,深圳的改革开放也如火如荼地进行着,但是一是因为深圳几乎是平地立起一座城,几乎没有前期基础的建设;又由于香港近在咫尺,所以出入深圳特区需要过边防关卡,这极不利于人员的流动。广州是省会,是珠三角真正的中心,广州又是从来不设防的,所以南下谋生和创业的各类人群把广州作为首选地,也就不是一件奇怪的事了。

对于北方人来说,南粤具有南中国特有的"异域"风情,而广州是南粤风情和真正的异国情调结合得最为集中和完美的地方。别看现在人们对广州熟视无睹,觉得城市平淡无奇,但在人口流动刚刚松绑的20世纪70年代末至80年代初,我们根本就无法想象当时一出广州火车站,一脚踏上广州城的北方人,对广州充满多少好奇和赞叹!所以,先不说广州的人才建设,在人气上,广州就比中国内地其他任何一个城市都能抢得先机。深圳尚在最初始的建设之中,广州却是历史悠久的文化和工业名城,先天具有与国外发生交流的优势,国外和港澳台地区的新生事物、先进技术完全是第一时间抢先进入广州,而为广州人和南下的异地人所了解和接触;接触了新生事物和新技术后,自然也就由在广州的人尝鲜和学习。我们可以去想象,这其中又会有多少与时代合拍的人才产生呢?广州有如此的地理优势,在改革开放初期的人才建设方面,是否也合情合理地抢得了先机?

户外广告牌上国外"555"牌香烟、西铁城名表广告,满大街川流不息的摩托车、公交车、汽车,五星级酒店白天鹅宾馆、中国大酒店、东方宾馆和花园酒店,不时出现的蜿蜒耸立的立交桥……

满大街飘荡着邓丽君的流行歌曲,霓虹灯闪烁不定、艳丽无比,随处可见的酒店、歌舞厅,新潮的尼龙袜、喇叭裤、牛仔裤和太阳墨镜,有灯光倒映的珠江夜景,怎么也听不懂的、像外语的粤语……

鳞次栉比的高楼和正在兴起的房地产行业,不时在腰间响起的BP机(寻呼机),继BP机之后砖头般大小的"大哥大"在成功人士手中晃来晃去,然后就是手机的出现,还有非去不可、人头攒动的北京路高第街……

把广州这些东西摊开来,就是一幅刚刚描成、散发着油彩芳香的时代潮流画卷!

1987年11月18日,中国最大的珠三角移动电话网开通,于是才有了后来的BP机、"大哥大"和手机的流行;

1991年1月9日,《人民日报》发表题为《广州卖房起步已获较好成绩》的报道文章,广州开始了住房市场化,房地产业初兴;

1991年2月1日,南方航空公司成立,这是广州自己的航空公司;

1993年12月28日,广州地铁1号线开始动工;

1995年8月15日《广州日报》报道,因企业改制,广州有大量失业人员出现;

1998年3月10日,163电子邮局成立,很快上网成为最新潮的行为;

…………

还有,广州日报社成立全国第一家报业集团并成为世界报业公会第一个中国成员,广州公交实行无人售票,大型购物超市出现,等等。

广州一时成为全国时尚潮流的执牛耳者,广州成为改革开放之后真正的开放前沿和潮头!

新生事物在广州如走马灯似的涌现。试想,房地产业、娱乐业、酒店服务业、旅游业、服装业、装饰业……哪一样不需要跟得上时代脚步的人才?在一定程度上是否可以说,广州的人才建设的确抢占了先机?

三 回顾与瞭望，走向新世纪

改革开放一旦踏上征程，就意味着充满了曲折和艰辛。世界上任何一个国家，都没有过类似经验可供借鉴。用邓小平的话来说，只能"摸着石头过河"。到20世纪末，改革开放已历经20余年，对于取得的巨大成就，我们得肯定；但我们更应该回顾过往，吸取教训、总结经验。没错，改革开放之初我们缺少资金，需要改革政治经济体制，但历史告诉我们，我们最缺少的是知识，是各行各业的人才！20世纪即将过去，21世纪即将到来，广州的人才建设将以何种姿态迎接一个崭新的世纪？这是摆在广州面前最现实的问题，也是最重要的问题。

解决人才缺乏的难题，就需要将教育摆到兴国优先发展的战略位置上。邓小平曾说："十年来我们最大的失误是在教育方面，对青年的政治思想教育抓得不够，教育发展不够。"后来的实践告诉我们，人才最重要的是靠自己培养，但在全球化来临的时代，也要充分吸引外来人才，借助外力也不失为一个好办法，要将自己培养和对外引进结合起来。此外，还有人才体制、人才流动机制和人才服务等密切相关的问题，这些都是广州在走向新世纪之际需要充分考虑的。

人才市场的建设

时至当下，中国户籍制度和人事制度的改革在很多方面还没有实质性的变化，所以人才市场仍有许多弊端。但是改革开放以后，第一个松动的就是人员的流动，很快就有了人才市场的出现。相对于中国之前的历史而言，这已经是翻天覆地的变化了。这是时代的产物，也是历史的必然，是人才建设和服务的一个重要组成部分。

人才是第一资源，这是现在已形成的共识。改革开放之初，政治体制的改革是基础，人才体制问题却是关键。中国以往的计划经济体制，人才资源配置是行政包揽制，没有任何市场行为，无论是城乡或不同地域，还是不同所有制之间，人才资源都容易断层、短路和彼此封闭，不能优化，没有竞争。改革开放之后，广州作为前沿阵地，一直在进行着人才资源配置上的探索，这是改革开放随着资金、技术、物资等相继投入市场运行之后的必然产物。为了与国际接轨，也为了城市发展所需，广州不断尝试着人才市场体系的建构，南方人才市场即为成功案例。

最初作为金融体制和科技体制改革试点城市的广州，至1987年资金已开始市场化，而且技术市场也正成为中心。1987年，广州市委、市政府颁布《关于放活科技人员的若干政策规定》，这给科技人才的流动，创造了良好的社会环境。20世纪80年代中期左右，广州的劳务市场已呈活跃态势，仅1987年就举办了各种专业性和综合性的劳务招聘会20次，进场人数高达16万人次。这是广州人才市场体系的初步建立和形成，专业人才市场可谓呼之欲出。

专业人才市场能够诞生的另一个重要原因是市场工资的出现。20世纪80年代中期，以广州为中心的珠江三角洲，乡镇企业、三资企业和集体企业不约而同地出高薪招聘人才，市场工资的出现，引导了人才的流向，使多年工资和岗位稳定的关系渐趋解体，为人才进入市场打下了前期的观念基础。几年间，广州的人才交流中心、智力引进办公室、人才智力银行、人才信息中心、科技人才库、社会人才资源库、人才数据库，这些与人才相关的新的机构和体制不断涌现，初步形成了全市的人才交流网络，国家管理权、单位使用权和个人择业权三权融合的人才管理体系初步形成，为专业人才市场的成立创造了前提条件。

经历了长达八年人才交流的实践与磨合后，1995年9月13日，中国南方人才市场、广州大学生就业市场和广州市高校毕业生就业指导中心三块牌子同时挂牌。这是人事部（即后来的人力资源和社会保障部）与广州市政府共同组建的专业人才市场，是国家级七大区域性人才市场之一，同时也是整个华南地区最成熟、最权威、规模最大的人力资源专业服务机构。在全国七大国家级区域性人才市场中，中国南方人才市场影响最大，是华南地区的人才交流主渠道、人才服务主平台，是广州引进和服务人才的主窗口。

至21世纪之初，广州市已建立起一个以中国南方人才市场为龙头、各级政府人才交流中心为主体、非政府人才交流中介服务组织为补充的多层次、多功能、覆盖全社会的人才市场体系。据统计，至2005年，广州市人才中介有5家，区、县级人才交流中心有13家，国企下属人才中介6家，私人中介36家。

人才市场是改革开放以后市场体系的重要组成部分，它可能直接关系到经济发展的进程。广州以南方人才市场为中心的人才市场体系，在数十年来的广州经济发展中，起到了难以估量的作用。

大批内地人才南下广东的"孔雀东南飞"，第一站往往就是广州的中国南方人才市场，这很能说明问题。

跨世纪人才建设的构想

广州作为开放城市,人才和创新肯定是首选追求。广州跨世纪人才建设的构想,大体上也应该围绕这两个重点来进行。就科技创新来看,改革开放以来广州已走过40年的历程,有人把这40年划分为四个阶段:第一阶段(1978—1990),广州科技创新得到全面恢复;第二阶段(1991—2004),广州确立"科技兴市"目标;第三阶段(2005—2011),广州正式提出建设创新型城市;第四阶段(2012年至今),在新发展理念指引下,围绕国家创新中心城市建设,广州的国际科技创新枢纽建设大幕拉开。这里所说的"跨世纪"指的是第二阶段,即1991年—2004年期间。

谈科技、谈创新,实际上是换了一个角度在谈人才。没有人才,科技和创新就无从谈起。1991年中共广州市委五届八次会议通过《中共广州市委关于制定广州市国民经济发展十年规划和"八五"计划的建议》,正式把"科技兴市"列入十年规划和"八五"计划。这同时也为跨世纪的人才建设定下了基调、指明了方向。

随之而来的是,1992年9月广州市人民政府颁布了《广州"科技兴市"规划(1990年—2005年)》,明确提出要全面贯彻"科学技术是第一生产力"和"经济建设必须依靠科学技术,科学技术必须面向经济建设"的基本指导思想。1988年9月,邓小平同志根据当代科学技术发展的趋势和现状,在会见捷克斯洛伐克总统胡萨克时提出了"科学技术是第一生产力"的论断。2001年,江泽民同志在"七一"重要讲话中再次指出:"科学技术是第一生产力,而且是先进生产力的集中体现和主要标志。"这一观点是对邓小平同志论断的继承和发展。广州市委、市政府正是根据这一中央精神,一以贯之地进行落实的。这一阶段,在"科技兴市"目标指引下,以高新技术产业发展政策、企业技术创新支持政策、知识产权保护与技术市场管理政策为重点，广州科技创新工作得以全面推进，相应的人才建设工作也得以全面地展开。

1995年9月12日—14日，广州市政府主办"广州跨世纪人才资源开发与利用研讨会"，这是广州讨论和建设跨世纪人才的开端之举。这次会议，参加的人员有国务委员李贵鲜、人事部部长宋德福、人事部专家司司长庄毅、中国人事科学院副院长朱庆芳、中国人事与人才研究所副所长王通讯、广东省人事厅厅长游国经、广州市委书记高祀仁、广州市市长黎子流、广州市人事局局长凌伟宪等。这是一次改变人才观念的大会，规格很高，对以后广州人才建设的意义重大。会议主要就人才与市场、大都市人才、人才开发、人才利用几个方面进行了卓有成效的讨论。

与会人员一致认为，人才在经济社会发展中具有特殊的重要地位，开发和利用好人才资源至关重要，为了适应时代经济的发展，应进一步更新人才观念。广州市人事局局长凌伟宪说，为了实现"跨世纪"发展，首先要增强人才意识，要把人才资源开发利用放在重要的战略地位上。这次会议上专家学者提了广州大都市人才的概念，即全广州人才概念，不应做市级单位、非广州市属等人为区分。美国堪萨斯州立大学社会学系主任田伯雷（Timberlake）指出，尽管广州在中国经济发展中地位重要，但与"国际性大都市"尚有很大差距。中国人事科学研究院副院长朱庆芳、广州市社会科学院司徒华森、香港中文大学政治与行政系教授李南雄、广东省人才研究所副研究员袁兆亿等专家学者分别就科研人才、社会科学人才、行政领导人才、管理人才等方面的人才资源开发问题提出了建议。澳大利亚格里菲斯大学东亚研究院副院长邝振亚认为，信息社会开发人才必须利用信息高速公路，共享各地人才资源。华中理工大学黎民提出广州应采取以市场为基础、以政府为主导、以人才有效利用率为核心的模式。中山大学教授夏书章认为应使各种人才引得来，留得住，等等。

会开了，方向定了，目标有了，就得行动起来！

1996年4月4日，为了进一步抓好广州跨世纪人才资源开发与利用，促进广州经济发展和现代化国际大都市建设，广州市政府决定成立跨世纪人才资源开发领导小组。组长黎子流，副组长曾庆申、李善培、陈开枝，组员杨颂昆、吴家华、杨武、崔瑞驹、马余胜、何伟沾、郭锡龄、李任桥、蒋厚锡、李祥发、凌伟宪、罗与洪、李江涛。领导小组在市人事局专设办公室，由凌伟宪兼任办公室主任。跨世纪人才资源开发领导小组由市长黎子流挂帅，副组长和组员几乎涉及全市各个重要部门，为广州跨世纪人才的建设搭好了班子、开了个好局。

广州在20世纪90年代中期，提出力争用15年左右的时间，即在2020年左右，基本上要把广州建设成为名副其实的国际大都市。但这个前提和基础就是：要做好21世纪即将到来的人才规划。人才是决定一切的根本，要不断调整人才战略，努力培养和开发跨世纪的人才，要特别重视积极参与国内外人才智力市场的竞争，从人力资源上保证广州建成国际化大都市的人才所需。这对广州来说，具有十分重要的战略意义。

广州社科院政法所所长莫吉武曾谈到广州跨世纪人才资源开发的战略构想问题。广州跨世纪人才开发要遵循以下原则：一是前瞻原则，要具有战略性的思路和较好的预见性；二是主体原则，要发挥人才的主体积极性，尊重知识，尊重人才，充分保障人才的经济利益与社会地位；三是环境原则，要为人才的成长与发挥社会功用创造一个良好的社会环境；四是适用原则，社会需要方方面面的人才，包括科技人才、经营管理人才、行政管理人才、教育人才、生产领域的技术人才等，人才结构要合理；五是导向原则，市场需求是根本的导向，要适合国情、省情和市情，兼顾短期和长期目标；六是重点原则，人才的重点要与国家和地区的发展重点相一致、相配套；七是开放原则，人才战略与人才政策要为"开放"创造更为优越的环境。

广州人才战略的目标整体上要做到以下几点：稳定发展数量，全面提高素质，注重开发潜能，合理配置使用；要从内向型人才发展战略向外向型人才发展战略转变，从以工业人才结构为主体向以工业和金融、贸易等综合型人才结构为主体的战略转变；到2005年，力争把广州建成国际、国内人才集聚和交流中心。

跨世纪人才的建设，有整体目标，也有数量指标，可以说这就是世纪之交广州人才建设的蓝图。一是人才数量指标。根据广州市15年基本实现现代化的总体规划，专业技术人员要从1990年的28万，增长到2005年的86万。二是人才质量指标。全市受过高中以上教育的人口比重从1990年的23.6%提高到2005年30%以上；大学入学率从1990年的12.3%提高到2005年的14%~16%，20世纪末每万人高等教育在校学生数达到300人以上，2005年达到400人左右。三是人才结构的调整。由于广州的目标是建设成为现代化的国际大都市，全市产业结构必将有大幅度调整，第一、第二和第三产业的就业构成将从1995年的25∶35∶40调整为2005年的10∶30∶60。为适应发展新产业的需求，应大力调整国际人才智能结构，多培养和引进能够直接参与国际竞争的"国际通用型"人才和"复合型"人才。

从以上可知，广州的跨世纪人才资源开发，应该着重培养跨世纪高级人才、高新技术人才、外向型和信息技术人才、农业科技人才、基础性研究人才等几类人才。欲实现人才目标，就必须强化人力资源开发的新观念、建立系统化的人才培养选拔机制，大力引进国内外高、精、尖人才，加快人才市场的建设，加大人才资源开发资金的投入，等等。

世纪之交，广州人并没有为世纪末伤感情绪所左右，反倒是急盼迎来新世纪的曙光。在北京中华世纪坛，江泽民同志发表了2000年贺词："我们坚信，在新世纪里，中国人民将坚定不移地沿着建设有中国特色社会主义道路继续前进，中国的社会主义制度将经过不断改革而更加巩固和完善，中国的发展将通过各个地区的共同进步达到普遍繁荣，中华民族将在完成祖国统一和建立富强民主文明的社会主义现代化国家的基础上实现伟大的复兴！"激动人心的话语，响彻神州大地的每个角落。

江泽民同志对广东的要求是："增创新优势，更上一层楼。"1998年5月，广东省第八次党代会明确了广州中心城市的定位，而且要求广州充分发挥中心城市带动城乡发展的龙头作用。

中国的南大门广州，中国改革开放的前沿阵地和窗口的广州，将从"孔雀东南飞"的往日情景中走出，继续前行，走向新世纪的新格局。广州在新世纪的发展，归根结底将是人的发展，广州需要人才，人才也需要广州！广州在人才建设方面，将坚持"控制人口，但不控制人才"的共识，广州实际上已经成为一座"人才不设防"的城市。

在世纪之交回顾过往，广州的人才建设在过去改革开放的20多年里，已经取得过举世瞩目的成就。展望未来，广州即将在"十五"人才规划的指引下，开创全面繁荣的新局面。

| 第三章 |

新世纪：打造人才创业之都

"自力更生，艰苦奋斗"是我党宝贵的精神财富。它是延安精神的体现，也是"两弹一星"成功的保证。"自力更生，艰苦奋斗"是我们的法宝，也是我们战胜一切困难的武器。战争年代、和平时期、改革开放以来，我们所取得的一切举世瞩目的辉煌成就，靠的就是"自力更生，艰苦奋斗"。习近平曾多次强调"自力更生"，他指出："中华民族奋斗的基点是自力更生，攀登世界科技高峰的必由之路是自主创新。"我们要实现"两个一百年"奋斗目标、实现中华民族伟大复兴的中国梦，就必须继承和发扬"自力更生，艰苦奋斗"的精神。

对国家如此，对民族如此，对一个地区的发展如此，对个人实现人生理想，同样也是如此。创业，就必须有"自力更生，艰苦奋斗"的精神。

广州自改革开放以来，一直到新世纪的到来，在各个领域都取得骄人的成就。尤其是新世纪之后的十余年里，更新观念，大力开展人才建设工作，重新定位，给无数人才以创业的机会。经过无数努力和反复认知，2005年广州正式提出将城市打造成为创业之都。而创业，无论对广州这座城市，还是对千千万万创业的个人，都预示着一个"自力更生，艰苦奋斗"的艰难曲折的历程。

一 想象之中的创业之都

这里的"想象",并非纯粹的想象,而是设想和蓝图;是广州随着时代的发展变化,对人才建设所做的政策调整和适时的人才规划,是实施人才强市战略的一部分。这里的"想象"不是空中楼阁,是根据新世纪广州的人才建设所需,根据市情,为广州高新技术人才、高技能人才、海外留学归国人才、商业和管理人才等不同领域的高层次人才搭建创业平台,优化创业环境。这是新世纪以来广州人才建设的新举措,是为各类高层次人才提供一次"自力更生,艰苦奋斗"的创业机会,在各个方面进行大力扶持的一次政府层面的承诺。这里的"创业"并非狭隘地让人才做个体户,开自己的个人公司,而是在各行各业充分发挥所长,贡献聪明才智,让人才学以致用、大力创新、成就人生、实现理想。

人才规划中的人才创业设想

早在1996年,广州市政府即发布《广州市国民经济和社会发展第九个五年计划及2010年远景目标纲要》,在"存在的问题"中提到:"人的综合素质不高。科技人才不足,社会风气有待进一步净化,文化教育水平与经济发展不相适应。"这在当时是十分严峻的现实,已严重影响到广州的发展。所以，改革开放以来，广州的当务之急就是要首先解决人才问题和人口素质问题。从而有了广州"九五"计划中的主要任务之一："实施科教兴市战略。提高教育水平和科技实力，为现代化建设提供强有力的支撑。"认识到了问题之后，广州的人才建设可谓大张旗鼓、大踏步地前进。这同样也是有目共睹的事实，广州20世纪末和新世纪以来的高速发展就是最好的诠释和明证。

到了《广州市国民经济和社会发展第十个五年计划纲要》中再次提到"主要问题"时，关于人才建设方面的措辞已发生了变化："社会事业发展水平和高层次人才的规模未能完全满足经济社会发展的要求……"在谈到"发展机遇"时指出："国家全面实施科教兴国、可持续发展、西部大开发、城镇化战略，将为广州提供一个较为宽松的国内环境和竞争机遇，有利于广州进一步扩大国内市场的占有份额，实现产业梯度转移和资本扩张，强化科技、人才资源开发中心地位……"在"科技创新"条款中已初步提到"创业"一词："优化创业环境，激励技术创新，加快高新技术成果的转化和产业化，实现技术的跨越式发展，形成全国重要的技术创新中心、高新技术研究开发和产业化基地、科技成果集散基地、高新技术产品出口基地。"除此之外，还做了进一步的说明："支持科技人员自办企业或与企业合作从事科技成果转化活动。完善以企业为主体的技术创新投入机制，促使企业不断增加技术研究开发投入，逐年提高企业技术研究开发投入占产品销售额的比重。充分发挥广州市融资担保中心作用，扶持发展包括民营企业在内的高新技术企业，特别是一批拥有自主知识产权、发展潜力较强、市场前景较好的高新技术企业，重视鼓励中小民营高新技术企业发展，发挥集群效应，形成整体优势。"在"人才开发机制"条款上，明确提出："适应现代化建设要求，创新劳动、人事、教育培训制度，形成尊重知识、爱护人才、利于创业的社会氛围。"这些设想为打造广州"创业之都"造势和打好了基础，从政策和氛围上，已走出了实质性的第一步。

在《广州市人才"十五"规划》中，对人才创业作为"重点任务"之一进行细化，明确提出要"优化人才创业环境"。这一提法后来贯穿新世纪广州人才建设的始终。比如2019年广州市委、市政府正式发布《关于实施"广聚英才计划"的意见》，回顾新世纪以来广州引才扶才优才的足迹，根据新的发展形势，将围绕"湾区所向、港澳所需、广州所能"，把港澳人才的发展需求和广州的优势、资源相结合，实施了积极、开放、有效、精准的人才政策，全方位优化人才发展环境，努力实现"广聚英才、智惠湾区"的战略目标。"全方位优化人才发展环境"，就是对近20年前制定广州人才"十五"规划时所提的"优化人才创业环境"的升级版，是更有针对性、更深入、覆盖面更广的人才环境优化举措。

2006年，《广州市国民经济和社会发展"十一五"规划纲要》颁布，"十一五"规划的"发展目标"之一就是把广州建设成为"创业之都"。纲要指出，"十一五"期间，广州要基本上形成宽松高效的创业创新环境，不断增强对国内外优秀人才的吸引力，全面激发各类社会主体的创业创新活力，要让自主创新能力明显增强；纲要同时还提到，要让广州的教育事业得到蓬勃发展，进一步完善人才机制，基本上建立适应现代化大都市要求的人才体系和区域创新体系，要让广州成为全国乃至东南亚的创业之都。

也就是这个"十一五"规划，将人才建设提到了与建设"一流城市"相互依存并举的高度，而且是决计实施人才资源优先发展的战略。在这一正确决策的引领下，广州还有更多配套的举措出台。比如在创新人才管理机制上，就提出要深化干部人事制度改革制度，以及建立人才资源库，提高人才市场服务水平，促进人才合理流动，创新人才培养、选拔、激励和评价机制等，以努力营造有利于优秀人才脱颖而出的管理机制、舆论氛围和社会环境。不难看出，这体现了广州长远的眼光和正确的决策。尤其是在进一步加快人才集聚这一块，举措更为得力，也抓到了要害之处：围绕广州经济结构的调整优化，以高层次人才为重点，实施产业和区域人才集聚战略。以柔性灵活的方式引进一批著名人士、两院院士和学科带头人，集聚一批科技精英、经营专才和文化名人，建立一支带教能力强的高技能人才导师梯队。实施"万名海外人才集聚工程"，进一步提升"留交会"的影响力，加强与国际人才市场的合作，大力吸引海外人才到广州创业发展。

依据"十一五"规划纲要，关于建设创业之都，广州市人才"十一五"规划有着更为明确的指向，同时这也是人才"十五"规划的推进发展。

"十一五"人才规划提出的发展目标开篇就有：依据广州人才发展的形势，"十一五"时期紧紧围绕广州经济社会发展和城市功能定位来规划人才发展，通过健全人才体制、机制，实施科学可行的人才对策措施，建设一支数量充足、素质精良、结构合理的人才队伍，实现全国乃至东南亚"一流竞争力、一流配置、一流环境、一流效益"的人才发展目标，努力把广州建设成为人才创业之都。

新世纪到来后的第一个10年，广州人才建设的步伐明显加快，而且定位更加明确、重心更加突出，广州人才创业之都的新形象呼之欲出！

人才建设工作者如此说

2006年，广州人事局副局长何伍爱对编制《广州市人才发展"十一五"专项规划》（也即广州人才"十一五"规划）做了预热性的编制工作进展汇报，报告题为《构建一流的人才创业之都——关于制定〈广州市人才发展"十一五"专项规划〉的基本做法、主要体会和规划实施思路》，受到广州人才建设多个联动协作部门的好评。也就是说，人才规划编制组对构建人才创业之都的定位，得到了广州市委、市政府以及各级相关部门的一致认可。

2007年6月，广州人事局会同市委组织部、市发展和改革委员会联合发布了"十一五"人才规划。之后不久，广州人事局局长江云即接受《中国人才》杂志社的专访，再次深谈广州构建人才创业之都这一主题。

| 第三章 |
新世纪：打造人才创业之都

温文尔雅像老师的人事局局长江云，面对记者，侃侃而谈，回顾了广州人才建设的历史，尤其是重点谈到"十一五"人才规划正式提出的创建人才创业之都的目标。广州人的务实和开放精神，给人留下深刻的印象。通过采访，记者认为在吸引人才"孔雀东南飞"、创建人才创业之都中，广州的人事人才工作创造了许多的全国第一，树立了人事部门高效、创新、务实的风范。

一是关于广州"十五""十一五"的人才战略问题。

广州在人才战略上，具有大思路、大手笔。各类人才向着广州"孔雀东南飞"的现象，既是广州人才战略实施的开始，也揭开了全国人才争夺战的序幕。江云说，广州市委、市政府一直以来都高度重视人才工作，并始终把人才工作放在经济社会发展的优先地位，从来都是根据经济社会发展对人才工作的要求，适时调整人才战略，谋划人才事业发展。

毋庸讳言，广州原来人才状况并不乐观。改革开放之初的1982年，广州人才总量只有32.54万，在全国十大城市中几乎是垫底的位置。这是制约广州经济社会高速发展的"人才瓶颈"，于是才有"九五"末期"人才不设防"战略以及系列措施的出台，广州的做法可谓领全国风气之先。广州对人才不设门槛，只要是人才，来者不拒，"九五"后期和世纪之交，有大量人才"飞"往广州，这才是真正意义上的"孔雀东南飞"。由此，广州的人才数量迅速增长，至1999年底，全市人才资源总量已达84.48万人，在全国各大城市中仅次于四大直辖市而名列第五位，在副省级城市中已高居首位。

有了人才数量上的保障，暂时缓解了广州人才荒难题，这是"九五"后期和"十五"初期广州人才建设的巨大进展。从"十五"中期开始，广州开始着手调整人才建设策略，人才结构和质量开始代替人才的数量成为重点。广州市委、市政府提出建设"最适宜人才创业发展和生活居住"的城市环境目标要求，果断按"引高控低"的原则对人才引进政策进行了适当调整，并提出"引进黄金年龄的黄金人才"的理念，实施人才准入制度。黄金年龄指在40岁以下（资深人才放宽到45岁），黄金人才指广州经济社会发展所需的紧缺人才，比如高学历、高职称的紧缺专业人才和海外留学人才。"十五"后期，广州市委书记林树森提出"用一流人才建设一流城市"的要求，实施人才资源优先开发战略，实行"刚柔并举、引高控低"的人才政策，简化高层次人才引进的审批办理程序，提高人才引进效率。

这些政策的实施很快见到成效，广州的人才建设实现了实质性的跨越，在新世纪开了一个好局，基本上初步建成了一支数量大、素质高又高效的人才队伍。"十五"期间，广州接收高校毕业生人数以年均28.36%的速率递增，5年间累计19万人，其中本科以上学历的占93.6%。2005年底，广州具有大专以上教育水平的人才资源约112万人，其中拥有高级职称的专技人员7.5万人，占专技人才总数的10.2%。"十五"结束时，广州已有两院院士（含外聘院士）52名，享受国务院政府特殊津贴专家人数则高达3 500人。

进入"十一五"时期后，为了给广州经济社会的全面、快速和可持续发展提供智力支持和人才保障，广州又最早提出将实现全国乃至东南亚"一流竞争力、一流配置、一流环境、一流效益"的人才发展目标，努力把广州建设成为人才创业之都。为此，广州将进一步创新服务高层次创新型人才政策，会同有关部门研究制定高层次人才的住房优惠政策。在广州市的支柱产业、高新技术产业的重点项目和人才分布密集的区域建立工作服务站，对广州市重点发展的软件动漫产业在人才招聘、人事代理和人才引进等方面继续实行优惠政策，开辟绿色通道，加大贴身服务力度。创新人才的培养、选拔、激励和评价机制，建立健全杰出人才表彰奖励制度，努力营造有利于优秀人才脱颖而出的管理机制、舆论氛围和社会环境。堪称广州人才建设大手笔的是：广州将启动"万名海外人才集聚工程"，计划在"十一五"期间引进一万名高级海外人才。

二是关于发挥市场在人才资源配置中的基础作用问题。

江云局长认为市场化是解决人才资源有效配置的根本途径，广州十分重视人才市场的建设,并且积极推进人才市场的专业化、信息化、产业化和国际化建设。她提到,在中国南方人才市场基础上又成立了广州大学生就业市场、中国国际人才市场广州市场,还在花都区建立了广东省汽车人才市场和皮革皮具人才市场。此外,还在中国南方人才市场基础上又增设中国南方(花都)汽车人才市场,细化之后人才市场能够更好地为产业发展服务。人才市场建成后,广州十分注重人才市场的规范化建设,进一步规范人才中介的组织机构和队伍素质建设,不断提高人才中介机构的服务质量和从业人员的综合水平。经过系列整顿和建设,广州业已形成政府部门宏观调控、市场主体公平竞争、行业协会严格自律、中介组织提供服务的人才市场化配置机制。"十五"结束之时,广州共有人才服务中介215家,其间共举办招聘会1054场,进场人数300多万人次,进场单位逾13万家。到2010年,新生人才资源市场化配置率将高达90%,可见市场在人才资源配置中真正发挥了基础性的作用。

江云局长还就"完善人事人才公共服务"、推进"广州市数字人才工程""把人才培养放在优先发展位置""创新务实,系统推进"等各方面问题进行了深入的解答和阐述。

2008年12月25日上午,第11届"留交会"开幕式当天,由广东省人事厅主办,《神州学人》编辑部、广州留学人员服务与管理中心协办的"广东吸引海外高层次人才新政策新举措在线访谈"在"留交会"现场举办。江云局长再次接受采访。

她说,广州市一直高度重视吸引和鼓励海外人员回广州创业和就业。1999年,广州就在全国率先推出了《关于鼓励出国留学高级人才来粤创业的若干规定》。之后近10年间,到广州创业和就业的海外留学人员达2万多人,他们对广州市经济和社会发展起到了非常重要的推动作用,特别是对广州经济转型和产业升级起到了非常重要的促进作用。

如果不是江云局长对广州的人才建设工作做了详细的讲述,外界还真不知道广州的人才建设工作做得如此细致和深入。创新，务实，全面协调，可持续发展，做得不显山露水，却每一步都脚踏实地。广州人才建设的经验，是无愧于改革开放前沿城市的称号的。

以留学回国人员创业环境为例

就当时广州的人才引进和创业来说，留学回国人员是重要人员。就创业环境综合来看，国内外学者有不同的看法。国内有学者将其分为政策与执行环境、资源获得性环境、研发及产业环境、商业环境及人文环境等。这些环境因素可谓缺一不可，需要广州从多方面努力，补足短板，发挥优势。据统计，从1978年到2004年底，我国各类出国留学人员总数已达814 884人，归国留学人员总数已达197 884人。从20世纪90年代末开始，留学人员回国人数以年均13%的速度增长。据广州留学回国人员服务中心不完全统计，到2004年底，全市12个科技园区的留学回国人员创办企业累计达544家。当时留学回国人员在广州的创业环境是个什么状况？从当时的状况，可看出广州的创业环境有哪些优势、有哪些不足。学者李良成曾做过一个调查分析：

一是人才层次和行业分布——

留学回国创业人员在国外获得硕士学位者占55.6%；在国外获得博士学位者占44.4%。公司行业分布为：电子与信息占44.0%，医药技术占25.4%，新材料占11.2%，光机电一体化占9.0%，新能源3.0%，环境保护占2.2%，其他占5.2%。多数公司处于起步期（技术创新和产品试销阶段），占60.7%；处于成长期（技术发展和生产扩大阶段）的公司占21.5%；处于种子期（技术酝酿与发明阶段）的占16.3%；处于成熟期（技术成熟和大工业生产阶段）的企业还极少，仅占1.5%。

二是留学回国人员对广州创业环境的满意度——

创业政策和执行。对政府制定的政策和措施的满意度非常高，占81.6%，均数为2.82。对税收政策的满意度均数为2.34。对政府管理水平和孵化器管理水平的满意度在60%左右。对执行政府政策的满意度为54.3%，均数为2.46，低于对政府制定的政策和措施的满意度。在获得项目支持方面的满意度偏低，多数人认为一般或不满意。政府政策措施与执行之间还存在较大的差距。

资源获得性。研究样本中，大多数企业目前面临的最大困难是缺乏资金，占64.2%。对获得风险投资和金融服务支持的满意度仅为22.1%和15.4%，均数分别为1.88和1.78，表明留学回国人员创业在获得风险投资和金融服务支持方面存在大的困难。对技术与资本交易平台和公共创新平台的满意度也偏低，分别为27.2%和29.2%，均数为2.09和2.13。对技术人才供给、管理人才供给的满意度，均数在2.2左右。对成果转化支持力度、产业化阶段支持力度的满意度为46.4%和48.5%。

商业环境。创业人员对经济健全程度的满意度相当高（均数=2.61），但是对于新创企业而言，市场进入的难度还较大（均数=2.14）。对于高新科技类企业而言，创业服务支持体系（均数=2.29）、产业链配套状况（均数=2.28）并不是非常理想。对配套产品及设施便利性的满意度为48.2%，对服务成本的满意度为44.1%，认为咨询机构、供应商、分包商不是很理想（均数=2.45）。

竞争环境。对于知识产权保护，多数人认为一般（45.3%）或不满意（17.5%）。商业信用状况的均数为2.24。对公平竞争的满意度相对较高（均数=2.28）。

创业文化。对创新和冒险精神的鼓励的满意度为55.5%（均数=2.48）。对人际关系、宽容失败的满意度均在45%以上。相比之下，国际惯例接轨的满意度偏低，为40%。

三是对策与建议——

作为政府部门或管理部门，关键要落实政策的贯彻与执行。

创业投资市场体系的建设对企业自主创新还没有形成足够强有力的支持。需要政府部门和社会相关机构积极开拓各种资金渠道，改革和完善投资、融资机制，建立科技企业投资体系。

政府需要加大对公共创新平台的建设。企业孵化器可以充分发挥其在平台建设方面的作用。

竞争环境方面，需要进一步加强知识产权立法，加大对知识产权的保护力度，降低企业和个人的创新风险；政府要努力营造公平竞争的创业环境；加大商业信用体系的建立力度，健全信用法制。

对于高新技术创业活动，须积极营造创新和创业文化氛围，尤其是要鼓励创业人员冒险，宽容失败。

以上调查与分析，基本上符合21世纪以来广州人才创业的实情。当时的情形，从整体来说还是较为令人满意的，但还有许多需要改进的方面。

二 创业艰难，创业更辉煌

2014年9月夏季达沃斯论坛上，中央政治局常委，国务院总理李克强在讲话中提出"大众创业、万众创新"，他呼吁要"大众创业""草根创业""万众创新""人人创新"。2014年11月19日—21日在浙江嘉兴乌镇举办的首届世界互联网大会，以及之后的国务院常务会议、2015年的《政府工作报告》中，总理又一再阐释这一系列关键词。2018年9月18日，国务院下发《关于推动创新创业高质量发展打造"双创"升级版的意见》；2019年6月13日，全国大众创业万众创新活动周在杭州隆重启幕。艰难困苦，玉汝于成；创业维艰，奋斗以成。党的十八大以来，习近平在不同场合也多次强调过劳动、奋斗的意义。

作为这一节的前言，我们应该欢欣鼓舞。不过，请注意上述的时间节点，它们都是"十二五"和"十三五"期间的事。而广州提出打造人才创业之都，却早在2005年编订"十一五"人才规划之时。千年商都，赢在广州；全球化科技，在广州开启。广州的创业故事，其实要早到改革开放不久、"孔雀东南飞"时，无数的创业故事几乎贯穿改革开放以来广州发展繁荣的40年历程。只是在跨入新世纪之后，广州创业创新的故事更多彩多姿，更绚丽迷人，更紧随中国融入世界的脚步！

北大才子：广州的猪肉大佬

举这个例子，并非想说故事的主人公陈生有多大能耐、有多么传奇，只是说明一个问题：时代在发展，观念在变化，创业不限出身和方向，却往往能够殊途同归。如果你听到这句话：20世纪80年代的天之骄子，在他34岁的年纪，出人意料地操起了杀猪刀，开始做杀猪剁肉的买卖，你会不会惊掉下巴？还真有这么回事！

无独有偶，在陈生卖猪肉几年前有则新闻：北大中文系才子陆步轩当屠夫！这则消息一夜间传遍大江南北，并引起极大争议。然而，数年之后，又有另一位北大经济系才子——陈生也悄然进入养猪行业。不过，他却在短短一年内开设了近100家猪肉连锁店，一度被誉为广州"猪肉大王"。让人吃惊的不是又有北大才子卖猪肉，最终身家180亿的故事，而是这位北大才子更为惊人的言论："卖猪肉比卖电脑还有技术含量。"是真，是假？

陈生，广东湛江人，北京大学经济学学士，清华大学EMBA（高级管理人员工商管理硕士）。1984年从北大毕业后，他被分配至广州某机关工作，三年后毅然下海。令人意想不到的是，他的辞职下海，是由一篇论文引起的。他曾写了篇题为《中国迟早要进入自由经济》的论文，发表后竟落到上司手中，上司很反感他的观念，甚至还对他说了些过激的话。陈生后来回想起那刻的情景说："当时可郁闷了，觉得自己在那里格格不入，也找不到职业优势。"他不喜欢坐办公室那种没个性的"事业"，于是辞职了。

辞职后总得先图生存，不能饿死。放着好好的工作不干，却辞职，别人还以为他精神出了什么问题，在那个年代是无法让人理解的。但既然走出了第一步，就没有回头路了。陈生开始摆地摊贩卖衣服，倒还行，摆了几个月赚了点小钱。有次他回老家，适逢大雨，他亲戚挑着自家种的100多斤萝卜去卖，只卖了10斤，赚了10块钱。其他农民的情形也与他亲戚的差不多。农民们很是郁闷，明年不打算种菜了。陈生当时灵机一动：按照经济学原理，供小于求时，商品价格就会上升。于是，他用摆地摊赚的钱承包了100亩菜地，自己带着菜农们来种。后来他又发现，除了供求关系，蔬菜价格还受天气的影响。当广州前一天天气闷热、蔬菜价格便宜时，便能收购多少蔬菜就收购多少蔬菜；等到降温或正好过节，没有农民卖菜时，他再将囤积的蔬菜全部卖出去。后者价格竟然是前者的四五倍！如此来回几次，陈生竟然赚了十几万元。他尝到了甜头后，就专门做起倒卖蔬菜的生意来。天气影响价格，这成为陈生秘而不宣的商业秘密，直到后来转行做其他生意时，他才将这一秘密告诉其他菜农。

脑子灵活、熟悉市场，有经济头脑的陈生自1993年开始投身于湛江的房地产业。陈生仅用三年时间，就做到了湛江房地产市场的前三名。但嗅觉敏锐的陈生感觉到房地产业的一些不安全因素，又打算转行做饮料。开始时，他是打算做纯碳酸饮料的，并且纯碳酸饮料的研发业已进入最后关头，两个朋友打来的电话却又改变了他的初衷。朋友说："现在大家都流行喝醋饮料啦。"原来某位国家领导人在湛江视察时选择了雪碧兑醋这种新奇喝法，一时间醋饮料就风靡起来。陈生经过市场调查，发现人们只是在用醋和雪碧勾兑，并没有现成的醋饮料。他的眼睛顿时亮堂起来，时不我待，马上生产醋饮料！1997年，中国第一瓶醋饮料便在陈生的手中诞生了！

可是，不安分的陈生是不会甘心只生产醋饮料的。冥冥之中，似乎还有一种声音在向他呼唤着。他终于成为身家百亿的猪肉大王。后来成功的他说："我喜欢这种在未知领域或者说在一种比较复杂的环境下做一些事情，满足自己的一些欲望，包括卖猪肉。"他说，决定"杀猪"是他去菜场买肉时突然决定的。他发现这个行业被人误解了，这个职业也被人误解了。通过市场调查，他发现广州猪肉市场一年销售额几十亿元，为什么就没人去把它做大呢？几十个亿！这是多么大的市场诱惑，陈生决定投资这一领域。他觉得,越是被人忽视的行业,就越有成功的机会。假如他卖电脑,他得面临着与几百亿、上千亿级企业竞争的压力,但卖猪肉,他就没有那么大的竞争压力,甚至还有些优势,毕竟他是北大经济系出身。别人卖一头猪,他能卖到十几头,他开玩笑说,卖猪卖到这个程度也称得上是北大水平!他有时语出惊人:"卖猪肉比卖电脑还有技术含量!"他的解释是:"卖电脑,就是把各种硬件进行组装,然后卖给消费者。组装是一项简单技术,只要稍加学习便可。但是对于卖猪肉而言,肥肉、瘦肉、排骨等如何去分割、如何搭配,决定了卖猪肉是赢利还是亏损,其可变性很大。"他有他的一套猪肉理论。他论证说,比如瘦肉,全瘦不好吃,太肥也不好。从口感上说,或许加上3%的肥肉才最好,但操作起来却不容易,也没有现成的教材可教可学,全凭手感。因此,培养一个好的卖猪肉刀手就是技术含量的体现。真是不得不佩服,真是行行出状元啊!

2006年,陈生在广东湛江和广西交界处建起他的生猪养殖场;2007年,他开始在广州开猪肉档,卖猪肉。谁都不会料到,在短短一年时间里,他的猪肉连锁店已经发展成为广州乃至广东最大的"壹号土猪"店。

谁不服就来试试!陈生的确是真正北大级水准的猪肉大佬!

留学人员创业群像

有一个现象无法忽视,即广州作为改革开放前沿阵地,是最早引入国外留学生来国内创业的中心城市之一。从1998年开始,每年在广州举办"留交会",广州逐渐成为留学生创业的乐园。1999年8月,留学人员广州创业园正式成立。基于完善的制度、优质的服务、大力的扶持,在"十五""十一五"期间,广州留学生创业现象一派欣欣向荣。留学生创业园处于广州科学城内。广州科学城是广州黄埔区的一个现代化科学园,东接黄埔区，北邻白云区，南望珠江，西靠珠江新城，正处于广州知识密集地带，是广州东部发展战略中心、高新技术产生示范基地。截至2006年9月，留学归国人员在广州创业园孵化企业471家，毕业企业132家，产业化企业131家。留学归国人员在广州的创业开始迎来一个黄金时代，至"十二五""十三五"期间，这种势头仍然在延续下去。在此，我们更关注的是留学人员创业初期的状况。

留学生创业在国内低端市场进行竞争没有优势，低端市场在国内已趋饱和，留学人员创业的优势在中高端市场，唯其如此，才能发挥留学生在技术、管理和国际市场经验等方面的优势。海聚高分子材料科技（广州）有限公司（简称"海聚公司"）董事长兼总经理周治明博士说："我们的优势是科技创新、技术创新、管理创新和质量管理体系。真正定位就是从高端、中端做。"周治明毕业于英国利兹大学和曼彻斯特大学，学的是高分子材料专业，后来又赴美国麻省理工学院做高分子材料博士后。他在国内的高分子材料、黏合剂领域创业具有明显的优势。本来，周治明之前在美国的相关领域已做得风生水起，曾经是美国3M公司黏合剂与新材料高级技术人才，2001年—2002年短短一年时间即申报了16项美国发明专利，也获过3M公司黏合剂技术中心技术创新和发明奖。后来在广州的真诚呼唤之下，周治明决定回国创业。回国后在创业园，他很快就进入状态，他和他的团队热情满怀，急流勇进，海聚公司平均每月都有新产品诞生，一两年时间就研发出20多个新产品，还有11项技术可申报专利。海聚公司已经形成一种"运用一代技术，储备一代技术，研发一代技术"的生产研发模式。海聚公司的中高端涂料是领先的，也有巨大的市场潜力，其技术优势可以很快提升行业水准。2005年，海聚公司已在广州实现了水性环保系列产品产业化，建起了世界一流的水性涂料和水性黏合剂的生产线，并成功将新产品投入了市场。

技术和市场完美结合，才是企业的王道。周治明说："研发必须同市场紧密联结起来，没有市场做龙头，企业研发就是闭门造车。"他选择水性木器漆作为主打产品开发并投入市场,一是因为他有这个领域的技术专利,更重要的是他看好这项技术的市场前景。之前他就投入大量精力调查了国内外相关领域的市场,发现国内木器漆产业拥有130亿以上的市场空间,但市场上传统的油性木器漆,毒性大,污染也相当严重,很明显不符合消费和市场的发展趋势。于是,周治明和他的团队便以水性木器漆为研发方向,展开技术攻关并很快取得成功。

周治明还看到了广州现有的市场需求,这是降低创业难度,提高创业成功率的保证。正如他所说的:"企业在哪儿生根发展,要考虑原材料供应,也要考虑客户。如果两者都不沾边,那么企业做起来会困难重重。"广州及周边地区本来就是全国油漆生产和销售的重要基地,已具备前期的市场基础和条件。广州在很多领域都有市场的独特优势,改革开放以后广州的前期积淀,也大大增强了广州对于留学生回国创业的吸引力。海聚,海聚;海外人才聚集,海聚公司的起名就充满了深意,想起来倒十分贴切。

广州华银医药科技有限公司创立于2004年,致力于常见医学病毒应用基础研究、快速诊断技术产品的研究开发及产业化,以及相关的应用技术服务。公司总经理是留学加拿大学者周荣,在病毒诊断方面拥有领先的技术优势,在创业园创办了企业。他的企业主攻病原体相关基础研究、快速诊断技术产品的研发和应用技术服务。他领衔的技术团队曾获得过包括国家科学技术进步二等奖、全军科技进步二等奖、广东省科技进步一等奖等在内的多项科技奖项和荣誉。2004年,广东省科学院幼儿园突发局部不明原因肺炎,300多名儿童就有200多名突发此疾病。是何种病毒导致幼儿肺炎的发作?很多医疗单位不明就里,最后任务落到周荣和他的团队身上。周荣及其团队依托广州市儿童医院,利用针对病原体检定的技术方法,迅速确定了病原体。他研发的呼吸道病毒诊断试剂,居国内领先水平。从此,周荣将广州华银医药科技有限公司的主要工作定位在儿童传染病病原体的快速诊断技术及相关产品的研制开发上。周荣很自信,也对公司的发展前景充满信心,他自豪地说:"我们的门槛高,别人跟进不可能那么快。"

周荣的成功还得益于善用广州的民间资本。留学人员创办企业,虽有研发的优势,但还缺乏市场的考验,更重要的是,还要多方面利用广州的资源,比如广州民营企业的资本,这会大大缩短留学归国人员创业的成功周期。广州有一个明显的优势就是拥有大量实力雄厚的民营企业,而且这些企业乐意投资有潜力的高新技术项目。比如以传统行业起家的华之特公司就看中了留学人员开发的光触媒技术等先进技术项目,并为此投入1亿多元进行技术和市场开发。而周荣的广州华银医药科技有限公司在酝酿起步阶段就得到华银集团1 000万的民间资本支持,这为公司的成立和发展奠定了坚实的基础。以高科技为支撑的企业,必须有完善的科研平台,周荣对此有十分清醒的认识,科研是公司立足和发展之本。他明白,医药开发周期长、投资大,他不仅要建立公司的科研平台,还要借助公司以外的相关科研平台,只有这样,公司的事业才能得以顺利发展。于是,他与广州市儿童医院(现属广州市妇女儿童医疗中心)、广州医学院第三附属医院、广州市疾病预防控制中心等十多家市级重要医疗机构合作,相互给予科研技术支持,共同建设成果转化平台。

2001年4月5日,留英博士陈校园在创业园成立了广州康盛生物科技有限公司,经营范围包括工程技术研究发展、货物进出口、技术进出口、许可类医疗器械经营、医疗、外科及兽医用器械制造等。成立之初的短短几年时间里,公司的血液透析干粉等产品就在国内市场占有了相当份额,可谓留学归国人员创办企业的一个成功例子。公司总经理陈校园在总结创业经验时说:"我们刚创业的企业必须以市场为核心,而不能像国外的大企业一样以研发为核心。"生存是第一位的,必须靠市场先把企业养活,才能有更长远的发展。在研发上,他意识到研发所需的大量资金必须做到快速收回,这样才能更好地投入新的研发当中。没有这个良性的循环,企业的生存就是个大问题,所以创业就必须根据市场所需去做研发。基于如此理念,陈校园和他的团队在企业创办之初首先预判市场的需求，再进行有针对性的研发。比如，他们研发生产的无醋酸血透干粉，就解决了个别血透病人对含有醋酸的透析液过敏的问题，这就具有很大的市场需求。2003年，陈校园在市场运作过程中还发现免疫吸附药品极具市场潜力，这种药品在美国甚至能卖到每支10 000美元，于是他精心组织力量进行研发。当然，等待他们的是成功的喜悦，不久他们的产品在某些方面还超越了美国的同类产品，仅以不到三分之一的价格——每支3 000美元的低价出售，最终赢得非常可观的经济效益。

  陈校园说，广州给了他与他团队创业极大的支持。陈校园的公司成立不久，迅速得以发展，前景一片光明。但随之而来的是，创业园支配给他的用房很快就不能满足公司发展所需了，为此，陈校园向创业园提出增加用房申请。让他没想到的是，他的要求很快就得到了满足。他的公司业务如滚雪球般不断壮大，公司的用房也就不断有新的需求。让他更想不到的是，广州竟然是有求必应，尽量满足。最后，创新基地从2层到8层，层层都有他公司的用房空间。可这仍然满足不了公司的迅速扩张，它就像一只长速惊人的巨大神兽，猛吃猛长，这会让人愁吗？这是令企业和广州都为之开颜的大喜事！后来，广州开发区和创业园又支持他的公司建设产业化基地。公司一期基地投入使用，二期基地又投入使用……

  当时的留学生创业园主任申平透露，到广州创业园创业的海外归国留学生，绝大部分都不是广州籍，他们之所以选择广州，就是因为他们看到了广州有利的创业条件，以及完善、周到的服务措施。从日本留学归来，后在广州创业园创办了广州维仁生物科技有限公司的董辉博士就发自内心地说过："考察过国内不少城市后，发现广州有比较明显的优势，比如政府部门的政策落实到位，广州的大学较多，人才也多，因此更利于企业发展，于是最终选择了广州。"事情的美好结果，肯定有它客观的前因。广州政府和人民的务实精神和敢为人先的姿态，与创业精神是一致的，对于这些，留学生们心明眼亮。有些留学人员选择回国，是个重大的人生抉择，而回国创业更是一次严峻的考验。没有一颗爱国报国之心，光靠广州政府的热情，他们回国创业也是做不到的。当然，没有政府、广州人民与归国人员的通力合作与共同努力，没有国内广阔的发展前景和巨大的市场效应，留学人员的创业也是难以成功的。

留学归国人员最终能够实现创业梦想，在创业过程中和成功之后，展现自身的人生价值，这是他们之福，是广州之福，也是国家之福。

其实应该感谢这个能够造就一切、能够让创业者实现梦想的时代！

| 第四章 |

新时代：面向世界高歌猛进

2010年11月，广州举办第十六届亚运会，广州是继1990年北京承办亚运会后我国第二个取得亚运会主办权的城市。国际奥委会认为2010年的广州亚运会堪与奥运会相媲美，广州已经具备举办更高级别国际赛事的能力。亚奥理事会总干事侯赛因·穆萨拉姆曾说："在举办亚运会之后，多哈和釜山都成为国际知名城市，广州在亚运会之后，也将成为国际知名都市。"这话说得没错！这座拥有2000多年港口贸易历史、作为岭南文化发源地的城市，以亚运会为契机交出了一份新世纪以来10年发展的完美答卷。亚运会只是一个事件与符号，它从一个侧面告诉了所有人：广州的城市经济建设已取得辉煌的成就，并以新世纪第二个10年的开局之年为起点，正面向世界大踏步前行，并高歌猛进。

两年后，2012年11月8日，中共十八大在北京召开，这次大会选举产生了以习近平为核心的党中央。2017年10月18日，中共十九大召开，习近平在报告中指出："经过长期努力，中国特色社会主义进入了新时代，这是我国发展新的历史方位。"悠悠岁月，巍巍昆仑，中华民族正快步行进在实现伟大复兴中国梦的征途上！

广州也沐浴着新时代的东风，在新世纪的第二个10年里全方位地取得了骄人的成就，人才建设又是其中耀眼夺目的一个领域。

第四章
新时代：面向世界高歌猛进

一 人才建设中的世界意识

闭关锁国，早就是过眼云烟。中华民族在历史上从来就没有断绝过与世界的联系，从古代的"丝绸之路"，到当今的"一带一路"，在世界的舞台上从来就没有缺少过中国这个重要的大国角色。是的，我们曾经有过惨痛的教训，有过曲折和屈辱的历史，但是那不是一切，那只是一面明亮的镜子，也是一记沉重的警钟！改革开放之后，中国已是一头醒来的雄狮。那震撼山河的巨吼，那站在群山之巅的英姿，全球已听到，世界已看到。

地处南粤的广州，地处改革开放前沿的广州，对这一切，自然深切地感受得到。老祖宗给我们留下过这么一句话："贤良之士众，则国家之治厚；贤良之士寡，则国家之治薄。"（《墨子·尚贤上》）但是，情形不止于此。2001年12月11日，中国正式加入世界贸易组织（简称WTO），这不仅标志着我国对外开放上升到一个新阶段，也同时意味着将要面临来自全球的竞争。那么，在新形势下，无论是体制管理还是人才意识，都需要一次根本性的转变。在人才建设领域，如果说新世纪的头10年，还是人才新观念初步的浅水尝试和适应期的话，那么第二个10年必将进入实质性的深水探索期。

眼下的中国与世界

早在2007年的十七大报告中就指出：当代中国同世界的关系发生了历史性的变化，中国的前途命运日益紧密地同世界的前途命运联系在一起。这是前所未有的变化，因为中国与世界的互动愈来愈频繁，彼此的影响也愈加广泛和深入。鉴于中国是拥有十几亿人口的最大的发展中国家，从某种程度上讲，中国兴，则世界兴；中国的命运，也直接关系到世界的命运。这是自苏美冷战以来从未有过的巨变。此外，21世纪以来，互联网在全球迅速得到普及，网络也在极大程度上改变了这个世界，改变了地球每个人的日常生活。据统计，互联网连着全球40亿人口和500亿台电子设备，每年发送超过90万亿封电子邮件，完成了2万亿笔电子交易。全世界就是如此被一大张有形加无形的网连通着，没有围墙，也没有距离感，整个世界成为一个可以想象的地球村。这个史无前例的改变，让人们彻底改变了时间和空间观念，整个世界的经济、政治、文化之间也正在经历着一场翻天覆地的变化。

2008年的国际金融危机影响深远，以美国为首的西方发达国家也加快了全球战略调整，中国、印度等新兴经济体也在此时得到迅猛发展，如此国际形势之下，中国与世界的关系进入合作共赢的发展阶段。这是一个不可忽视的时代潮流。然而，面临如此重要的机遇期，中国仍面临诸多挑战，但在客观上也成为影响世界的一个变量。也正在这一年，中国的经济体量再上新台阶，一跃而成为世界第二大经济体，影响力持续增强，由此国际地位也急剧提升。世界各国也随之调整心态，将眼光逐渐转向中国，"中国模式""北京共识"一时成为世界各国一致探讨的议题。

2012年，中共十八大召开，新的中央领导层产生。其时世界正处于大发展大变革大调整时期，文化在综合国力竞争中的地位和作用更加凸显，维护国家文化安全任务更加艰巨，增强国家文化软实力、中华文化国际影响力的要求更加紧迫。我党的共识是：必须抓住和用好发展的重要战略机遇期，坚持以经济建设为中心，自觉把文化繁荣发展作为坚持发展是硬道理、发展是党执政兴国第一要务的重要内容，作为深入贯彻落实科学发展观的一个基本要求，进一步推动文化建设与经济建设、政治建设、社会建设以及生态文明建设协调发展，为继续解放思想、坚持改革开放、推动科学发展、促进社会和谐提供坚强思想保证、强大精神动力、有力舆论支持和良好文化氛围。其会议要点中特别提到，坚持出口和进口并重，提高利用外资综合优势和总体效益，加快走出去步伐，统筹双边、多边、区域、次区域开放合作，提高抵御国际经济风险能力。

一句"加快走出去步伐"，让我们真切感受到当时的中国与世界的密切关系，也让我们明确了"新时代"到来的真正含义。

尽管2008年开始的国际金融危机让中国迎来历史性的机遇，坚定了中国更快更深层次"走出去"的步伐，但同时也让中外的摩擦增多。这是辩证的中国与世界的关系。但是，时代的潮流不可逆转，中国与世界的交往只会发生更多正面的接触。这是中国改革开放几十年积累的成果。改革开让中国前所未有深深地融入世界之中，反过来，世界也从中国获益良多。据统计，至21世纪的第二个10年，中国的贸易伙伴已遍及全球220个国家和地区，建立了160多个双边经贸合作机制，签订了150多个双边投资协定，与28个国家和地区建立了15个自由贸易区；在中共十八大开幕的头一年，中国境内的投资者共在全球178个国家和地区设立了1.8万家对外直接投资企业……还有什么比这些数据更有说服力的呢？

全球各地没有中国商品的地方估计没有了，"世界离不开中国，中国离不开世界"绝非妄言。新兴大国的崛起，这已成铁的事实，但西方发达国家的对抗和压制也是不争的事实。全球化模式诞生与定型，国际体系转型，国际政治权力的变更，信息技术的变革……所有这一切，都需要中国和世界共同去面对。如何处理中国的根本利益和世界共同利益之间的关系？中国在全球化日益深化的当今应该采取何种姿态和立场？这些都是需要去面对和思考的。

回到广州人才建设这个话题上来。在如此背景之下，广州与世界的关系又是怎样的？这得考虑到广州在中国的特殊地位。广州是中国改革开放的前沿阵地，是海上丝绸之路的起点，是"一带一路"重要枢纽城市，其在中国的地位是显著的，那么其在世界上的地位也将是显著的。针对这一发展形势，广州在新世纪第二个10年的人才建设中，其世界意识也将是必不可少的。

人才蓝图和意图

为了迎接全球挑战，广州需要具有全球意识的人才，也需要具有能够对接和连接世界的人才，这点是毋庸置疑的。毕竟，经济全球化要求企业在全球范围内组织生产，要求学到全球的先进知识和技术，这就对人才蓝图的制定提出了相应的要求。具有全球意识的人才，不仅是全球贸易、法律和技术方面的人才，也是政治、管理和文化方面的人才。因为在全球市场上，企业之间的竞争表面上是产品的竞争，其实在更深层次上是具有全球意识人才的竞争。谁拥有了这样的人才，谁就掌握了竞争的优势。市场和企业如此，在其他各个领域也是如此。

毕竟，我国包括广州在内，具有全球意识的人才仍是相当缺少的，一是总量少，二是不均匀。总量上，以21世纪初的上海为例，2001年人力资源报告表明：上海市高级人才占人口的比例只有0.51%，远远低于美国的1.64%、日本的4.97%、新加坡的1.52%，并且上海市人才全球化总体水平较低，缺少具有全球意识的通用人才。上海改革开放程度在中国可能是最高的，上海尚且如此,广州就更不用说了。分布不均匀,不仅是地域上的分布不均匀,还是不同行业的分布不均匀。拿广州来说,直到新世纪的第二个10年世界技能大赛才蓬勃开展和发展起来,而且广州在全国来说还算是领先的,就更不用说其他地区了。

进入21世纪之初,中国加入WTO之时,全球形势早已发生了深刻的变化,经济全球化、政治多极化的世界新格局形成,科技和信息日新月异,世界各国之间的竞争也日趋激烈。从国内情况来看,我国的改革开放处于一个关键的时期,加入WTO以后我国进一步融入全球化的市场模式,但在复杂的时代背景和国内外形势之下,更需要具有全球意识,能够从全球的视角去审视我们国家的全球地位与作用的人才,去分析全球形势的变化发展趋势,去应对国内外形势的变化发展带来的挑战。如果从国家的几个最重要的中心城市的角度来看,广州自然应该担当起时代的重任,广州的发展也是中国发展的一个重要组成部分。

广州市人才"十二五"规划(2011—2015)开篇的"发展目标"就充满了世界意识:"围绕建设国际人才港的战略定位,广州市创新人才体制机制,优化人才发展环境,面向全球会聚各类优秀人才,以高层次人才、高技能人才为重点,大力吸引培养海外人才和急需紧缺人才,造就数量规模大、结构层次高、整体素质优、创新能力强的国际化人才队伍,确立广州市在国际和区域人才竞争中的比较优势。"

"国际人才港""面向全球会聚""大力吸引培养海外人才",这些醒目的表述精确定位了广州人才建设"十二五"规划的核心任务和目标方向,从体制上以高层次和高技能人才为重点,打造广州的国际化人才队伍。这种人才建设的世界意识完全是时势所致,是广州面临新发展形势所需。在具体的措施上,广州做了精密的部署:一是以"创新创业领军人才百人计划""万名海外人才集聚工程"为抓手,面向海外引进和扶持高层次人才来穗创业;二是充分利用市场活力,对引进海外高层次人才的机构给予奖励;

三是加大柔性引进外国专家的力度，鼓励企事业单位聘请外国专家；四是积极拓宽引进渠道，建设招才引智网站，在海外高层次人才集聚的发达国家或地区筹建引才工作站；五是推进外国专家文化交流基地和留学人员广州实习基地建设，创建广州市（海外）高层次人才创新创业基地；六是加强海外高层次人才"一站式"配套服务，推广并引进国外智力优秀成果，鼓励国内各类型人才赴国外学习。

真可谓目标明确、多方聚力、多管齐下，广州人才建设的世界意识至此才真正得到落实。广州人才国际化的前景未来可期！

到广州市人才"十三五"规划（2016—2020）时期，在"十二五"规划所取得成就基础上，"发展目标"又大力往前推进了一步。建成"人才高地"，突出"高精尖缺"导向，强化产业"领军人才"，形成具有"国际竞争力"的人才优势，强化"人才服务"，这些成为广州人才建设国际化的新的关键词。

在具体建设的主要任务上，建设广州开发区国家海外高层次人才创新创业基地等平台，探索建立南沙自贸区海外人才离岸创新创业基地，实施"高端外国专家项目"，办好"中国海外人才交流大会暨中国留学人员广州科技交流会"等，成为广州"十三五"人才建设进程中实际而密集的推进措施。在加强国际人才队伍建设方面，加大海外人才引进力度，推进外国人来华工作许可改革，实现外籍人才分类管理，实施"外国专家短期来华邀请"及"广州市人才绿卡"制度。同时又加强人才国际交流合作，围绕广州城市国际化发展对人才的需求，实施企业国际人才培训项目资助，鼓励企业、相关机构开展高级管理人才、骨干专业技术人才参加出国（境）培训和国际交流。

广州开展引进海外人才与人才队伍国际化工作都是脚踏实地的，目标和任务都在实际举动中一一得以完成。比如，2017年12月，市政府办公厅印发《关于实施鼓励海外人才来穗创业"红棉计划"的意见》。围绕新一代信息技术、人工智能、生物科技产业、新能源、新材料产业等重点产业领域，依托"海交会"等平台，从2018年起，5年内每年引进并扶持大约30个海外人才来穗创业项目，集聚一批海外创业人才，培养和孵化一批创新型企业集群。对入选"红棉计划"的创业项目，给予200万元创业启动资金资助，提供不低于500平方米免费生产和办公用房，两年内给予1000万元以内50%的银行贷款贴息补助，并提供工商注册便利化、知识产权保护、税收优惠、创业辅导、孵化服务等全链条创新创业支持。

走过的路，或许弯弯曲曲；留下的足迹，难免有深有浅。历史就是如此，只会在艰辛的前行中不断抵达一个又一个目标，总会从更高的地方望向更远处。2020年12月15日—16日，中国共产党广州市第十一届委员会第十三次全体会议如期召开，审议通过了《中共广州市委关于制定广州市国民经济和社会发展第十四个五年规划和二〇三五年远景目标的建议》。全会充分肯定"十三五"时期广州经济社会发展取得的显著成就。创新发展成效凸显，布局建设广州人工智能与数字经济试验区、南沙科学城、中新广州知识城、广州科学城"一区三城"，高新技术企业从1919家增加至1.2万家。城市能级大幅跃升，空港海港吞吐量居世界前列，城市更新九项重点工作加快推进，城乡品质不断提升。污染防治取得关键进展，生态环境显著向好。城市活力持续迸发，推进"双区"建设、"双城"联动迈出坚实步伐，营商环境改革取得突破……全会提出了广州市到2035年的远景目标：经济实力、科技实力、综合竞争力大幅增强，全市地区生产总值和城乡居民人均收入迈上新的大台阶，建成具有经典魅力和时代活力的国际大都市，成为具有全球影响力的国际商贸中心、国际综合交通枢纽、科技教育文化医疗中心，朝着美丽宜居花城、活力全球城市阔步迈进，率先基本实现社会主义现代化。

发展来之不易，历史铸就辉煌！回顾过往，展望未来，我们无法忽视广州城市建设进程中人才所发挥出来的决定性作用。

二 与全球接轨，与世界融合

改革开放政策是国家的发展大计，是中国走向民族复兴的必由之路。中国在一个特定的历史时期，及时扭转了航行的方向，抓住了历史的机遇，再次敞开胸怀，革新自我，面向世界。

历经40余年的改革开放，中国已取得了辉煌的成就。2020年在全国范围内已消灭绝对贫困，实现了全面脱贫和小康，这是一份来之不易的成绩单，是在复杂的国际环境中创造的一个人类奇迹。但是，成绩只属于过去，成绩只是一个新的起点坐标，中华民族实现伟大复兴的中国梦还在路上，还需要中国全体人民和海外华人的共同努力。

面临"十四五"的开局之年，中国应该重新踏上新征程，广州还需要踏上新征程。与全球接轨、与世界融合，成为又一个全新的时代命题。

国内国际双循环

2020年5月14日，中共中央政治局常委会会议首次提出："深化供给侧结构性改革，充分发挥我国超大规模市场优势和内需潜力，构建国内国际双循环相互促进的新发展格局。"

2020年8月24日，习近平在经济社会领域专家座谈会上指出："要推动形成以国内大循环为主体、国内国际双循环相互促进的新发展格局。这个新发展格局是根据我国发展阶段、环境、条件变化提出来的,是重塑我国国际合作和竞争新优势的战略抉择。"

2020年10月22日,全球智能物流峰会(GSSC)上,林毅夫解读,我国提出双循环新发展格局,反映了中国经济发展的变化,也符合经济发展的基本规律:经济规模越大,国内循环的比重越高;服务业比重越大,国内循环的比重越高。

以上是提出"国内国际双循环"的背景。主要是就国内国际两个大市场、两种不同的资源优势而言的,大致的趋势是以国内循环为主体,国内国际双循环相互促进,推动中国的高质量发展。这是一种新认识和新的发展趋势。在人才领域上,如此"双循环"蕴藏着全新的时代含义。作为改革开放前沿阵地的广州,更有必要认清这一大势,并及时做出人才建设方向性的调整,与时俱进,放远目光,让人才建设更上新台阶。

国务院参事、全球化智库(CCG)理事长、南方国际人才研究院院长王辉耀教授,针对广州的人才建设于2020年9月在《南方日报》上发表一篇题为《联结内外"双循环" 构筑世界级人才高地》的文章,这是一篇结合广州人才建设的过去、现状与未来的文章,深具启发性。编者在前言中说:

> 人才是发展的第一资源,是决定城市高质量发展的核心所在。当下,全国各地纷纷出新政、下重本招揽人才,竞争愈演愈烈。《机遇之城2020》报告显示,广州在"智力资本与创新"指标上位列全国第一。在加快构建"双循环"的新发展格局背景下,广州在吸引人才方面有哪些优势?面对竞争,广州又如何优化人才政策、机制和服务,高质量建设人才强市?……围绕广州激发人才活力,用"知本"力量推动实现老城市新活力……

其重要性不言而喻,不妨领略如下:

> 广州作为中国自古以来"海上丝绸之路"三大港口之一,是中国对外

贸易的重要枢纽。改革开放以来，广州作为中国对外开放的前沿阵地与重要窗口，更是以其开放包容的城市格局吸引了大量国际人才来穗发展。千年来的历史积淀，铸造了今日广州包容开放的社会氛围与勇于创新的城市精神，独特的地理区位也使得广州成为联通海内外的重要枢纽。

近年来，随着以人才为支点的创新经济不断发展，广州更以其"敢为天下先"的气魄，不断开展政策创新，推进体制机制改革，积淀形成了具有自身特色的引才禀赋优势。广州高校资源丰富，创新创业载体众多，高端平台支撑各类产业和创新创业人才不断产出新成果。高校与科研院所聚集下，广州的人才承载力突出，人才创新成果产出可观。

国际国内"双循环"发展战略，为广州充分利用自身优势，立足大湾区，辐射东南亚，构建世界级人才枢纽与创新高地提供了难得的历史发展机遇。广州既是国内大循环的重要生产、物流、消费平台，也是我国企业参与国际大循环的重要窗口，立足广州在"双循环"里的产业发展新需求，激活"人才引擎"的新动能，是新一阶段广州高质量发展的应有之义。撬动人才的新动能的关键在于因势利导，明确广州在人才竞争中的独特优势与禀赋，精准施策，更好地激发人才在"双循环"格局下的活力与动力。

打造世界级贸易中心，构建国际人才流动枢纽。京有"服贸会"、沪有"进博会"、穗有"广交会"，三者已发展成为我国参与经济外循环的重要窗口。广州可充分借助现有包括广交会、海交会等在内的重要平台载体，持续加强商贸与人才的国际交流与合作，并借助新一代信息手段不断优化创新交流合作模式，以积极应对后疫情时代国际交流开展的新挑战。世界级的商贸经济交流将有力带动国际专业人才向穗集聚，广州应借力国际交流契机，在营商环境、人才制度等方面持续发力，推进政策与制度创新，打造国际人才流动枢纽。

持续发挥港澳台青年双创平台作用，激发人才创新活力。目前广州已建成港澳台青年创新创业基地32个，服务接待港澳创新青年数万人次，集成创新孵化、创业指导、信息交汇等功能的双创平台已成为吸引中国内地与港澳台地区，以及海外的青年人才来穗创新发展的重要阵地。在此基础上，广州可进一步携手深圳、东莞等周边城市，加强载体平台间的信息共享与合作，提高创新资源配置效率，构筑港澳台青年城市群创新创业载体联动网络，进一步激发其来穗发展的热情与动力。

与港澳形成紧密的合作机制，支持南沙建设国际人才高地。在强化粤港澳核心功能上，以南沙为辐射中心，加强与港澳人员在往来便利、人才认定、金融管理、资质互认、教育衔接等方面的制度对接与合作，推进湾区人才区域内自由流动。同时，进一步以南沙为政策试点，积极争取包括外籍高层次人才绿卡线上申请、技术移民、人才签证便利化措施在内的创新政策支持，构建与国际规则接轨的高层次人才招聘、薪酬、考核、科研管理、社会保障制度体系，打造南沙成为宜居宜业的国际人才高地。

立足国际合作办学引才育才方式，打造人才国际化培养新阵地。强化高校在人才国际化培养方面的重要功能，以合作办学为切入点，参考加州大学伯克利分校张江校区、杜克大学昆山校区、诺丁汉大学宁波校区、（苏州）西交利物浦大学、南京大学纽约大学理工分校等中外合办大学的模式，以大学城为依托（可选大学如中山大学、华南理工大学等），以优质合作办学项目为载体，推动国际中外合作办学力度，加强大学城与国外优秀的教育理念接轨，引入新的教育模式，创办创新创业学院，加强国际人才培养力度。

启动全球青年创新夏令营，充分挖掘优质后备人才。依托大学城高校资源集聚的优势，广州可在每年7—8月定期开展全球青年创新夏令营，以海内外知名高校优秀在校学生和极具创新意识的社会青年人才为活动主体，通过创新创业竞赛、"羊城感知行"、实习体验等多种形式，加深其对广州城市环境及创新环境的理解与感知，进而以城市魅力与活力吸引潜在优秀人才日后落户广州，助力广州创新可持续发展。

争取144小时过境免签跨区联动，促进国际人才的内循环流动。此前，国家移民管理局先后在京津冀、长三角及珠三角城市群出台了外国人"144小时过境免签政策"，极大便利了国际人才来华旅游及短期商务活动。但目前该政策仍未实现跨区域联动，即从长三角政策范围内的城市口岸来华者只可在长三角范围内的相应口岸离境，无法利用该免签政策从珠三角城市等口岸离境。对此，广州可积极争取打破过境免签的区域限制，实现跨区联动，进一步便利国际人才在境内短期自由流动，以此增强区域间国际创新资源交流，提升整体竞争力。

千秋基业，人才为本，人才作为第一资源，势必成为广州在新形势发展格局下，打造成为国际国内"双循环"主要增长极的重要引擎，更是广州建成世界级贸易中心与创新高地的重要依托。充分发挥广州联结内外"双循环"的枢纽地位，立足大湾区，辐射东南亚，深度参与全球创新发展与互动，打造广州成为大湾区创新磁场与经济桥头堡，将是下一个40年里广州极具挑战的重要发展目标。广州也将持续以其兼容并蓄的包容精神以及开拓创新的探索意识，在国内国际"双循环"新格局下，百尺竿头，更进一步，建设成为人才集聚高地，助力经济大格局发展。

2015年10月26日—29日，中共十八届五中全会在北京举行。2016年1月18日，习近平在省部级主要领导干部学习贯彻党的十八届五中全会精神专题研讨班开班式上发表重要讲话，对中共十八届五中全会所明确的"创新、协调、绿色、开放、共享"五大发展理念再次进行阐释。这是我国在"十三五"期间及之后更长时期内的发展思路、方向和着力点，其中"创新"一词排在第一位。习近平指出："坚持创新发展，就是要把创新摆在国家发展全局的核心位置……让创新贯穿国家一切工作，让创新在全社会蔚然成风。"以人才为支点的广州创新经济,当然应该紧跟时代的步伐,人才的创新性建设也应该与全球接轨、与世界融合,仍以"敢为天下先"的姿态,把广州人才国际化的程度再次推上新台阶。

谈谈广州的"人才特区"

特区,或者经济特区,可以说是在中国特有的一个称谓,是伴随改革开放产生的新名词。1979年4月30日,邓小平提出创建经济特区。1980年8月26日,中国正式设立经济特区,第五届全国人大常委会第十五次会议决定,批准在广东省的深圳、珠海、汕头和福建的厦门建立经济特区,包括后来重庆的两江新区、浙江的舟山新区和上海的浦东新区等,都属经济特区类型。"人才特区"同样也是特有的一个新名词,是最早于2001年由深圳市人事局提出的命题,2010年以后盛行全国多地,并进入国家改革议程和政策层面。《国家中长期人才发展规划纲要(2010—2020年)》就明确提出,鼓励地方和行业建设人才特区。广州南沙人才特区也就是在这个时候建立起来的。人才特区最突出的特征就是国际性,一是人才队伍的国际化,二是人才环境的国际化。这是人才建设与全球接轨、与世界融合的最得力的举措。

经过多年的探索与改革,2021年2月19日,广东省发展和改革委员会官网发布了《广州南沙新区创建国际化人才特区实施方案》,明确要将南沙的人才特区建成广州乃至全国首个"国际化人才特区"!

建设人才特区其实早就是广州人才建设的一盘大棋!广州2010年以来的意图和实践,就是积极开展中新广州知识城、天河智慧城、南沙智慧岛的"人才特区"试点工作,并逐步把"人才特区"工作扩展到广州科学城、广州大学城、天河中央商务区、黄花岗创意及网络经济区。不仅如此,还要推进广佛肇人才合作一体化,建立人才工作联席会议制度,共建人才服务平台等基础设施,以此深化珠三角人才工作联盟,建立珠三角人才工作协调小组联席会议制度,发挥广州市人才工作在珠三角联盟中的辐射作用。

《广州南沙新区创建国际化人才特区实施方案》(下称《方案》)要求围绕建设融通港澳、接轨国际的人才发展环境,聚焦人才引进、培养、评价、激励、使用等人才发展关键环节,进一步改革创新、先行先试,着力深化人才管理体制机制改革,实施具有国际竞争力的人才开放政策,优化人才要素跨境跨区域配置,打造国际化人才集聚辐射新高地,为粤港澳大湾区建设提供人才支撑。

《方案》提出,到2025年国际化人才特区创建工作要取得显著成效,人才发展重点领域和关键环节改革实现重要突破,开放创新的人才发展体制机制基本建立,人才服务水平全面提升,建成一支与经济社会发展相匹配的、富有活力的人才队伍,人才贡献率达到亚太地区领先水平。到2035年要全面建成具有全球影响力的国际化人才特区,成为南沙高水平对外开放门户建设的重要支撑和粤港澳大湾区人才集聚新高地。

在深入开展国际化人才管理改革试验、建立具有竞争优势的人才引进培养机制、构建灵活高效的人才使用和激励机制、创新人才跨境便捷流动机制、优化人才服务保障等方面,《方案》都指出了明确的方向。其中,最让人眼前一亮的是具体的"优化人才服务保障"措施:

一是加强人才安居保障。建立涵盖人才住房补贴、人才公寓、共有产权房的人才安居体系,力争三年内新增10 000套人才公寓和共有产权房。完善人才住房政策,进一步便利境外人才和重点发展领域急需人才在南沙购买自住商品房。规划建设国际人才社区、港澳人才社区、青年人才社区,提供高标准、国际化配套设施和管理服务。充分发挥人才住房专营机构作用,开展人才住房投融资、建设筹集、运营管理及综合服务等。

二是加强国际化基础教育配套。依托国际教育园,引进国际优质中小学教育资源及师资力量,加快推进国际学校建设,为人才子女提供高水平的国际教育服务。试点开办人才子女学校，为人才子女提供普惠性的基础教育服务。探索在公办学校设立招收国际学生的国际部，试点开展双语教学。加快建设港澳子弟学校或设立港澳儿童班，缔结一批"姊妹学校""姊妹幼儿园"。为高层次人才子女入读幼儿园、义务教育阶段公办学校提供保障。

三是强化国际化医疗服务保障。探索在中山大学附属第一（南沙）医院等三甲公立医院内建立国际医疗服务体制，提供国际医疗保险结算服务。支持南沙区内指定医疗机构使用临床急需、已在港澳上市的药品和使用临床急需、港澳公立医院已采购使用、具有临床应用先进性的医疗器械，为人才提供多元化医疗服务。鼓励用人单位为海外高层次人才建立补充养老金和补充医疗保险。

四是优化人才金融服务。鼓励金融机构在南沙开展"人才投""人才贷""人才保"等特色金融服务，建立人才创新创业风险补偿机制，探索设立与香港接轨的律师、医生、会计师、建筑师等职业责任保险产品。建立境外人才融资"一站式"服务体系，为在南沙工作的境外人才办理跨境汇款和银行信用卡提供便利。

五是提升人才服务水平。加快推进中国广州人力资源服务产业园（南沙园区）建设，引进国际知名人力资源服务机构，发展国际人才鉴定、国际猎头等新型服务业态，制定国际人才开发路线图，建立国际人才数据库，提升南沙国际人力资源配置能力。发挥南沙"大湾区国际人才一站式服务窗口"作用，为人才提供便捷高效的政务服务。为在南沙区内就业的外籍高端人才提供用车便利，经认定的外籍人才可参与广州市中小客车摇号和竞价。

这是广州继新世纪第二个10年人才建设之后最重要的一个大举措，既是对新世纪20年以来人才建设的一次总结式的大推进，同时也是"十四五"人才规划开局之年的一次大展望。

世赛，一个视角

世界技能大赛（简称"世赛"），是最高层级的世界性职业技能赛事，引领和代表着职业技能发展的世界先进水平，被誉为"世界技能奥林匹克"。世赛由世界技能组织主办，每两年举办一届，至2019年已举办45届。

有一个时间点引人注目！广州市代表队2011年代表中国首次参加第41届伦敦世赛，迄今已连续参加了5届，是中国内地参加时间最早、参加项目最多、获奖牌数最多的城市，共获得6金3银5铜14优胜奖的骄人战绩。尤其是第45届世赛，广州市12名选手代表国家队出赛，获得4金7优胜奖，金牌数占全国的25%、全省的50%；奖牌总数占全国的21%、全省的55%。金牌数和奖牌数全面超越往届，充分彰显了广州技能人才培养的雄厚实力，以及在全国范围内高技能人才培养的重要地位。

广东省人社厅副厅长杨红山在接受采访时曾表示，目前广东技能人才总量达1115万人，其中高技能人才329万人。他提出："我们的目标是通过世界技能大赛转变社会观念、引领技工教育创新发展、提高技能人才培养水平，进而把世界技能大赛参赛工作打造成推动技工教育和技能人才培养工作的新引擎，推动我省技能人才事业大发展。"这是意图通过人才建设获得直接的人才效益转向。

广州市努力营造尊重技能的社会氛围，建立了以政府激励为导向、用人单位和社会力量奖励为主体的高技能人才评选奖励体系，大力宣传、展示广州优秀技能人才风采，营造尊重技能人才、崇尚技能的社会氛围，大力弘扬新时代大国工匠精神。以参加世界技能大赛为抓手，广州市正全力奔跑在高技能人才建设的大道上，这得益于新世纪第二个10年的人才蓝图规划与工作的切实推进。

在广州人才建设"十二五"规划中，明确了要贯彻实施国家技能人才振兴计划，推进广州市高技能人才精工工程，以培养技师和高级技师为重点，加快高技能人才队伍建设。开展高技能人才继续教育培训试点工作，打造全国一流的职业技能开发评价基地。开展"广州市突出贡献技术能手"评选和表彰，积极推荐广州选手参加世界技能大赛。充分发挥技师学院培养高技能人才主阵地的作用，继续推进技工院校"273工程"，实施"稳规模、调结构、转方式、促质量"的发展策略，走"高端引领、内涵发展"的办学道路。推进校企合作立法工作，鼓励技工院校和企业深度合作，建立技能大师工作室，探索高技能人才培养新途径。进一步优化技师学院教师队伍，推进国家示范性技工院校、国家示范性（骨干）高职院校建设，建立与现代产业体系相适应、体现广州特色、领先国内、具有国际水平的现代技工教育和中高职业教育体系。

在"十三五"规划中，提到要更进一步加强高技能人才队伍建设，促进高技能人才队伍发展。依托企业、技工院校和职业培训机构，大力推进高技能人才公共实训基地、培训基地、技能大师工作室"三大基地"建设，提升高技能人才培训能力。发挥技能竞赛高端引领作用，以世界技能大赛为重点，广泛开展各类职业技能竞赛活动，促进高技能人才队伍发展。完善技能人才评价使用机制。推进职业技能鉴定改革，加大职权委托和下放力度。完善技能鉴定质量管理服务体系建设，强化鉴定机构和质量监管，加强技能鉴定专家队伍建设，规范技能鉴定职业（工种）和题库开发管理。推进技能人才评价多元化机制建设，完善社会化技能鉴定模式，开拓更多符合社会发展需要的工种考核；推动企业高技能人才评价"广州模式"内涵和外延发展，加快建立以行业协会为主体的企业技能人才评价体系模式。健全人才流动和科技成果转化使用机制。健全党政机关、企事业单位和社会人才流动的政策衔接机制，打破人才流动制度壁垒，为高层次和急需紧缺人才引进开辟绿色通道。建立高校、科研院所、企业人才交流互动机制和人才联合聘用机制。探索建立健全科研成果转化使用机制，让人才在创新成果运用中有份额、有股权，使科研成果更快转为现实生产力。

针对以上两个五年规划的工作导向和精神要旨，广州市着手大力加强市属技工院校的专业建设。按照广州市职业院校专业结构优化布局的要求，紧密结合区域产业和行业发展的新变化，推动广州市技工院校专业建设上水平、人才培养质量上等级、院校办学出品牌。从全市技工院校中分年度遴选出一批专业和项目，经评审认定为市级重点专业、特色专业和校企合作项目，予以财政经费支持建设，推动广州市技工院校内涵建设、特色发展，提高技工教育和社会、行业培训的适应性、有效性和针对性，进一步提升职业教育服务社会的能力。同时计划安排市属技工院校能力提升工程，主要包括广州市技师学院校舍修缮项目、广州市工贸技师学院创建全国一流技师学院建设项目、广东省城乡一体化及农村劳动力培训世行贷款项目广州市工贸技师学院子项目、广州市轻工技师学院竹料新校区二期项目、广州市轻工技师学院竹料新校区一期生活体育楼建设项目、广州市机电技师学院学生宿舍及学生饭堂建设项目、广州市机电技师学院C-2实习车间建设项目、广州市交通技师学院校舍维修改造项目，以及市属技工院校内涵发展项目、广州市技师学院信息化与工业4.0智能制造实训基地项目、广州市轻工技师学院岭南特色工艺传承基地建设、广州市轻工技师学院产教融合发展项目、广州市交通技师学院汽车产业校企融合实训基地建设项目、广州市机电技师学院产教融合发展项目等。

同时，广州市充分发挥当地院校资源，统筹推进人才项目建设。推进人才大厦、广州市海外智力创新示范基地、广州市高技能人才公共实训鉴定基地、广州市6所市级财政核拨经费技师学院（高级技工学校）校区建设、广州人才"智慧云"工程等。除此之外，广州市还认真贯彻CEPA（中国内地与香港、澳门关于建立更紧密经贸关系的安排）和粤港澳合作框架协议，鼓励支持穗港澳三地人才交流，与港澳地区互派公务员和专业技术人才，加强与香港的职业教育培训、技能竞赛合作，共同推进技能人才实训基地建设。积极参与世界技能组织的竞赛和活动，以承办世界技能大赛选手集训工作为契机，争取广州市集训基地成为国家永久集训基地。

三 文化与人才环境

没有人会否认，人才是一个城市发展的不竭动力、不枯源泉。当然谁也都会承认，百年大计，教育为本。在世界和国内发展至今天的新形势下，各个领域、各个行业都离不开人才。人才对于一个地区的科技及经济发展的力量是不可估量的，细数上海、北京、深圳、天津、重庆、苏州、成都、武汉、杭州、南京、青岛、长沙、无锡等城市，无一不是依靠强大的产业来支撑起城市的整体繁荣和持续发展；而产业突飞猛进的背后，又离不开人才的聚集和培育。广州在这方面自然有着自身的长处，而且走在全国的前列。纵观新世纪第二个10年广州城市发展规划的进程，其实一直都伴随着完备的人才政策，这样人才才能真正发挥出效用。但是人才绝不只是机械的工具，而是首先要有温度、有文化和有品德。

比如，2018年7月3日至4日召开的全国组织工作会议上，习近平总书记指出："要广泛宣传表彰爱国报国、为党和人民事业作出突出贡献的优秀人才，在知识分子和广大人才中大力弘扬爱国奉献精神。"爱国是所有人才最应该具备的基本品德，不爱国的人才是经不起任何考验的，也将缺少强大的精神动力，其才也必将不厚。

"求木之长者，必固其根本；欲流之远者，必浚其泉源。"文化就是人才之"根本"，就是人才之"泉源"。党的十八大以来，习近平总书记反复强调文化自信，而且做出过许多深刻的阐述。2021年3月22日，习近平在福建武夷山市朱熹园考察时再次谈到文化自信,"没有中华五千年文明,哪有我们今天的成功道路"。是的,广州几十年来的人才建设,如果没有重视立德树人,没有做到文化育人,也不可能取得如此辉煌的成就。

德才兼备,以德为先

德是人才素质的灵魂。德育是以培养人才思想品德为目的的教育工作,是社会主义全面教育不可分割的重要内容,它包括政治教育、思想教育、道德教育等方面,与智育、体育、美育等相互渗透、相辅相成。广州大中小学都十分重视德育工作,这里暂且按下不表。

新世纪的第二个10年开始不久,广州市委、市政府就制定了《广州市高层次人才认定评定办法》,其中有"坚持品德、知识、能力和业绩并重的原则",将"品德"放在首位。

爱国是高层次人才最基本的,也是最重要的品德。

钱学森是爱国高层次人才的典范。1949年10月1日中华人民共和国成立,时在美国的钱学森激动不已,决定回归报效祖国。他向夫人蒋英说:"祖国已经解放,我们该回去了。"当时钱学森已是世界著名科学家,但祖国的召唤,让他宁可放弃在美国优越的一切。回国之路充满坎坷,他被美国国防部扣留,被美国司法部逮捕,这一切都因为他为美国航空和火箭技术做出了重要贡献。美国作家密尔顿·维奥斯特曾写道:"钱(学森)是帮助美国成为世界第一流军事强国的科学家银河中一颗明亮的星。"面对一切无理对待,钱学森怎会屈服,一颗拳拳爱国之心让他充满了斗志!几经周折,历经磨难,最后在周恩来总理的交涉之下,1955年9月他终于回到了祖国怀抱。在美国20年,钱学森从未改过中国国籍。他回忆说:"我在美国那么长时间,从来没想过这一辈子要在那里待下去。我这么说是有根据的。因为在美国,一个人参加工作，总要把他的一部分收入存入保险公司，以备晚年之后用。我一块美元也不存，许多人感到奇怪。其实没什么奇怪的，因为我是中国人，根本不打算在美国住一辈子。"钱学森在告别他的老师——美国著名科学家冯·卡门时曾说："外国人能造，中国同样能造。"钱学森的爱国之心，感动和教育了一代又一代中国人。

矢志爱国奉献，勇于创新创造，这是新时代人才工作的目标指向。钱学森、邓稼先、郭永怀等"两弹一星"元勋，"飞霜掠面寒压指，一寸赤心惟报国"，中华人民共和国成立以来，没有那么多胸怀爱国和奉献精神的先贤人物，我国科学和教育事业也就不可能取得长足的发展。广州的发展需要吸纳大量海外人才，也需要培养无数本土人才，爱国和奉献是人才身上闪耀的两道光芒。

广州大学周福霖院士就是50多年科技报国的"国家栋梁"广州典范。他说："一个人一辈子，只要做好一件事就足够了。建造在地震中安全的建筑，就是我这辈子要为国家和人民所做的事情。"周福霖是我国著名抗震、隔震与减震控制领域专家，中国工程院院士，广州大学抗震研究中心主任。周福霖终生从事工程结构与抗震减震的研究与教学工作，带领团队在世界防震科技前沿积极探索，参与汶川特大地震灾后重建等多项重要工程，完成了世界最长隔震跨海桥——港珠澳大桥（2009年始建）、中国最高智能控制电视塔——广州塔（2010年对外开放）等的隔震设计，共计赢得11项中国第一，为我国结构隔震减震控制技术体系的建立、应用与发展做出了奠基性、开拓性贡献，成功将我国减隔震技术从世界范围内的"跟跑"，变为与国际先进技术的"并跑"，并有望实现"领跑"。1981年，周福霖院士在温哥华留学，后来毅然决定回国，向祖国深情地表白："美丽的城市/豪华的建筑/富有的生活，但这不是我自己的家园/我的家园在遥远的东方……人们需要我/民族需要我/祖国正在呼唤我/我要投向祖国母亲的怀抱！"

1952年考入华南师范学院（今华南师范大学）附属中学（高中）的钟南

山院士,是地地道道的广州人才翘楚,是中国培养出的为国家服务的杰出院士。钟南山出身于医学世家,1960年毕业于北京医学院(今北京大学医学部),毕业后回到广州服务,曾任广州医学院院长、党委书记,是广州市呼吸疾病研究所所长、广州呼吸疾病国家重点实验室主任、中华医学会会长,还是国家卫健委高级别专家组组长、国家健康科普专家。2002年—2003年波及全球的非典(SARS)疫情暴发,广州成为医疗重镇,钟南山抗击疫情功不可没,堪当中国抗击非典型肺炎的领军人物。2019年底新冠肺炎疫情在武汉暴发,83岁高龄的钟南山院士挂帅北征,为抗击和控制新冠肺炎疫情做出了不可磨灭的贡献。2020年8月11日,习近平签署主席令,授予钟南山"共和国勋章";9月3日,钟南山院士入选世卫组织新冠肺炎疫情应对评估专家组名单;9月4日,入选2020年"全国教书育人楷模"名单;11月3日,钟南山被授予2020年度何梁何利基金"科学与技术成就奖"。

…………

没有饱含深情的爱国激情,没有品德高尚的人格力量,没有舍生忘死的奉献精神,我们的杰出人才将不可能迸发出无穷的伟力,国家就不可能取得辉煌的发展,人民也将可能面临突降灾难的风险。

文化是人才诞生和成长的土壤

有人如此来阐述文化与城市之间的关系——

城市文化是一个城市的形象,代表了城市的精神和灵魂,是使城市能够长久和谐发展的根本所在。城市文化是有形资产和无形资产的完美融合,是自然资源与人文资源的相辅相成,更是城市发展的历史底蕴的积淀。城市的历史文化底蕴是构建文化品牌、塑造城市形象的灵魂所在,城市文化必须结合其历史文化气质,将文化内涵融入城市文化品牌,形成文化品牌识别度,使得形象更具特色。文化资源与城市文化品牌有着密切的关联，文化是历史的、具体的，城市文化品牌是城市历史文化和特色资源长期积淀的产物。在城市未来的发展中，文化的资源性、差异性特征日益凸显，文化软实力不仅是支撑城市社会发展的基础和无形力量，而且是城市核心竞争力和影响力的重要体现。

上面的话说得极有道理，说明了一个城市的发展与文化是紧密相连的。表面上看，说的是城市文化，但在深层上，说的仍是人与城市的关系，人或人才的文化底蕴决定了一个城市的底蕴与精神高度。城市的发展并非经济状况或发展所能囊括，它与人的文化素质分不开。

2010年，亚运会在广州成功举办。借此契机，广州的城市精神被概括为"务实、求真、宽容、开放、创新"，并且将"敢想会干为人民，和谐包容共分享"概括为广州亚运精神，将广州当下社会共识凝聚在亚运吉祥物"五羊"上，形成了"祥和如意乐洋洋"的氛围。后亚运时代，广州为创建全国文明城市，推出了广州创文宣传片之广州城市精神篇，再次强调和宣传了广州"敢为人先、奋发向上、团结友爱、自强不息"的城市精神，背后凸显的是广州市民焕发出的公民意识、政府与市民的良性互动，以及包容开放的城市精神。在未来，广州的城市精神建设应与广州建立世界文化名城、巩固国家中心城市、践行社会主义核心价值观等时代主题相统一，在岭南文化的根基之上，2010年—2020年间逐渐形成广州独具特色的高质量城市文化。

2012年12月，时任广东省委书记胡春华在广州调研时提出"发展新岭南文化，培育文化产业，打造新岭南文化中心，建设世界文化名城"。广州城市精神作为一个地方的价值观，是在岭南文化这一更大的地域价值观内孕育出来的，岭南文化价值观的"包容""开放"与广州精神具有内在一致性。改革开放以来，广州成为改革的前沿阵地，在岭南传统价值观基础上又孕育出"创新""敢闯"的精神要素。由此看来，城市文化与时代机遇、地域特色、城市精神追求也是密切相关的。这既是一个城市人才的智慧体现，又高度体现了这个城市的人文和人才环境。

不妨说，文化还是一个城市人才诞生和成长的土壤。2017年7月1日，习近平出席《深化粤港澳合作推进大湾区建设框架协议》签署仪式。2019年2月18日，中共中央、国务院印发《粤港澳大湾区发展规划纲要》。按照规划纲要，以香港、澳门、广州、深圳四大中心城市作为区域发展的核心引擎，粤港澳大湾区不仅要建成充满活力的世界级城市群、国际科技创新中心、"一带一路"倡议的重要支撑、内地与港澳深度合作示范区，还要打造成宜居宜业宜游的优质生活圈，成为高质量发展的典范。其中，粤港澳大湾区以广府文化作为核心文化。广府文化从属于岭南文化，可以说是以广州为中心的独特的城市文化。

既然广府文化是以广州为中心的文化，那么广州在人才建设中就要特别注重地域文化的体现，而这种地域文化的教育又体现在多个领域、多个方面，不过在技能人才培养上却有令人意想不到的作为和效果。

广州在21世纪以来的第二个10年，大力推进优质技工院校建设，完成现代技工教育发展"产业主导、校企双制、强师重教、能工巧匠、优质就业、终身培训、文化引领"的七大行动计划。其中广府文化教育和工匠精神教育，就是文化注入职业技能教育理念的最佳范例。

广州市技师学院作为广东省最早建立的技工院校之一，依托地方文化——广府文化，从广府文化中挖掘工匠精神内涵，凝结成为广府工匠文化内涵，助力技工院校文化内涵建设。广府文化所具有的移民文化、兼容文化、开放文化特点，使广府文化尽管历尽沧桑，仍独树一帜。它保留了中华优秀传统文化的特点，并能以突出的地方独特风格与特色，对广东社会、教育乃至海外华侨华人产生重要影响。学校在"广府班"实践的基础上，构建了以广府文化助力现代工匠培育的实践研究，以及广府文化融入学校育人体系的理念体系，探索了优秀地方文化助力工匠精神融入技工教育的实施路径与推进策略。

学院与广府人联谊会联合连续开办五届广府班，每届广府班学子入学时，学院都会举办隆重的广府班开班仪式。广东省广府人珠玑巷后裔海外联谊会会长、执行会长，广州市人社局领导和技工教育管理处等相关领导出席开班仪式，为每位学子佩戴广府人徽章，并殷殷寄语。在一系列充满仪式感的流程中，让学生体会身为广府班学子的神圣感和使命感。学院举行"传承广府文化，立志技能报国"广府成人礼，为学生佩戴成人帽寓意笄冠之礼，借此仪式希望同学们了解传统文化，同时肩负传承和传播中华传统文化的使命。学院还为毕业生举办广府毕业礼。

每学年开学第一周，学院领导分赴各校区亲自开讲，重点围绕中华民族伟大复兴，结合历史兴替，通过传授爱国志士、民族英雄、工匠大师事迹、广府文化精髓等内容，从开学第一天起就培养学生求实、求精、包容、创新的精神，鼓励学生争当知识型、技能型、创新型的人才；同时，以开展专题讲座的形式加强广府文化精髓教育。邀请著名粤剧表演艺术家倪惠英走进学院，向师生传授粤韵操。学院携手白云区文化馆共同主办"品味粤剧艺术，传承广府文化——粤剧文化进校园"活动，白云区曲艺家协会的粤剧老师们为学院师生带来粤剧经典曲目表演。

广府文化是粤港澳大湾区的主流文化。弘扬广府文化，打造广府特色品牌对于推动粤港澳大湾区文化协同和经济发展有着积极的作用，也是推动区域内民心相通、增强文化认同感、提升中国文化软实力的重要举措。学院积极以弘扬广府文化为契机，开展与港澳两地的文化交流。学院开展两届"同根同心——香港初中及高校学生内地交流计划系列团"，两地师生共同追溯了粤港情深、同根同脉的历史渊源，交流活动能够很好地促进香港与内地青少年的密切交流，开阔内地与香港教育合作的视野，有利于内地和香港共同寻找民族文化根源，增强民族自豪感，同根同心，奋力开创祖国的美好未来。

广州市技师学院以广府文化促进学校的工匠精神培养，目的是让全体师生在广府文化体现的核心价值观引领下，运用广府文化元素，构建出教育生活（运作）方式。通过广府文化的引领形成了自己的办学特色，并把这种特色发展成为一种办学优势。为实现这一目标，广府文化系统分别从精神文化体系、物质文化体系、制度体系、课程体系四个层面将广府文化融入校园文化系统。四个层面搭建了广府文化融入校园文化的建设体系，每个层面均采取了具体的活动或工程来承载育人活动。

广州市技师学院办学理念：揽天下英才，育广府工匠。

羊城工匠馆、广府文化传媒中心、广府文化大师室等相继成立。

好有气势！也好气派！

环境是人才的阳光和雨露

有人把文化融入环境之中，并做如此描述：人才文化环境包括人才工作的价值理念、治理理念、选人用人导向，人才的政策制度、事业平台、工作待遇等硬环境建设和人才的服务管理、生态文化等软环境建设，以及人才所处的社会大环境。引导塑造先进的人才价值观和用人导向，营造优良的政策制度环境和人才文化生态，对于人才工作具有较强的能动作用。运用科学辩证的人才价值观选才识才，建设制度平台聚才育才，营造良好的人才治理观、人才事业观和人才文化生态环境，坚持不懈，久久为功才能行稳致远。

习近平在讨论2013年政府工作报告时特别指出："要以全球视野谋划和推动创新，改善人才发展环境。"人才发展环境的好坏，在很大程度上决定了人才的满意度，同时也是能否稳定人才、吸引人才的重要因素。只有提供良好的人才发展环境，才能为人才发展和创业提供更可靠的社会保障。这些理念说出来并不难理解，关键是如何去贯彻、施行。

在人才成长环境方面，广州市政府制定的人才规划及相关人才政策为人才个人的成长提供了机遇。为此，广州创新人才管理体制机制，进一步完善人才政策体系，并围绕广州市经济社会发展总体规划和人才需求，以加快集聚产业领军人才为支点，推进实施重点人才项目，改革人才管理体制，创新人才培养、引进、评价、流动、保障和激励机制，吸引聚集海内外各类创新创业人才。

在具体做法上，建立高层次人才聚集平台和创新创业示范区，加快南沙粤港澳人才合作示范区、广州开发区国家海外高层次人才创新创业基地等平台建设，扶持企业建设创新创业平台，协助企业申报院士工作站、博士后工作站、技能大师工作室、新型研发机构等。探索建立南沙自贸区海外人才离岸创新创业基地，建立多层次的离岸服务人才支持系统。发挥千人计划南方创业服务中心的聚集作用，办好用活"中国海外人才交流大会暨中国留学人员广州科技交流会""中国创新科技成果交流会"等高端平台。深入推进高水平大学建设，着力建设政产学研相结合、多元投入、专业化和集成化服务的创新创业人才孵化平台。推进人才评价和职称制度改革。发挥政府、市场、专业组织、用人单位等多元评价主体作用，探索建立科学化、社会化、市场化的人才评价制度。根据国家和省的统一部署，分类推进中小学教师、技工学校教师、卫生专业技术人员等领域的职称制度改革。完善职称评审工作机制，试点向具备条件的有关社会组织转移职称评审职能，向高等院校、科研院所、新型研发机构、大型骨干企业、行业领先企业、高新技术企业等用人单位下放职称评审权限，研究建立自主评价机制。经济环境中政府的人才经济补贴会进一步加强全社会尊重人才的氛围，奖励政策对大力营造尊重人才、尊重知识、尊重创造的良好氛围影响深远。

人才环境是以政府为主体的人才政策的物质条件和精神条件的总和，是一个城市的环境生态和文化氛围，同时也是人才聚集之后相同文化和不同文化碰撞的火花、交流的回旋之地。一个好的人才环境，将成为人才成长的阳光和雨露，我们将看到人才之林的枝繁叶茂；不好的人才环境，将如沙漠和枯死之地，鸟雀都要远离，更何况对事业踌躇满志、对人生充满美好愿望的各方之才？！

第五章

有温度、可信赖的院士之家和院士风采

抬头静观有异景，群峰屹立在眼前；搭起桥梁结纽带，勤为服务天下先。

最新一些年来，针对院士的人才服务举措十分引人注目，其中最为标志性的是2017年9月广州院士活动中心的正式成立。广州院士活动中心成立之后，不为虚设，只求实干，做院士们的贴心人，用心、用情，不仅立足平台建设，汇聚院士高端智力资源，还大力弘扬新时代科学家精神，努力实现科学家与企业家的双赢，为广州的人才建设和人才服务工作，踏踏实实地走出了坚实的一步。

院士是世界上很多国家为科技顶尖人才所设立的一个最高学术称号，它甚至是终身的至高荣誉。院士头顶光环，给人以神秘莫测之感，他们极高的智慧往往代表着人类科技发展的最高水平。中国的院士们献身科研，呕心沥血，是共和国的脊梁，他们高居人才金字塔的塔尖，在科学工程技术领域做出了系统的、创造性的成就和重大贡献。院士风范，光风霁月！

广东在改革开放之初，教育文化水平相当落后，1979年全省仅广州有一位院士。然而，改革开放40年之后，在穗院士数量有了惊人的变化，其过程蕴含着广州发展历史的丰富内涵。院士的头羊效应，光耀羊城；广州院士活动中心全心全意的服务，可圈可点。

一　走近院士之家——广州院士活动中心

改革开放以来，广州的院士从少到多，这是广州人才建设史上取得的重大标志性成果，是广州市打造国际科技产业创新中心、建设科技创新强市的重要保证。在广州市科学技术协会创新与交流中心基础上成立的广州院士活动中心，主要承担院士联系服务和创新驱动科技成果的转化相关工作，大大促进服务院士的质量和效率。院士活动中心的成立，使对院士的服务工作由分散转向集中。透过这个服务窗口，我们将会了解得更多，外界也在很大程度上能够一睹院士们的风采。

广州院士活动中心的成立与初衷

广州自21世纪以来，其科技地位和影响力与日俱增。至第一个10年即将结束的时候，新增院士迎来了一个高峰，仅2009年这一年，新当选院士就有五位：中国科学院院士中山大学教授许宁生、中山大学教授陈小明、南方医科大学教授侯凡凡，中国工程院院士华南农业大学教授罗锡文、华南理工大学教授周克崧。新增院士数为历年来最多的一次。其中陈小明院士年仅48岁，为当年全国最年轻的新当选院士。

10年之后，2018年底，《广州日报》有个数据是这么描述广州市人才信息的：

> 截至目前，广州地区具有大专以上学历人才资源总量377万人，留学归国人员近8万人，来穗工作的外国人才1.5万人次。其中，在穗工作的诺贝尔奖获得者8人、"两院"院士97人（全职37人，占全省90.2%），国家相关重大人才工程入选者598人，占全省55.8%；省"珠江人才计划"创新创业团队90个、高层次人才210人、"广东特支计划"入选者891人（分别占全省41.9%、58.3%、75%）。

从上可看出，广州再也不是改革开放之初院士稀缺的城市，生活和工作在广州的全职院士就高达37人，占全省的90%以上。

2018年6月22日，广报全媒体有这么一则关于题为"19位院士齐聚广州献计粤港澳大湾区发展"的新闻：

> 由中国工程院、广州市人民政府主办，中国工程院科技合作办公室、广州市科技创新委员会、广州市科学技术协会承办的"院士咨询座谈会"在广州东方宾馆举办。中国工程院副院长何华武等19位院士，围绕"共建国际科技创新枢纽 推动粤港澳大湾区城市群共赢发展"主题，以及中国工程院与广州市的合作提出建议。广州市委常委、常务副市长陈志英出席活动并讲话。

还有一则新闻是这样的：

> 广东医学领域再添一位院士。中国科学院11月22日发布公告，2019年中国科学院选举产生64名中国科学院院士和20名中国科学院外籍院士。49岁的中山大学孙逸仙纪念医院院长宋尔卫当选中国科学院生命科学和医学学部院士，成为广州继钟南山（呼吸）、钟世镇（基础医学）、姚开泰（肿瘤）、曾益新（肿瘤）、侯凡凡（肾病）之后第6位当选两院院士的医学专家。

> 同年同批次，中山大学大气科学学院戴永久教授也增选为中国科学院地学部院士。

一年后2020年10月12日，广州大学又迎来一位加拿大国家工程院院士——叶思宇院士！当天下午，叶思宇院士聘任仪式在广州大学举行。叶思宇院士受聘为广州大学特聘全职院士、化学化工学院教授、广州大学黄埔氢能源创新中心主要负责人和首席科学家，将领衔推动广州大学黄埔氢能源创新中心的建设。

不难看出，为广州经济发展服务的院士不仅为数众多，而且人数还在不断增长。在各个领域，广州的院士们都一直起着重大的、无可代替的"领头羊"作用。就近来看，院士们也正积极地融入广州、融入大湾区的经济和社会发展的建设之中，他们对社会的贡献（不仅限于广州），可谓万众瞩目、举国皆知，获共和国勋章的钟南山院士就是其中最为杰出的代表。

"环境好，则人才聚、事业兴；环境不好，则人才散、事业衰。"习近平总书记早在2013年就对人才工作提出"要健全工作机制，增强服务意识"的要求。广州市科学技术协会早就意识到为人才、为院士做好服务工作的重要性，习近平总书记的讲话让广州科协闻风而动，同年6月，广州科协下属公益一类事业单位——"广州市科学技术协会创新与交流中心"创建。在广州市委市政府的直接关心和推动下，2017年9月"广州院士活动中心"正式成立。中心深入贯彻落实习近平总书记关于人才工作的系列讲话和指示批示精神，秉承为院士专家提供更高水平更有温度服务的宗旨，把院士服务联络工作融入广州人才工作大局，从此广州地区的院士之家建设迎来崭新发展。

实际上，广州市政府早就有了成立广州院士活动中心的打算。早在2015年广州地区院士中秋国庆茶话会上，广州市副市长王东出席活动并提出广州将成立"院士活动中心"，表明要为院士搭建科技成果转化平台，同时搭建院士专家咨询平台，让院士更好发挥科技智库作用。两年后"广州院士活动中心"正式成立，这是广州市人才建设和服务得以大力推进的一个重要标志。

近年来，广州院士活动中心继续深入贯彻习近平新时代中国特色社会主义思想和党的十九大精神，认真落实广州市科技工作的各项决策部署，全心全力服务科技工作者、推动创新驱动发展、提高市民科学素质、协助党和政府科学决策的水平不断提高，为科技人才集聚地和高端学术交流地提供助力。

中心每年举办花城院士科技峰会、院士咨询座谈会等各类高端学术交流活动，承办广州市人民政府与中国工程院合作委员会年度工作会议，汇聚院士智慧，助力广州建设国际学术会议之都。中心积极组织院士专家企业行、中国创新创业成果交易会院士团队科技成果展，搭建产学研服务平台，推动各产学研主体科技创新资源的互补与共享。中心还将继续依托院士智慧，为市委市政府科学决策提供参谋服务，为广州市创新驱动发展服务，进一步深化院士与企业联系合作，协助推动院士专家工作站建设，为促进院士成果落地转化和企业转型升级提供支持。

有温度的院士之家

古称国之宝，谷米与贤才。关心和慰问院士，成了院士活动中心的日常工作，让院士受到尊重，感知南国广州花城的芳香和温暖，成为院士活动中心工作人员的重中之重。这也是广州深入学习贯彻习近平视察广东重要讲话精神的具体落实，是为建设粤港澳大湾区区域发展核心引擎，实现老城市新活力、四个出新出彩的重要人才服务保障。院士是国之宝，是广州之宝，院士活动中心成立以来时刻谨记为院士做好服务的初衷，让院士活动中心成为有温度的院士之家。

2022年春节前后，广州院士活动中心陪同广州市科协及市委组织部、市委人才办相关领导，走访慰问了宋尔卫、刘焕彬、周克崧、周福霖、杜如虚、高松、吴硕贤、张景中等八位院士，为院士及其家人送上节日的祝福和问候。

2020年，广州院士活动中心与新快报社联合出品首批院士手绘海报，正式登陆广州地铁公园前站和纪念堂站，让广州市民在搭乘地铁、公交时，在地铁站、公交车站的广告灯箱看到一些熟悉的身影，在全城掀起一波科技追星潮，最大范围展现院士风采，传播新时代科学家精神。一幅幅手绘画作，用生动细腻的笔触，将院士们精彩的人生瞬间定格于尺幅之间，令人心动，又令人感动！比如钟南山院士的画像上，旁边还有这样一些内容：

新冠疫情肆虐时，钟南山院士再次奋战在最前线。

"肯定会人传人"

"戴口罩预防很重要"

"武汉是一个英雄的城市，一定会挺过去"

……像17年前一样，他务实求真，用专业说话，有他在，就心安！

比如，周福霖院士的海报中，当面临和目睹在地震中痛失家人、泪流满面的灾民时，周福霖院士暗下决心，一定要潜心研究，造出防震减震的房屋。而事实上，他毕生都在推广隔震减震技术，拯救人类生命，而且他最终实现了自己的心愿。在介绍周福霖院士的画像时，我们可以看到赫然入目的那行黑体大字：

"推广隔震减震技术就是在拯救人类生命，我们责无旁贷。"

院士画传成为院士活动中心大力宣传广州院士风采、赞美院士追求真知和无私奉献精神的创举，在广州营造了重视知识和尊重人才的浓郁氛围。在以《何镜堂：用建筑与时代对话》为题的院士画传介绍文字中，结尾的一段话令人动容：

今年已经81岁的何镜堂仍在参加工程竞标，像他这样高龄依然冲在一线的院士十分少见，他所散发的进取精神也一直激励着他的学生们。

"作为一个建筑师，最大的责任是为社会服务，建筑不是用来自我欣赏的，它社会性很强，为社会服务、以人为本是一个建筑师最重要的历史责任和职业责任。"在何镜堂看来，他走的是将个人追求跟社会需求匹配的道路，而这条路，还在不断延伸……

1938年出生的何镜堂院士仍然在努力着、奉献着，他的高尚人格和拼搏精神温暖人心、催人奋进。广州院士活动中心是传递温暖的机构，把广州人的温暖和敬重传递给院士，又把院士们的精神热度传递给整个社会。

如上所言，讲好院士故事，大力弘扬新时代科学家精神，这成为广州院士活动中心用心努力去做的一件大事。这件大事是一个系统性的大工程，是一系列的重要举措，中心先后与《广州日报》、《南方日报》、广州电视台等媒体合作，策划出"广州院士逐个访""院士风采专题宣传"等多个院士宣传品牌；策划"院士深情告白祖国"国庆公益广告主题宣传片和"科技报国、奋勇争先"平面主题宣传在户外公信屏以及地铁灯箱、公交站亭等滚动投放、为国庆献礼；拍摄各类院士题材宣传片15余部，编制《院士成长之路》系列丛书。相关视频和海报，分别在广州各地铁线路、北京路商业步行街、广州南站、花城广场等公共场所公信屏滚动展播，同时还在学习强国、广州电视台、花城+等线上媒体平台同步播出，充分展示了广州地区科技工作者的风采。

广州作为改革开放的前沿阵地，历来尊重知识和人才，院士活动中心成立之后广州市领导更是带头对院士们"问候、问情、问需、问策"，坚持用情用心。市委组织部、市人社局等部门联动起来，对院士的日常性服务工作制度化，2019年6月出台《广州地区院士工作联络制度（试行）》，从而针对院士的服务工作不仅只限于院士活动中心，而是整合全市力量来共同做好院士的服务工作，可见广州对院士高端人才进行服务的真诚与热情。

广州院士活动中心甘做院士们的"服务员"，愿做院士的"贴心人"，大到人才政策服务、医院保障，小到家政服务、生日问候，总在不折不扣地转达和落实市委市政府对院士们的关怀与爱护，让院士们真切感受到花城广州是没有冬天的，花城一年四季都是温暖的。

可信赖的院士之家

院士活动中心的服务工作不仅让院士们信赖并积极参与到广州的发展进程中，中心的活动丰富多采而卓见成效，让院士们感受到温暖，很多有效的组织活动也充分调动了院士参与广州建设的积极性。

院士活动中心不仅只是做些简单的日常服务性工作，还实实在在地为院士们的成果转化尽心尽力，举措之一就是成立院士工作站。2019年6月，广州市科协和广州市委组织部共同印发《关于推进广州市院士专家工作站建设的实施方案》，聚焦区域产业发展和创新需求，正式启动广州院士专家工作站建设。院士专家工作站，这是广州市面向院士量身打造的一项新制度，开始实施每年一度的院士专家工作站的申报、批准和建设工作，其目的就是为加快实施创新驱动发展和人才强市战略，大力推进国家中心城市建设全面上水平。

目前已完成三年建站立项任务，依托44家工作站引进合作院士专家48名，柔性引进了一批院士专家团队，助推企业在技术攻关、成果转化、人才引进培养、自主创新能力提升等方面取得了丰硕的成果，获得了良好的社会和经济效益。

广州科协利用科普大讲坛、院士专家校园行、花城院士讲坛等平台，不断推动院士科学家精神进校园、进企业、进社区。钟南山、徐义刚、张培震、刘人怀、刘焕彬等院士走近市民、走近青少年，在广州掀起了追逐科技明星之风潮。

2021年5月19日，广州"院士专家校园行"活动走进广州市越秀区二中应元学校。活动邀请了科学家、教育家、原华南理工大学校长、俄罗斯工程院外籍院士刘焕彬院士，为初一、初二的学生带来以《肩负时代重任 莫负盛世时光》为主题的科普讲座。刘院士分享了造纸技术的发展与运用,并结合自己的成长成才经历,勉励青年学子:"立志肩负起民族复兴的时代重任,这个担子交给同学们,这是一个很重的担子。"刘焕彬院士回忆往事的时候,十分感怀于当年"少立报国志",于是有感而发赋诗一首:

跟党砥砺行

年老忆往事,历历当年情。

少立报国志,业深精于勤。

国家逢盛世,跟党砥砺行。

老可发余热,再续报国情。

少年兴,则中国兴。广州的院士们从未忘记用自身经历和切身体会关爱和激励着广大青少年,他们的茁壮成长将是广州美好的未来。在2021年"大手拉小手科普报告汇"系列活动中,苏国辉、刘人怀、刘焕彬等14名院士和专家,在越秀、增城、花都、黄埔、白云、番禺、天河、从化等8区的53所中、小学校开展专题讲座53场,向近2万名中小学生讲授科技报国的故事,传递爱党爱国情怀,展现科学研究魅力。刘人怀院士在报告中分享了他研究"精密仪器仪表波纹圆板弹性元件"的经历,他真诚地说:"我虽然没见过,也不懂得原理,但我很感兴趣,因为国家需要就是我的志愿。"他坚信科学研究对国家有意义。没有什么比院士们语重心长的谆谆教诲更能激励青少年们的成长了,院士们的话语尤如在青少年的心田播种下一颗颗饱满的种子。

院士们向青少年宣讲,也向广州广大科技工作者和广州市民宣讲。2019年10月15日,为隆重庆祝中华人民共和国成立70周年,大力弘扬科学家精神和科学报国的光荣传统,加强对科技工作者的政治引领,广州市科协联合市委组织部、市委宣传部、市人社局等单位共同举办"礼赞新中国·追梦新时代"院士报告会,邀请方滨兴、苏国辉、罗锡文、杜如虚、钟世镇等5位来自不同科技战线的院士,分享献身科学报国事业、与祖国共同成长的人生历程，吸引500余名科技工作者到场，《广州日报》等多家媒体平台宣传报道，总受众达400余万人次，广州科技工作者和市民反响热烈。

方滨兴院士讲述了他在国际上争取我们国家网络空间主权的故事，强调要"保持报效国家的使命感"。

苏国辉院士的话让听众瞪大了眼睛，"年少时，按照现在的流行说法，我是个'学渣'。""中学时，香港流行起摇滚乐，我省下生活费买了一把电吉他，和一帮朋友'夹band（粤语：组乐队）'。"他还当场展示一个爬树的男青年的老照片，说那个青年就是自己。原来青春是可以改变的，报国没有先后。

罗锡文院士用"一个开拖拉机的"来形容自己。他的梦想十分接地气——耕牛退休，铁牛下田，农民进城，专家种田。他的初心就是实现农业机械化，把农民从繁重的劳作中解放出来，这就是他的人生使命。

令人惊叹景仰的94岁钟世镇院士，自称"90后"，在场观众在会意的笑声中看到了一位这位"世纪院士"的青春热情……

2020年10月27日，院士活动中心邀请到中国工程院院士、博士生导师、华南农业大学教授罗锡文，为广州市第一一三中学做题为《与共和国农机事业共成长》的科普讲座，并通过"微开讲"直播平台进行了现场直播。这是2020年广州院士专家校园行首场线下科普讲座活动。

宣传和联络本地院士，只是院士活动中心工作的一部分。促进院士与本地科研成果的转化，以及加强外地院士与广州的交流，更是中心的重头戏之一，"花城院士讲坛"就是其中的一项具体举措。

中共广州市委组织部、广州市科学技术协会、广州市院士活动中心在这方面起到重要的组织作用。为贯彻落实《粤港澳大湾区发展规划纲要》精神，加速湾区科技资源的流动与转化，分享创新经验，借助广州市院士专家工作站柔性引进高端创新资源之机，充分发挥进站院士及其团队的优势，努力搭建具有影响力的高端创新资源学术平台，不断提升业界创新能力与水平,在广州(国际)科技成果转化天河基地支持下,由航天精一(广东)信息科技有限公司主办、专创空间等单位协办的花城院士讲坛,于2020年10月24日在广州举办。

时隔不久。11月23日,第九期花城院士讲坛又在广州南沙举行,活动由广州市委组织部和广州市科协指导,广州沈自所分所(院士专家工作站)主办,广东智能无人系统研究院和广东造船工程学会协办,讲坛以"推动民用智能无人技术发展、助力科技强国建设"为主题,深入探讨民用智能无人技术发展的现状和发展趋势。广州市委组织部人才工作处柯欣副处长、广州院士活动中心李贤承主任及南沙区科学技术协会张茂海主席等出席讲坛。来自珠三角地区的10多家科研院所、高校和相关企业的科研人员近100余人一起现场聆听了报告并与两位报告专家进行互动交流。柯欣副处长在致辞中介绍了广州市打造国际科技产业创新中心,建设科技创新强市的决心和优质的人才政策,希望企业和科研院所能够加大力度培养和引进优秀人才,服务于广州市创新驱动发展战略。

……

往事历历在目,广州院士活动中心自成立起,至今已走过5年的历程。在这5年中,中心的工作兢兢业业,有声有色而稳定有序,取得了令人瞩目的成绩。中心不愧是院士专家的贴心人,中心的工作是温暖的,是可信赖的。广州院士活动中心在上级主管部门和市委市政府的坚强领导下,卓有成效地走出一串鲜明的足迹,为广州的人才服务工作走出了一条新路子,为广州的经济建设贡献了自己的力量。

二　院士风采之巍巍钟南山

说起广州的院士，一下子哪能列举完。他们的奋斗人生，他们的动人故事，我们无法在此一一说尽。上百院士，各有各的领域，各有各的专长，在每个领域他们都是响当当的人物，每个专长和成果都在国内外产生过较大的影响，有些还是世界领先。他们是国之栋梁，他们的成果可谓国之重器。他们在广州发挥所长，实实在在地为广州的发展作出了巨大的贡献，他们不仅是广州科技和城市发展的底气和底蕴，也是广州未来能够参与国际竞争的希望。

钟南山，不是一座山，他是一个80多岁的普通老人。

钟南山，也是一座山，他是中国一座令人仰望的高山！

2020年9月8日，全国抗击新冠肺炎疫情表彰大会在北京人民大会堂隆重举行。习近平向"共和国勋章"唯一获得者钟南山颁授勋章奖章，同时受奖的还有"人民英雄"国家荣誉称号获得者张伯礼、张定宇和陈薇。钟南山院士是我国呼吸疾病研究领域的领军人物，他提出的防控策略和防治措施挽救了无数宝贵的生命，在2003年非典型肺炎和2019年底开始暴发的新冠肺炎疫情防控中作出了巨大贡献。

9月8日当晚，钟南山院士回到广州。被俗称为"小蛮腰"的广州标志性建筑物——广州塔全塔霓虹灯亮起，整个塔身循环播放着向钟南山院士致敬的内容。钟南山院士走进他工作的广州医科大学时，一条大横幅赫然入目："南山风骨，国之脊梁，国士无双，向您致敬！"更令人心潮澎湃的是，全校师生在这个时候同时亮起手机灯光，齐声高喊："南山风骨，国士无双。"

……是呵，"南山风骨，国士无双！"

少壮有为钟南山

有首歌这样唱道：

鼓浪屿四周海茫茫

海水鼓起波浪

钟南山的父亲钟世藩和母亲廖月琴及其祖父母都是厦门人，钟南山的父亲1932年毕业于北平协和医学院，后获得美国辛辛那提大学医学博士学位；母亲毕业于北平协和医学院高级护理专业，后被派到美国波士顿学习。1946年钟南山随父母亲迁到广州。1949年10月14日广州解放前夕，钟南山的父亲拒绝了国民党的多次邀请，毅然留在大陆。中华人民共和国成立之后，父亲钟世藩成为我国著名的儿科专家，母亲则是广东肿瘤医院的创始人之一。出生于医学之家的钟南山，受父母影响极大，敬仰父亲的治学精神和医德。

1936年10月20日，钟南山出生于南京中央医院，因医院处于南京钟山之南，父亲就给他取名钟南山。谁也不曾想到，这个出生于乱世之间的婴儿，一生都充满了传奇色彩，如巍巍高山般成为共和国的栋梁之才。

出生没多久，幼儿钟南山差点因日军的炮火命丧废墟之中。1937年12月，南京沦陷前夕，中央医院撤退至贵阳，刚过一岁的钟南山也就随父母到了贵阳。在贵阳时期，他开始了早年的小学教育。国破家亡，战乱不堪，让少年的钟南山刻骨铭心。1945年底，钟家一家人经过八天八夜的迁徙，到了广州。从此以后，钟家总算是稳定了下来，定居在了广州。

钟老后来回忆，他从小就调皮，并不爱学习，甚至是厌学，曾留过两次级。钟南山从小受的教会的教育，在广州的时候考上了他喜欢的华南师大附中，加上父母在学习上的言传身教，不爱学习的他才逐渐变了样，始终成为班上的第一名。学习是一方面，钟南山在体育上也有一股子不服输的劲儿，体育成绩也是名列前茅，400米全国比赛竟然取得第三名的好成绩，中央体育学院（今北京体育大学）曾写信请他参加国家队集训。但他在父亲的劝说下，终于选择学医，高考以优异的成绩考上了北京医学院。那个时期他父亲说过的一句话让他终身难忘："一个人要能够给世界留下点什么，才算没有白活。"这给钟南山一生致力于医学事业奠定了基调。

在北医，并不占优势的钟南山硬是凭着一股子狠劲，让自己成为了尖子生，他不仅成绩好，体育成绩更是出类拔萃，竟然拿过高校运动的冠军！在1959年第一届全运会中，他因打破了400米中栏的全国纪录，北医专门为他开过隆重的庆祝大会。他作为北京高校的"三好学生"，还受过周总理的接见。"那个时候，我真开心哪！"钟老回忆起那段青春岁月，脸上仍洋溢着笑容。由于成绩优异，各方面表现突出，毕业后，钟南山留校任教。1999年，北医大评出六位杰出校友，钟南山便是其中之一。奇妙的是，他后来的恋人、妻子李少芬15岁便是国家女篮首批队员（曾任中国篮协副主席），50年代末中国第一部体育题材电影《女篮五号》，就是以她所在的篮球队为原型的。他们的女儿钟帷月20世纪90年代是中国国内优秀的游泳运动员，获得过世界短池游泳锦标赛100米蝶泳冠军，1994年还打破了短池蝶泳世界纪录！可以说，体育精神和医学精神的完美融合，铸就了钟南山一生的传奇，也是他一家的传奇。

"文革"期间，有一次钟南山从北京回到广州，武断地诊断一个尿血的孩子为肾结核，但父亲钟世藩并不轻易认同。"你怎么知道是肾结核呢？"父亲经常的一句话就是，"说话一定要有证据。"这种严谨、尊重事实、讲科学的医学态度，影响了钟南山一生，也照亮了他一生的行医之路。不过，1968年他被迫离开深爱的北京，回到了广州，这让他十分失落。回到广州时，他已经30多岁了，幸运的是，他的医学事业从那一年才真正地正式开始了，他去了广州第四人民医院——当时广州最小的医院。

在北京的八年里，钟南山可谓一事无成，没有任何的临床经验，来到第四人民医院，也很被人瞧不起，被随意安置了一个位置。面临生活和工作上的窘境，他怎能安于现状？又怎能向困难低头？那不是钟南山的性格！

然而，在他主动要求从内科调到急诊科后，他的一次误诊差点让一个病人丢了性命，这再次给了他一个天大的教训。从此以后，钟南山处处虚心求教，认真学习，就像一个小学生那样从最基本的学起。好在，他有医学基础知识，进步极快，很快就能独立诊断了。他的兢兢业业，逐渐赢得了同事们的信任。

1971年，他迎来了第一次人生的机遇，这也是他辉煌人生的开始。这一年，周总理号召全国医疗系统进行呼吸系统疾病的研究。他所在医院没有一个人愿意去新成立的科室，因为没有人相信气管炎是能治好的病。最后只有钟南山去，他必须服从党的分配。谁能相信，这一次阴差阳错的机会，竟成了钟南山终身的事业！1977年，世界卫生组织来广州参观，来到了第四人民医院钟南山所在的慢支炎小组，希望了解中国传统医学，钟南山借此机会作了汇报，世卫开始对中西医结合治疗慢性支气管炎产生兴趣。由此，广东省卫生厅建议钟南山这个小组成立一个研究所，这为钟南山的医学事业奠定了基础。1978年3月，钟南山参加了全国科学大会，他与别人合写的论文《中西医结合分型诊断和治疗慢性支气管炎》被评为全国科学大会成果奖。大会期间，钟南山读到徐迟的《哥德巴赫猜想》，被深深地打动了。他久久不能平静，他应该做些什么呢？他应该如何去做呢？

"文革"结束后，他真正揭开了人生辉煌的篇章——

1979年4月—1981年8月，赴英国进修；

1984年，被授予首批国家级有突出贡献专家称号；

1985年后，被指定为中央领导保健医生，受聘为世界卫生组织医学顾

问、国际胸科协会特别会员、亚太分会理事;

1990年,被评为全国卫生系统优秀留学回国人员,获政府通令嘉奖;

1992年获全国卫生系统模范工作者称号;

1993年,受到广东省人民政府通令嘉奖;

1995年,任博士生导师,同年被评为全国先进工作者,并荣获全国五一劳动奖章;

1996年5月,当选为中国工程院医药与卫生工程学部院士,是中国工程院医药卫生工程学部副主任,著名呼吸内科专家。

……

这当然不是句号。钟南山的传奇人生还在不断续写。

对抗SARS,一夜成名天下知

世界卫生组织(WHO)所命名的重症急性呼吸综合征(SARS),也就是我们通常说的"非典",是一种由SARS冠状病毒(SARS-CoV)引起的急性呼吸道传染病,即传染性非典型性肺炎,主要传播方式为近距离飞沫传播或接触患者呼吸道分泌物。"非典"最早于2002年11月在我国广东省发现,临床主要表现为发热、全身肌肉关节酸痛、咳嗽、腹泻等症状,严重者可以出现呼吸窘迫、呼吸功能衰竭,甚至死亡。我国已将重症急性呼吸综合征列入《中华人民共和国传染病防治法》2004年12月1日施行的法定传染病乙类首位,并规定按甲类传染病进行报告、隔离治疗和管理。

广东,呼吸综合征,广州呼吸疾病研究所,所长钟南山,这些词突然间紧密相连!

责无旁贷?一筹莫展?轻松战胜?实话说,即使具有丰富临床经验的钟南山,也未免突然间一脸茫然,但也深感责任重大!

是用大剂量抗生素治疗，还是另寻他途？钟南山判断这绝不是普通的肺部细菌感染，所以坚决不同意抗生素疗法。病因不明，争论不休，一时暴发的病情让许多病人命悬一线！时间不等人，时间就是生命，SARS迅速蔓延，整个医学界甚至政治界都被狂卷进来。SARS在广东暴发，是呼吸疾病，钟南山是呼吸疾病研究所所长，钟南山是中国工程院院士，他的一举一动，都会产生巨大影响，奋战在最前线的钟南山瞬即就被推到了风口浪尖！

2002年12月15日，广东河源人民医院收到第一例非典病人黄杏初，接待医生叶钧强发现其症状为发热、咳嗽和呼吸困难。

12月17日，河源人民医院收到第二例病人郭仕程，症状与第一例完全相同。两个病人都是在外患病回到河源老家。

医生用尽了办法，就算用到抗生素，病人病情仍急转直下，生命垂危，不容拖延。黄杏初被送到广州军区总医院，郭仕程被送到钟南山所在的广州呼吸疾病研究所。然而不幸的是，送二人去广州治病的医生叶钧强及其他六位医护人员都被感染了！

从郭仕程的病情来看，胸透呈现"白肺"，用任何药品都不起作用，可谓极为罕见，钟南山与助手们面面相觑，心情沉重，预感到一场灾难已然降临，这将是一场未曾预料、突发的瘟疫！事实上正是如此，河源病例增加之时，顺德、中山多地都已现疫情，而且感染人数急剧上升。

2003年1月21日，这时已时农历腊月十九，离除夕只有短短的9天了，钟南山和广东卫生厅专家组赶往中山，进行会诊并起草《中山市不明原因肺炎调查报告》，第一次将不明怪病命名为"非典型肺炎"（即"非典"），一个月后，世卫组织将中国的"非典"命名为SARS。病情迅猛，病人不断增多，医护人员不断出现感染，时值春节前后，社会已在蔓延着恐慌情绪！然而，医学界却仍然在争论不休……

以广州为中心的珠三角的特殊地理位置，不仅是全国人员集中流散之地，也是港澳台人员的集中之地，一时间不同的传言流向四面八方，影响极大！

　　流言控制不住，负面影响持续蔓延。实际上，疫情的恶劣和凶险远远超出了人们的想象。中山大学附属二院、中山大学附属三院、广州第八人民医院、广州胸科医院、中山二院、中山三院……收治的病人越来越多，情况越来越严峻！2003年2月1日，正是大年初一，中山三院接收到一个"毒王"病人，所有医护人员全力抢救；3日晚，邓练贤医生不幸感染（4月21日殉职）。广东中医院二沙岛分院叶欣护士长感染（3月24日殉职）……

　　人民的生命正在遭受到巨大的威胁……怎么办？怎么办！权威在哪里？正确的治疗方法在哪里？！

　　天佑中华，我民有福！

　　钟南山院士带领团队夜以继日地摸索、奋斗，广州呼吸疾病研究所逐渐掌握了一套有效的治疗方案，在临床上取得了巨大的成功。危重病人转为轻症，死亡率大大降低，治疗时间大为缩短。时不我待，生命第一，总结经验，迅速推广，钟南山院士主持并迅速出台了《广东省非典型肺炎病例临床诊断标准》。

　　面罩无创通气，避免肺泡萎缩与硬变，注射小剂量皮质激素，支持疗法……强力严防医院内的交叉感染，安装通风换气扇……

　　SARS是病毒，是一种不同寻常的病毒！2003年4月12日，这更是一个不同寻常的日子，钟南山联合攻关组郑重宣布，他们从非典病人分泌物中分离出两株病毒，显示为冠状病毒的一个变种，这是非典暴发的主因。几天后，这一结论正式得到世卫组织的确认。

　　原因找到了，治疗的方法科学了，令人恐慌、让中国和世界害怕的SARS最终被降服了！钟南山院士在这场抗疫大战中作出了巨大贡献，他的大名响彻神州，也被世界医学界所熟知。

老将再出马，捧回共和国勋章

于是，18年后84岁高龄的钟南山院士坐高铁挂帅出征武汉的那幅图片出现了：

那是2020年1月18日星期六下午五点多一趟去武汉的高铁，看上去钟老是急匆匆、早早地就上了火车，穿着一件较厚的浅灰色衬衫，外套一件偏咖啡色的小格子西服，戴着一副窄金线边的眼镜。图片背景一看就是一派二等车厢的喧闹场景。车厢里有不少乘客，看上去肯定是要满座，他们都是年轻人，有的仍然在踮着脚安放行李，有的已坐定在谈笑风生并喝着些什么，有的还在寻找着自己的座位。那天是腊月二十四，是南方的小年，满车厢的肯定是急盼着北上回乡过年的人。那个时候还没有一个人戴口罩，也没有人知道一场声势浩大、令人惊恐的疫情已悄然降临武汉……此时的钟南山院士，面容憔悴而严峻，高大的他，如山一般静默而岿然。他坐在那里比座位高出了一个头，脖子后仰着，双唇紧闭而弯成了一个惊人的弧度，他的双眼紧闭着，似乎在深沉而紧张地思考着什么，又似乎太累了借此机会小睡一会儿。一位令人心疼的老人，就在这样的时刻、以这样的姿势再次进入人们的视野！

那天钟老并非从家里出发，并非从研究所里出发，而是刚从深圳抢救完病例就赶往广州，然后又马不停蹄地去广东省卫健委开会，连回家收拾东西都来不及了，就赶往广州高铁站，挤上了一趟开往武汉的高铁。那天晚上11点多，到了武汉，紧接着就听武汉方面的报告，已到19日凌晨了，钟院士才真正结束这一天的行程和工作。

一个年轻人尚且受不了如此紧张、密集的工作和舟车劳顿，何况一个年届84岁的老人？！真为钟老捏了一把汗。

哪有什么岁月静好，只因有人在为你负重前行！

在武汉开始暴发的新型冠状病毒肺炎，无论从哪方面讲，都远远超过2002年广州暴发的"非典"。这是一场后来涉及全世界危害极大的瘟疫大流行，截止2021年4月7日7时01分，全球新冠肺炎确诊病例超1亿3298万，累计死亡人数高达2884822人。如此数据，令人触目惊心！当世界仍然被疫情所累之时，中国上下齐心，全民抗疫，早在2020年就控制住了疫情，全国进入正常状态，而且成为2020年全球经济唯一实现正增长的国家。战绩来之不易，英雄不能忘记。钟南山院士正是其中的伟丈夫、大英雄！

2019年12月1日，首例新型冠状病毒肺炎患者发病。

12月30日，武汉市卫健委文件透露，武汉市华南海鲜市场陆续出现不明原因肺炎病人，疑似SARS。

12月31日上午，国家卫健委专家组已抵达武汉，展开相关检测核实工作。

2020年1月3日，武汉市卫健委发布关于不明原因的病毒性肺炎情况通报：武汉共发现不明原因肺炎患者44例，其中重症11例。

1月12日，国家卫健委与世界卫生组织分享此次发现的新型冠状病毒基因序列信息。

1月20日，武汉市卫健委通报，1月18日、19日共新确诊新型冠状病毒感染的肺炎病例136例。

1月21日，世卫组织称新型病毒可能造成持续的"人传人"。

1月23日10时起，武汉封城（公交地铁、轮渡、长途客运停运，机场火车站离汉通道暂时关闭，直到2020年4月8日零时起解封，历经76天，1814个小时）。

继之而来的是，全国数以千计万计的医、护人员驰援武汉。

……

一场没有硝烟的大战在以武汉为中心的中华大地迅速展开！一场与病毒你死我活的战争，在大江南北密集进行！没有一个人能逃避，没有一个人可

以推开责任!

与18年前的那场SARS暴发一样,咱们再次向钟南山院士致敬!

那年,66岁钟院士的一句话:"把重症病人都送到我这里来!"令人感动至今。第二年,钟南山院士因在抗"非典"中立下了卓著功勋而被评为"感动中国十大人物"之一。

18年后,新冠肺炎暴发不久,却流传开来这么一句话:"火神山、雷神山、钟南山,三'山'齐聚克难关!"

钟南山院士1月18日深夜抵达武汉,19日晚又赶赴北京,20日列席国务院会议,明确了新冠肺炎"人传人"的判断并提出如何遏制疫情扩散的建议。晚上九点接受中央广播电视总台《新闻1+1》的采访,劳碌了一天的钟老苦笑一声:"感觉脑袋都木了。"第二天,钟老又赶回广州。回到家时,老伴已在楼下等待多时,看着钟老憔悴的样子,她心疼不已。她知道,他不可能再有消停的时候了。果然,后面的几个月里,钟院士就再也没有休息的时候,与病毒的战争,是必须要以分秒来计算的。而这时,离春节只有两天了。

1月24日大年三十,钟南山与广州市市长温国辉来广医附一医院调研并检查疫情防控工作和疫情防控建议。1月25日大年初一,钟老给疫情一线医务人员拜年,当天工作到晚上11点。1月26日大年初二,与北京、湖北、浙江共同讨论第四版新冠肺炎的诊疗指南……2月11日首次与湖北前线医务人员远程会诊。2月16日讨论《新型冠状病毒肺炎诊疗方案》第六版的更新,他总是说:"我想听听武汉那边专家的意见。"那天与武汉专家的连线,整整4个半小时,270分钟,钟老没有一秒中断,因为钟老深深地明白,思想的碰撞,就是希望的火花,光明的前奏。他最喜欢说:"我不是来指导的,我是来学习交流的。"与武汉专家的会诊,成为他之后几个月生活的常态。

2月19日,与哈佛大学医学院连线,讨论近3小时,就七个领域的合作进行深入交流。

2月20日,与世卫组织专家座谈。

2月28日，与国外视频连线讨论到晚上九点，收到了国外COVID-19指南制订的讨论会议。

2月29日，与北京、湖北连线讨论新冠治疗指南第7版，一直讨论到晚上9点半才结束。

……

3月7日，与中国香港、新加坡、日本、意大利等专家进行国际地区多方专家疫情治疗方案讨论。

钟南山院士一直在为抗疫忙碌着，全国医护人员都在奉献着、牺牲着。2020年1月27日，李克强总理深入武汉抗疫前线；3月10日，习近平总书记专程去武汉视察疫情防控……抗疫这场全民之战在党中央的有力指挥下，在全国医护人员的英雄奉献下，在全国人民的积极配合之下，在以钟南山为代表的领军医学人才的夜以继日的奋战中，天佑中华，我民有福，抗疫战争取得了重大胜利！

2020年9月8日，全国抗击新冠肺炎疫情表彰大会在京举行。习近平总书记在会上开场就说："在过去八个多月时间里，我们党团结带领全国各族人民，进行了一场惊心动魄的抗疫大战，经受了一场艰苦卓绝的历史大考，付出巨大努力，取得抗击新冠肺炎疫情斗争重大战略成果，创造了人类同疾病斗争史上又一个英勇壮举！"讲话中，习近平总书记还专门提到钟南山，并说："广大医务人员是最美的天使，是新时代最可爱的人！他们的名字和功绩，国家不会忘记，人民不会忘记，历史不会忘记，将永远铭刻在共和国的丰碑上！"

后来，就出现了9月8日晚，参加完抗击疫情表彰大会的共和国勋章获得者钟南山院士回到广州时广州塔循环播放着"致敬钟南山院士"字样的场景。

广州塔全塔霓虹灯亮起……

有三个字：钟—南—山，异常醒目，并光辉灿烂着。

三 移动的山峰——领头羊

广州的一百多位院士,个个身怀绝技,他们是广州人才的高峰,他们是广州不同领域人才的领头羊。五羊是广州的代称,五羊石像是广州最著名的景点之一。民间传说广州府有个五仙道观,当初有五个穿着不同颜色衣服的仙人,手里都拿着一茎六穗的稻谷长穗,骑着五只与仙人衣服同样色彩的羊来到这里,那五只不同色彩的羊代表着东西南北中五个方向。五个仙人把五彩稻穗赠送给广州人,祝愿广州人五谷丰登、永无饥荒并富足,然后就升空而去,那五彩羊就化作石头留了下来,当地人为了纪念那五个仙人的功德,就修了一座五仙观,与那五彩石羊一道,作为见证。这个传说形象地表现了广州人早期开拓岭南的历史,广州就有了"羊城""穗城"的别名。

传说是动人的,广州的历史与文化传统也是美丽的。当今作为世界名城的广州,早就今非昔比,广州人早就把不可实现的民间传说转变为现实。广州的美丽富足,足以让广州人引以为豪。传说是广州人心底曾经的愿望,取得的成绩不能作为骄傲的资本,广州人拼搏、创新和进取的精神应该再次焕发新的姿容。几十年来,广州的辉煌离不开政府的正确领导和长期支持,离不开普通民众和高端人才的共同努力。广州攀登一个又一个的发展高峰,离不开那些移动的山峰——院士们的奉献与创造。

广州的院士们,正是确保广州科技、经济和社会发展所需的人才的领头羊!

才者德之资，德者才之帅

这是北宋史学家司马光在《资治通鉴》里说的，原文是："才者，德之资也；德者，才之帅也。"意思是说，才能是德行的凭借，德行是才能的统帅，真正的人才应该是德才兼备的。2018年5月2日，习近平总书记曾在北京大学师生座谈会上引用了这句话。广州的院士们是一个真正的德才兼备的群体，他们不仅在科技上领先，在品德上也孜孜以求，堪为人范。

2017年10月16日《广州日报》刊登了一篇《院士风范，光风霁月》的文章，讲述一些院士令人称赞的举动。87岁的中科院院士、作物遗传学家卢永根将880万元积蓄全部捐出，无偿献给教育事业，作为"最后的贡献"（注：卢永根院士于2019年8月12日不幸去世）。如此高端人才，收入肯定不会少，日子应该过得很富足，然而他的日常生活过得令人流泪。卢永根院士家里的摆设似乎一直暂停在20世纪80年代：一张破旧的木沙发，一台老式电视机，一张铁架子床早已锈迹斑斑，一件像样的家具与电器都没有，真的是家徒四壁！然而，他默默地在科技战线奋斗了一辈子，为广州和祖国的发展奉献了一辈子！卢院士甘愿过清贫的生活……春蚕到死丝方尽，蜡炬成灰泪始干。就算在生命的最后时刻，也不忘为人世留下一笔巨大的财富。金钱只是个数字，是有形的遗产，而他无私奉献的高尚品德却是留给人间的无穷财富。他发出的热，会温暖这个人间，他放射的光，会照亮无数后来者的心路。

卢永根院士是其中的一个典范，还有很多这样的例子。"92岁的崔昆院士一件衬衫穿30多年，却累计捐款400余万元，甚至将自家的轿车都捐出去；93岁的黄旭华院士55年没进过理发店，全靠夫人在家'帮忙'；已故的徐祖耀院士，起居室狭小不堪，找不到一件像样的家具，而他却累计捐出

500余万元……在这些老科学家眼里，财物重于泰山，一粥一饭、一丝一缕都不敢浪费；财物也轻于鸿毛，当他人、社会有需要时，他们可以不计得失、倾囊相赠。"

都言院士痴，谁解其中味？

如果没有他们的痴，如果他们都是精明的利己主义者，他们怎么可能把大量自己的财物全部捐献给社会？他们又怎么可能无视社会的喧嚣而全力全心扑在自己心爱的事业上？"书痴者文必工，艺痴者技必良。"我们的时代幸亏有了这些"痴"人，广州也有幸汇聚了这些"痴"者。发生在他们身上的有些事情，会让很多人百思不得其解，甚至觉得他们傻，觉得他们跟不上时代，然而我们又分明感受得到他们身上无上高洁的品德。歌颂他们显得太过轻飘，但愿他们的精神尽可能多地感染到他人，并传承给继来者。

养猪女兵出身的侯凡凡院士说："敬佑生命，救死扶伤，甘于奉献，大爱无疆。"

毅然回国服务的苏国辉院士说："其实，在人生道路上有很多重大抉择的取舍，我这一次选择完全是凭着朴素的感情，我不觉得这是一种牺牲。虽然我当时在美国完全能够找到很好的工作，但是比起之前对身份的纠结，我的内心更加安宁和平静。我觉得我有责任，力所能及地去为国家作一份贡献。"

周福霖院士曾经去唐山大地震现场调查，他说："我暗下决心，以后一定要找到一种技术，采用这种技术建造的房屋，地震来了房屋不坏不倒，老百姓在里面安全，一切平安无事。如果说，我要对人类、对社会作点贡献，那我觉得我终生奋斗的目标就是这个。"

从事解剖学的中国工程院院士钟世镇说："我的人生定位就是配角人生。"

刘人怀院士说："理论要联系实际，理论要搞，但一定要能为国家服务。"

……

院士们的语言都是朴素的，但他们的心都是真诚的。为国，为民，始终是他们身上宝贵品质的两座山峰，让人仰望，引人攀登。

院士齐心，其利断金

集体的力量是无穷的，更何况院士云集共商大计所蕴含的能量？一次次，广州市都汇拢院士们，共同商讨发展大计。

2017年8月31日，广州无线电集团举办"2017科技创新大会（GRGTIC2017）暨2017新一代信息技术院士高峰论坛"。广东省委副书记、省长马兴瑞在广东省副省长黄宁生、省政府秘书长李锋的陪同下，会见了孙家栋等九位院士和广州无线电集团总裁杨海洲、副总裁黄跃珍。孙家栋院士在2017新一代信息技术院士高峰论坛上致辞，宣布成立广电研究院、广电平云资本等平台，引进了迄今为止广州市国资系统人数最多、领域最广的一支院士团队助力广州"IAB计划"发展。

2018年6月22日，中国工程院、广州市政府、中国工程院科技合作办公室、广州市科技创新委员会、广州市科学技术协会请来19位院士，共商粤港澳大湾区的未来发展。"院士咨询座谈会"围绕"共建国际科技创新枢纽 推动粤港澳大湾区城市群共赢发展"主题，院士们各抒己见，献计献策。

王迎军院士对粤港澳大湾区的建设提出要解决"卡脖子"的问题，也就是要利用三地两体制，加强基础研究和核心科学技术的研究，把一些"卡脖子"的核心技术，真正提升为科技创新能力的基础研究和颠覆性技术。

李立涅院士提出要发展三大产业，即大湾区要发展生物医药、新能源和人工智能三大产业，因为这三大产业都是面向未来发展的产业。"这些产业其实都不是重资产，而属于轻资产。我们应该重点发展轻资产方面，而不是重资产方面。"

钟南山院士指出粤港澳大湾区的优势就在于国际化，这将有助于打通阻断产业化的篱笆墙，让科技成果加速转化为产品和商品。他说："当前最主要的战略重点应该是抓住重大的课题在粤港澳大湾区转化。"

陈清泉院士认为广州人文历史底蕴浓厚，有一定的国际地位。粤港澳大湾区要共建国际科技创新枢纽，广州要通过原创性起到枢纽作用，撬动带动其他地方。他指出："怎么能够提高原创能力，提高转化能力？孵化器和加速器很重要。"

院士们每一条建议，都直指广州和大湾区未来发展的要害，都具有引领性和建设性的意义。

时隔一年，2019年6月21日，由中国工程院、广州市人民政府主办，中国工程院科技合作办公室、广州市科学技术协会、广州市科学技术局承办的"2019年广州地区院士咨询座谈会"在广州东方宾馆举办。

参加咨询座谈会的有高松、张景中、曹春晓、吴硕贤、孙玉、方滨兴、周克崧、王迎军、张偲、吴清平、罗锡文，加拿大工程院院士杜如虚、叶思宇，新加坡国家工程院院士李德纮等14位院士。粤港澳大湾区的战略定位是"具有全球影响力的国际科技创新中心"，广州应如何利用好粤港澳大湾区城市群的科技创新资源和科技创新能力，聚焦创新驱动，共建国际科技创新中心？所以，座谈会围绕"构建粤港澳大湾区国际科技创新中心"主题进行了热烈讨论。

2019年8月20日，广州东晓南海珠智汇科技园举行了创交会后项目对接活动之广州院士专家成果交流对接会。现场展出了一批有明确产业化前景和产业化资源需求的重大科技成果，包括曹镛、陈星旦、方滨兴、韩忠朝、刘焕彬、刘经南、刘人怀、刘韵洁、瞿金平、唐本忠、钟南山、庄松林等12位院士专家团队前沿科技技术及项目。

在广州，经常有很多院士参加的科技大会、科技交流活动；院士座谈咨询会；不仅如此，其他各种类型的活动也如火如荼，比如院士进校园活动，院士科普报告会，等等。这些由政府各级部门组织，广州院士主导的各种类型活动，几乎成为广州的日常事务，成为广州发展进程中的重要常规安排。院士们充分发挥着他们身上的光和热，为广州和粤港澳大湾区的发展谋篇布局、贡献力量。

"广州榜样"：周福霖

周福霖院士是广州大学的一位教授，平凡却又特殊，如果不介绍他，或许很多人并不了解这位杰出的科技明星。对，他是一位"明星"，甚至完全可以称得上是一个"网红"。只要你是一个中国人，甚至不管你来自世界上的哪个国家，都有可能听说过那令人惊叹的、宏伟无双的港珠澳大桥——连接香港、广东珠海和澳门的桥隧工程；如果你是一个来广州的游客，你也不可能不去珠江边的"小蛮腰"广州塔去打打卡。你应该已猜到周福霖院士"明星""网红"的谜底了！没错，这两个让世人惊叹的标志性建筑物，都巧妙地利用了周福霖院士潜心研究的隔震设计！

周福霖是中国工程院院士，广州大学工程结构抗震研究中心主任、广东省/广州市地震工程与应用技术重点实验室主任，是我国结构减震和振动控制领域的先驱之一，被誉为中国抗震的权威和引领人。他和他的团队在隔震减震控制方面的科技成果，已应用于广州电视塔、港珠澳大桥、故宫博物院、西安碑林、北京大兴国际机场等重大工程中，先后荣获14个"中华之最"，为我国减震控制事业做出了许多杰出和开拓性的贡献。他一辈子只想做好一件事："宁可备而无震，不可震而无备。"这条标语醒目地挂在周福霖每天上下班必经的楼道上。

20世纪80年代，周福霖研究生毕业于加拿大不列颠哥伦比亚大学，为了回报祖国，为了祖国的发展，他拒绝了包括父母和导师在内的很多人的挽留，放弃了国外优越的生活和工作条件，回到了祖国的怀抱。他曾经说过令人动容的一句话："困难的日子我也经历过，十几亿人都挺过去了，我也能挺过去。我担心的是整个国家和民族的前途，无论如何，我的根都在中国。"他没想到，回国后，转眼间就为中国的抗震隔震事业奋斗了几十年。

1976年唐山发生了7.8级地震，周福霖火速赶到灾区考察。面对那么多的生死场面，心如刀割的周福霖度过一段异常困难和危险的时期。物资匮乏，余震不断，他也时刻面临着生死的考验。然而，这次考察却让他有了一些重大收获。他发现有一座房屋在地震中没垮塌，这启发了他，他也发现了其中的奥妙。后来，周福霖提出利用叠层橡胶支座来隔震的新技术，这是抗震隔震技术的一次跨越式突破。

2008年汶川发生级别更高的地震，年近古稀的周福霖院士急匆匆地赶赴灾区一线。又一次重大灾难再次让周福霖心碎，心碎之余，在参加灾区援建过程中，他大力推荐和使用隔震技术。采用了隔震技术建造的的芦山县人民医院门诊楼，经受住了2013年4月份发生的雅安地震，成为地震中的急救中心和指挥中心。

周福霖带领的技术团队研究了一种更适合农村建房用的简易隔震技术，建造材料和建造技术也更加适合农村，他的心愿是让更多的农村民众住上安全的房屋。

因地制宜，反复勘测与实验，周福霖带领广州大学抗震研究中心技术团队参与了广州塔和港珠澳大桥的隔、减震设计，他要让"小蛮腰"妩媚生姿，要让港珠澳大桥成为"世界上最安全的跨海大桥"。工作精益求精，探索永无止境！

周福霖院士说："隔震工作不是我们这一代人就能够完成的，但我一定会尽自己最大的努力去做。"这是他对自己的鞭策，同时也是对后来者的激励。

2019年10月18日，广州大学举办"不忘初心、牢记使命"主题教育先进事迹报告会。周福霖院士在报告会上说："一个人一辈子，只要做好一件事就足够了。建造在地震中安全的建筑，就是我这辈子要为国家和人民所做的事情。"他还说，"一个人受打击与受挫折时，一定要坚定、不忘初心，记住自己的目标，沿着目标，不要消极，要继续前进！"

报告会上，偶尔有所停顿。周福霖院士若有所思，又陷入沉思，良久，他再次回忆起惊心动魄、令人们命悬一线的1976年唐山大地震。想起那一望无边的断壁残垣和大量人员伤亡，他至今都心有余悸，忍不住眼眶潮湿起来。就是那个时候，他下定建造抗震建筑、保护国家和民众的生命财产安全的决心。那时，他每天只有一碗水供吃、喝、洗，每天只有三个馒头、一包榨菜可吃，可他连续工作了三个月，面对那么多逝去的生命和倒塌的房屋，他觉得自己所经历的苦根本就不算什么。唐山地震考察期间，有一次突发余震，他抱住一根房屋的大柱子才幸免于难，死里逃生。他饱含深情，而又有所期待地说："经过在唐山的调研经历后，这辈子只要我还有一口气，什么苦我都可以吃。"人生经受一些苦难，能够在苦难中幸存是一种财富。后来几十年的奋斗，以及无数卓越的工程创造，都是周福霖院士经历人生苦难、挫折和奋斗之后的补偿和见证。

报告会赢得满堂喝彩，80岁的周福霖老院士说着说着，有些哽咽起来……听众的掌声再次响起来，这次根本就没有停下来的意思。在场的所有人都被周老感动了！人们为广州能有这样的院士而自豪！周老不愧是广州人和年轻人的榜样！

| 第六章 |

羊城工匠精神是怎样炼成的

中华人民共和国第一届职业技能大赛于2020年12月10日至13日在广州广交会展馆举行。这是给广州这个南方开放城市的莫大荣誉，更可看出广州技能人才培养在全国范围内举足轻重的地位。

2017年的《政府工作报告》提出，要大力弘扬工匠精神，厚植工匠文化，恪尽职业操守，崇尚精益求精，完善激励机制，培育众多"中国工匠"，打造更多享誉世界的"中国品牌"，推动中国经济发展进入质量时代。这是新时代发出的强大呼声！大力弘扬工匠精神，将使我国从工业大国向工业强国大步迈进，将提供给中国制造"品质革命"源源不断的动力。2019年9月23日，习近平对我国技能选手在第45届世界技能大赛上取得佳绩作出重要指示，强调劳动者素质对一个国家、一个民族发展至关重要。技术工人队伍是支撑中国制造、中国创造的重要基础，对推动经济高质量发展具有重要作用。中共中央政治局常委、国务院总理李克强作出批示指出，技能人才是国家的宝贵资源，是促进产业升级、推动高质量发展的重要支撑。

国家在重视，时代在呼唤，地方要奋进！

广州这只"领头羊"在技能人才培养、工匠精神打造上，早就走在前面！广州工匠精神的缔造者们，正雄立于中国时代的潮头，向中国、向世界，露出自豪的表情。我们忘不掉他们的努力，忘不掉他们的足迹，我们要为他们留下或轻或重的一笔。

一 羊城，一座工匠之城

新世纪的脚步刚跨出不远。中国共产党人正踌躇满志地规划新世纪发展的蓝图，认定21世纪头20年，是我国全面建设小康社会、开创中国特色社会主义事业新局面的重要战略机遇期。举国上下，各行各业，都如春风拂面，齐步并进。2006年6月，中共中央办公厅、国务院办公厅印发《关于进一步加强高技能人才工作的意见》，这是为贯彻落实《中共中央、国务院关于进一步加强人才工作的决定》和《中共中央、国务院关于实施科技规划纲要增强自主创新能力的决定》精神的又一得力举措。加快高技能人才队伍建设，充分发挥高技能人才在国家经济社会发展中的重要作用，成为新世纪中国发展极具前瞻性的重要的政策指引。广州，中国改革开放以来的一个重要窗口，岂会甘为人后！

路，一步一步地走

劳动部1996年12月发出《关于进行劳动预备制度试点工作的通知》，1997年开始，劳动预备制度在全国逐步实施。1992年邓小平视察南方谈话为中国确立市场经济体制奠定了基础，人力资源的情势也随之与以往大为不同。新形势之下，要有新的对策，为满足日益繁盛的企业发展、日益迫切的用工需求，以及应对劳动力就业能力疲软的紧迫形势，时代需要因势而变，广州的情况更是如此。广州市在国家政策的指引和省政府相关规定的指导下，为全面提高本市劳动者的素质，缓解就业压力，把加强新生劳动力的培训工作同对劳动力资源进行有效调节结合起来，决定从1998年开始实施劳动预备制度。

什么叫劳动预备制度？1998年7月9日广州市劳动局在发布的《关于实施劳动预备制度的通知》中做了如下解释："指市劳动行政部门组织对城乡新生的劳动力，有计划、有步骤地实行追加1～3年的职业培训和相关教育，提高他们的素质能力，为其实现就业准备条件，同时缓解就业的压力。"有令必行！从1998年8月1日开始，初、高中毕业生在国家实行职业准入制度规定的61个技术工种就业，必须经过劳动预备制度职业培训，取得职业资格证书，方可办理就业录用手续。改革是摸着石头过河，广州是顺着大势不折不扣地坚定前行。20世纪末实施的劳动预备制度，针对的虽是城乡新生劳动力，旨在提高劳动者素质、缓解就业压力，但客观上却是广州工匠精神打造的开端。

重视劳动者素质的提高，是难得的时代先进观念，符合国情，符合市情，更符合民情。广州市政府和劳动部门迅速施以配套措施，很快相继印发《关于进一步改革和发展职业教育的决定》《广州市流动人员申报专业技术资格暂行办法》《广州市人事代理暂行办法》《广州市职业技能培训、鉴定（考核）和办证管理办法》《关于开展农民工职业技能培训工作的通知》等政策文件，全方位大力推进劳动职业技能工作的全面提升。广州处于改革开放的前沿，除了本地劳动者职业技能提升之外，还大力普及提升外来劳动者的职业技能，体现出广州政府部门的全局观和深切的人文关怀。

时代的风云，在几代人的心灵深处留下过深重的痕迹。改革开放，彻底解放了农村的劳动力，成为城市建设的不可忽视的一股洪流。我们不曾忘记由广州电视台推出、1991年在中央电视台热播的10集电视连续剧《外来妹》，广州音乐人陈小奇、李海鹰作词作曲的主题曲《我不想说》更是一时唱响大江南北，红极一时。"孔雀东南飞"俨然成为中国改革开放以来最为壮观的社会人口流动现象，外来劳动者的生存技能问题也就自然进入当地政府的视野。正是在这样的背景之下，广州这个开放的超大城市，也就同时担负起提升外来劳动者职业技能的重任。本地新生劳动力和外来劳动力，这是压给广州的两副重担，也是广州社会劳动技能真正得以全面提升的一对翅膀，缺一不可。其中，本地就业人员和外来务工人员，一部分是相对的弱势群体，也正是实现小康需要帮扶的对象。广州市政府和劳动部门全面普及职业技能培训工作，实施和打造各项职业技能人才培育工程，可谓起到至关重要的决定性作用。

经过多年的努力，广州与时俱进，为成为工匠之城打下了良好的基础，又不断刷新打造高技能人才的举措：

2009年，中共广州市委办公厅、广州市人民政府办公厅印发《关于推进高技能人才队伍建设的实施意见》；

2013年，广州市人力资源和社会保障局印发《广州市企业高技能人才评价工作规程（修订版）》；

2015年，广州市人民政府下发《关于进一步做好新形势下就业创业工作的实施意见》；

2018年，广州市人民政府办公厅印发《广州市深化"互联网＋先进制造业"发展工业互联网行动计划的通知》；

同年，广州市人力资源和社会保障局、广州市人民政府国有资产监督管理委员会、广州市总工会、广州市工商业联合会共同印发《关于推行企业首席技师制度的实施方案的通知》；

同年，广州市人力资源和社会保障局、广州市国资委、广州市教育局、广州市总工会联合印发了《广州市培育"羊城工匠"行动计划（2019—2023年）》。

…………

根据新的发展形势,政府多部门上下、平行联动,广州人真正地做到了不断守正创新,大力推进,尤其是中共十八大以来,积极响应党中央的号召,紧锣密鼓,实现了羊城工匠打造的大提升、大跨越。

本地人、外来工,一个都不能少

回首几十年,如果说广州已全面建成小康社会,那么我们必须真切地看到这是政府、本地人和外来务工人员共同努力的结果。广州作为全国重要的改革开放中心城市,作为一个重要的窗口,其辐射全国的能量委实不可小觑。毕竟,广州的小康之路是一步一步走过来的,全国的小康之路同样也是一步一步走过来的。我们不难想象,提升本地劳动者和外来劳动者的职业技能,让无数本地和外来的劳动者成为能工巧匠,得以充分就业,待遇极大改善,他们的人生怎么可能没有极大的转机和改变?他们又怎么可能不会实现小康而走向富裕?

国家一直以来都很重视对外来务工人员的关怀,广州在这方面做得很出色,广州从来都没有忘记成百上千万外来务工人员对广州城市建设所做的贡献。要想让外来务工人员把广州当成自己的家,就得先视他们为家人。二者之间和谐的劳动关系,会直接促进广州的全面发展。外来工也可成为新广州人,外来工群体里有无数能人,更有无数可以被打造成能人的人。弹指一挥间,改革开放数十年以来广州的发展历史足以说明这一切。回顾一些重要的事件,一定会让我们感慨良多。

好名声不是吹出来的。2007年,广州市劳动和社会保障局在黄花岗剧院举办"2007年广州外来务工人员先进表彰暨迎春联欢会",广州万名异地务工人员共享"饺子宴"。央视经济频道和北京数字100市场咨询公司发布调查显示，广州市获得"中国最受农民工欢迎十大城市"的美誉，而且位居前列，仅在北京、上海之后。调查表明，广州市民最尊重农民工，让其感到拥有社会地位。是的，农民工需要关怀，被关怀的异地务工人员，心甘情愿地融入广州这个大都市，并为这个城市的繁荣兴盛贡献自己的力量；反过来，异地务工人员也拥有了大量的学习和提升的机会，在享受快乐人生和实现自身价值的同时，也在极大程度上改善了自身和家庭的经济条件。

严格培养和亲切关怀为广州高技能人才之路留下了光辉的篇章。2005年11月22日，广州市首届农民工技能竞赛活动在番禺区隆重举行；2006年11月17日，首次广州市突出贡献高技能人才表彰大会在市府礼堂举行；2008年1月29日，中国南方出现罕见雪灾，临近春节，交通瘫痪，广州市劳动和社会保障局大力安排外来务工人员留穗过年；2012年9月29日，首个由政府筹建的展示异地务工人员风采的博物馆正式开馆，广东省委书记等领导为博物馆揭幕……那么多的"首次"，那么多实实在在的举措和重视，都是照亮异地务工人员发展道路的明灯，都是温暖异地务工人员心房的太阳！

对，广州本地人是广州人，来广州发展的异地务工人员也是广州人！在关心和爱护上，广州市政府和广大广州人民内心敞亮着呢：培养他们，提升他们，打造他们，让他们成为广州的有用之才，让他们成为能工巧匠，成为各行各业的高级实用人才。在这点上，广州本地人、异地务工人员，一个都不能少！

政府搭台，大家唱戏

2020年12月12日，广州市委书记张硕辅主持召开市委常委会会议，传达学习习近平在全国劳动模范和先进工作者表彰大会上的重要讲话精神。会议强调，要深刻认识工人阶级和广大劳动群众的重要地位，充分发挥劳动模范和先进工作者的榜样、示范、引领作用，其中特别提出大力弘扬劳模精神、劳动精神、工匠精神。

毋庸置疑，广州市政府将工匠精神的打造提高到了政治的高度，提升到了服务构建新发展格局重大战略的高度。这既是数十年来广州对高技能人才培养工作的总结和充分肯定，也是广州继续着力打造工匠精神的再出发。事实上，从以往广州相关重大政策和措施来看，的确有很多可圈可点的大事件和好经验。政府不遗余力地搭起了一个技能人才培养的大舞台，各级部门、各个相关单位和广大潜在的技能人才一起唱好了一场大戏。

政府是如何"搭台"的呢？

首先是坚决贯彻执行中央和省政府的各项人才政策。数十年来，在不同时期，每当中央和省政府发布最新的人才政策，广州市政府总是紧跟步伐，随即根据本土实际情况贯彻落实。落实不是机械性地照搬照套，而是灵活机动地做出符合广州发展需求的部署。

比如，2012年根据《国务院办公厅转发人力资源和社会保障部财政部国资委关于加强企业技能人才队伍建设意见的通知》和省政府《关于印发〈广东省企业技能人才评价实施手册〉的通知》，广州市政府迅速做出回应，对人才评价体系持续调研、推进、健全、完善（实际上，多年前广州就已在探索高技能人才评价体系了），最终根据广州企业实际，制定了《广州市企业高技能人才评价工作手册》。这不是强硬的行政命令，更不是僵化的政策条文，广州市政府只是提出指导性的参考意见。市政府的意见是要突出发挥企业自主评价技能人才的主体作用，鼓励企业根据自身特点采用"一企一案"的模式开展评价工作。这样一来，就极大地调动了企业和员工参与评价的积极性，自然也就有效推动了高技能人才队伍的建设。这一评价体系实用、有效，十几年来，被广泛应用、实践于广州市内的各大企业，成效卓著。据统计，2006年至2019年底，广州地铁总公司、一汽巴士有限公司、广船国际、广州汽车工业集团、广州港集团、广钢企业集团、万宝集团、日立电梯（中国)等一批骨干企业,市技师协会、机电行业协会、化工行业协会等单位共参与和发动组织了上千家企(行)业实施了近百个主体职业(工种)的企业高技能人才评价。历年来累计开展企业职工技能人才自主评价近1.4万人次,其中技师以上8271人次。

为建设知识型、技能型、创新型劳动者大军,弘扬劳模精神和工匠精神,营造劳动光荣的社会风尚和精益求精的敬业风气,进一步推进国家中心城市建设,适应产业结构优化升级需要,广州市政府根据2018年广东省人力资源和社会保障厅等部门印发的《关于推行企业首席技师制度实施方案》和《广东省劳模和工匠人才创新工作室命名管理工作暂行办法》的要求,率先决定在全市推行企业首席技师制度。广州不仅是广东的省会和领头羊,还有可能是全国这一领域的先行者和表率。这种敢为天下先的勇气、姿态和意识,让广州事事不甘人后。在省府相关部门印发文件不久,几乎是同步地,广州市人力资源和社会保障局、广州市人民政府国有资产监督管理委员会(简称"广州市国姿委")、广州市总工会、广州市工商业联合会迅即联合出台《关于推行企业首席技师制度的实施方案》。据统计,自2018年7月实施该项制度以来,我市共评定出73名企业首席技师。企业首席技师制度的推行,极大地鼓舞了高技能人才的积极性和进取心,创造了广州市范围内高技能人才你追我赶的热烈氛围,同时激发了高技能人才的高度荣誉感和建功立业的信心。

在这个世界上,有阳光的照耀,有春雨浸润的土壤,只要有人播下种子,一颗一颗又一颗,就会在这片土壤上孕育出生机。在广州这片热土上,就有这样的阳光、土壤和种子,也正呈现一片生机,我们看到了那一串串丰硕的果子在枝头冒出、成熟。

政策就是要搭台,全面支持就是搭台,超前眼光同样也是在搭台。广州市委组织部专门成立人才工作处,广州市人力资源和社会保障局更是专门的人才管理部门,这些专门部门和市委、市政府其他相关部门一道,高度重视人才工作，包括高技能人才的培养在内，分领域、分层次、分阶段进行工作开展，正所谓"众人拾柴火焰高"，在不同时期都取得了令人瞩目的成绩。

广州市人才"十三五"规划还没结束，"十四五"规划还没开始时，广州市人力资源和社会保障局，就联合广州市国资委、广州市教育局、广州市总工会联合印发了《广州市培育"羊城工匠"行动计划（2019—2023年）》。这是捷足先登，再次抢占桥头堡，还是更深层次地认识到高技能人才在广州长远发展进程中的举足轻重的作用？无论怎样，反正"羊城工匠"打造工作又再次全面展开了。

广州充分认识到新时代中国制造的紧迫感，以及产业转型和升级的时代需求。该行动计划的公开发布，表明广州再次吹响了推进高技能人才队伍建设的号角，是广州市政府再一次全面搭台办事的重大举措。这是在精心营造一种热烈的氛围，创造一个良好的环境。

我们从中再次认识到什么是"工匠精神"——

执着专注，敬业奉献，推陈出新，精益求精。

在这种精神的鼓舞之下，可以期待的是将有一大批技艺精湛、门类齐全、结构合理、素质优良的"羊城工匠"诞生，他们将传承技艺、创新创业，他们将在广州全市树立起令人羡慕和敬佩的光辉形象。有了他们的存在，我们将坚信劳动光荣、技能宝贵、创造伟大。

这一行动紧紧围绕的是中国制造2025战略，突出新一代信息技术、人工智能、生物医药（IAB），以及新能源、新材料（NEM）等领域高技能人才的培养，目标是打响"羊城工匠"品牌，打造高技能人才高地，推进经济高质量发展，为实现国家中心城市建设全面上新台阶、建设国际大都市提供坚实的技能人才支撑。

在广州庞大的高技能人才培养体系中，市政府是在搭台，政府各部门、各单位也在配合搭台，同时也在组织唱一出大戏。广州众多企业、众多职业院校，也都在搭台，都在合唱我们所期待的一出大戏。在这个可以尽情发挥的大舞台上，"羊城工匠"们将一一登场……

二　那学院，那院长，那老师

广州有不同领域门类的职业学院。这些职业学院与企业不同，各自扮演着独特的工匠孵化的角色，都在弘扬着羊城工匠精神，发挥着源头、导师的重大作用。其中，广州市工贸技师学院、广州市机电技师学院、广州市技师学院、广州市白云工商技师学院、广州市轻工技师学院、广州城建技工学校等，就是这些职业学院当中的佼佼者。每一所职院都做出了杰出的贡献，都有可圈可点的事迹和举足轻重的人物，我们无法为它们一一树碑立传，但同样也无法遮挡它们的成就与荣光。在此，请允许我们挑出其中一所来吧，这所学院尽管迄今为止还没有一个学生获得过世赛的金牌，但它充满活力、充满希望，必定成为孕育"羊城工匠"的一个摇篮。

职教一枝独秀：广州市工贸技师学院

从有明确宗旨的校训"德技双馨，知能相长"中，我们会猜到这是一所教什么的学校；从言简意赅的办学理念"精工求品质，极致而至善"中，我们会知晓这是一所怎样的学校。

其实，这是一所普通的学校。广州市工贸技师学院并不是名牌大学，没有显赫的历史，更没有至高的学术地位，它只是一所技能职业学院。用世俗的眼光来看，它的确算不上名校。不仅如此，它甚至是一所数十年来"东拼西凑"而成的地方职业院校。鉴于此，我们不妨来简单了解一下这个学校的发展历程。

追溯学校的历史可知，学校最早创办于1958年，迄今已有60多年的发展历史，现有白云区机场路的中心校区、荔湾区芳村的南校区以及江高镇的实训基地三个校区；经历过多次反复组合，现为隶属于广州市人力资源和社会保障局的一所全日制公办技师学院。其实，它的前身一般人是不知道的，据广州市工贸技师学院党委书记汤伟群介绍：学院于2005年由广州市冶金高级技工学校、广州市理工中专、广州市橡胶中专、广州市橡胶技工学校四所学校合并而成，合并后的校名是"广州市冶金高级技工学校"（加挂"广州市冶金技师学院"牌子），2009年经广州市编办批准，更名为"广州市工贸技师学院"（挂"广州市工贸高级技工学校"牌子）。四所学校中，立校最早的学校是广州市理工中专，成立于1958年，其最初的校名为"广州市冶金中等专业学校"。听起来的确挺复杂的，但是由于时代的发展，职业技工院校多源合流已成为时代发展的必然趋势，但是不能忘记其中的"根"，更不能抹掉真实存在的历史。

学院的直接前身则为创办于1975年的广州市合金钢厂技工学校。1984年以前，学校规模很小，小到只有两三个班，学生80多人，实习工场仅有150多平方米，仅有6台各类机床。1988年，学校被市政府批准为独立建制的广州市冶金技工学校，自此，广州市工贸技师学院驶入发展快车道。1990年，易址建设新校园；1994年，被评为省重点技工学校；1998年，被评为国家重点技工学校；1999年，升格为高级技工学校；2003年，晋升技师学院（加挂）；2004年，学校成为广东省首批高技能人才实训基地之一……直到2005年12月，随着广州市中等职业教育资源的调整，学校迎来第一次发展的重要契机！也就是上文提到的"四校合并"这一大事。合并后的学院一度规模猛增，当时最高峰时拥有在校生13 000人，其中院本部在校学生7500多人，包括预备技师班、高级技工班学生5000多人，成为广州市第一所万人公办技工学校。在这基础上，学校进一步"谋篇布局"，又于2009年3月正式改名为广州市工贸技师学院。

其实，这又是一所很不普通的学校。

从现有规模上来看，学院建有先进制造产业系、信息服务产业系、文化创意产业系、新能源应用产业系、商贸服务产业系五大产业系，开设36个专业，覆盖广东省先进制造、信息技术、文化创意、交通服务、财经商贸五大优势产业，与地区经济、社会发展紧密接轨。学院中高级职称教师占比达70%，拥有广东省技术能手25人、全国技术能手23人、国家级技能大师2人；在校生8777人，高级技工和预备技师培养层次占比100%；建有198间学习工作站，先后承担6届世界技能大赛共7个项目中国集训基地。2007年汤伟群调入学院，并于2009年任书记，在以往良好发展基础之上，学校随之又进行了一系列大刀阔斧的改革创新。早在世纪之交，广州市工贸技师学院就努力追求卓越，敢为人先，取得了诸多了不起的成绩。尤其是新世纪以来，学校更是加快了前进的步伐，始终以"首"字当先：

首家广州市国家重点技校（1998）；

首家广州市高级技工学校（1999）；

首批广东省高技能人才实训基地（2004）；

首家广州市在校生规模突破一万人的技工学校（2005）；

首家广州市技师学院（2008）；

首批国家高技能人才培养示范基地（2008）；

首批世界技能大赛中国集训基地（2010）；

首批国家一体化课程教学改革试点院校（2010）；

首批国家级高技能人才培训基地（2011）；

首批国家中等职业教育改革发展示范学校（2011）；

首家获得世界技能大赛优胜奖的广东省技工院校（2011）；

广州市首家被授予"国家技能人才培育突出贡献奖"的技工院校（2012）；

国家首批获得世界技能大赛铜牌的技工院校（2013）；

华南地区首家"全国技工院校师资研修中心"（2013）；

广东省首批全国一流技师学院创建院校（2013）；

首批国家职业训练院试点单位（2016）；

广东省首批高水平技师学院建设单位（2018）；

……

多么令人骄傲的成绩！多么快的发展速度！新世纪到来，中国的改革不断前行，国际形势，不容我等荒废时日。广州这座南方的大都市，各个领域的发展都在激流勇进；打造中国制造，培育大国工匠，迫在眉睫。天行健，君子以自强不息！

广州市工贸技师学院"首"文化发展正如火如荼，俨然职业技能学院的一颗新星，正在冉冉升起！

不要说明星院长汤伟群了，不要说领衔"国家级技能大师工作室"的陈立准和林泽生了，也不要说闻名全国的"校企双制、工学一体"高技能人才培养模式了，更不要说率先在世赛上获得大量的奖牌了！我们只需要看它与国际交流、深度合作，拓宽职业教育的世界眼光；只需要看它强化培训、对外输出、辐射全国走向"一带一路"的宽广胸怀！是的，学院在积极探索世界技能人才培养标准，在为建设知识型、技能型、创新型劳动者大军而努力，在为实现我们共同的"技能强国梦"而不懈奋斗！也许，它还不是最好的，但是它有成为最好的潜力和抱负。

广州市工贸技师学院，值得期待！

平凡中的不平凡：汤伟群

走进汤伟群的办公室，案头怒放的玫瑰让人心旷神怡，这是教职工为她过生日时留下的祝福。她身着淡黄色衬衣、黑色裙子，略显严肃庄重，但下一秒爽朗热情的笑声让人顿感亲切、和蔼，极具亲和力。她出身于教师之家，自小就向往为人师者的伟大和神圣，注定与教师这份职业情深缘重。忆起与技工教育结缘的始末，汤伟群陷入沉思，仿佛时光流转到20多年前，一切如昨，宛如初见。

睿智的执掌者

梳理汤伟群从一名普通教师成长为学院党委书记、院长的20余年职教生涯，有几个关键的时间点。1992年，从华南师范大学心理学专业毕业后，她走进了广州市机电中专，开始教书育人的历程，15年间从做普通教师直至任党委副书记；2007年，她转调到广州市工贸技师学院（当时的广州市冶金高级技工学校）任教学副校长，见证了学校的迅速发展；2009年3月她被任命为学院党委书记、纪委书记，成为学院德育工作的"领头羊"。

从事了近20年的德育工作，汤伟群自认为"得心应手"。本以为会在这条战线上坚持到退休，未承想，一纸任命把她推向了另一个尖峰——2013年，汤伟群成为广州市属公办技师学院中办学规模最大的广州市工贸技师学院（下称"工贸"）的领军人。

女人当万人大校的院长，行吗？2013年9月，汤伟群在各种质疑和期待中走马上任。

"我的适应能力还是挺强的，可能因为我是学心理学的吧。"汤伟群面对质疑，从容地笑笑说。虽然当院长是头一遭，但汤伟群心中的底气是非常足的。多年来，她对教学、党务、行政等方面的工作都曾涉及，积累了丰富经验，尤其对技工院校学生的特点及教学的运作了如指掌。

事实上，"场子"大了，能力再强，家也难当，汤伟群的这个院长当得并不轻松。如何团结人心共进退，找准发展突破点，引领学校更好地发展？许多问题摆在汤伟群面前。为此，汤伟群推出了一系列促进学校全面发展的先进理念。

"国内著名、国际知名、示范引领的全国一流技师学院"是目标，汤伟群的要求是"要做就做到最好"，使工贸成为一个"出标准、出模式"的学校。

自此，"项目推进、高端引领、内涵提升"成为学校发展的主线，围绕这条主线，学校以实施"七大行动计划"为载体，着力推进广东省创建全国一流技师学院项目、世界银行贷款广东省农村劳动力培训项目等重大项目建设工作，加快学校提质升级的步伐。。

"办学校就是要抓质量，这是生存之道、发展之道。"近几年，汤伟群全身心投入学校建设，经过一系列有效调整，学校管理制度更加规范和透明，效率更高。此外，学校在专业布局调整、师资队伍建设、优质就业服务、招生质量提升、高端培训输出、管理服务优化、内控体系实施、文化宣传推广、党风廉政建设等方面也都稳步发展，为培育高质量技能人才打下了坚实基础。

"团结、高效、优质的干部、教师队伍是学校发展的基石。"汤伟群十分明白这个道理，并坚持把教职工队伍建设作为学院发展的关键环节。其一，在教职工队伍中建立共同愿景，形成共同价值观："工贸的目标就是自己的目标，工贸的发展有助个人的成长。"其二，尊重、善待、赏识、激励每一位教职工。"欣赏比批评更重要"常被她挂在嘴边。其三，营造宽松、和谐、健康的文化氛围。工贸的环境很"单纯"，工贸人可以全身心地投入每一项工作而无须顾虑其他，班子团结，从上到下，形成合力。

事实证明，汤伟群的先进理念卓有成效。短短两年，工贸创造了一个个传奇——世界技能大赛选拔赛捷报频传，APEC（亚太经济合作组织）青年技能夏令营顺利落幕，德、英、美等多国职教专家到访，牵头开发汽车维修、计算机网络应用两大专业的《中国技能人才培养标准及一体化课程规范》，由人社部在全国范围内推广，填补了我国技能人才培养标准的空白，一体化深改又迈进一步，华南地区唯一"卡尔拉得培训学院（广州）培训中心"落户学院……国际交流活动、国内外重要赛事、学术科研、大项目大活动，工贸都不含糊。面对新形势，工贸的师生空前团结，更激发了充满爆发力的潜能。

顽强的创新者

当广州市工贸技师学院院长的最开始两年，汤伟群整整瘦了10斤。"最好的减肥方式是当院长。"汤伟群笑言。

在"高端人才培养观、国际视野职教观和科学持续发展观"的理念引领下，工贸稳步、快速发展，抓质量、抓内涵，在原有基础上把各项工作做得更精、更好、更扎实。以前的关注点是争项目，争资金，把资金引进来；现在则是强化高端意识、精品意识、创新意识，确保每一分钱都花出效益。

汤伟群具有敏捷的思维，善于捕捉信息，因此，总能抢占先机，为学校创造了一个个"首文化"。细数数，工贸的"首文化"不下20个。首批国家中等职业教育改革发展示范学校、首批国家一体化课程教学改革试点院校、首批国家级高技能人才培训基地、国家首批获得世界技能大赛铜牌的技工院校、广州市首家被授予"国家技能人才培育突出贡献奖"的技工院校、广东省首批全国一流技师学院创建院校、首批国家职业训练院试点单位……

每一个"首文化"都是工贸人集体智慧的结晶。面对学院欣欣向荣的创新发展势头，汤伟群深刻指出，"首文化"不是刻意追求，而是稳步发展，是更加科学可持续地发展。创建"首文化"关键要抓住机遇，国家中职示范校建设和世界技能大赛就是学校发展的契机，抓住了，才能占领技能人才培养的制高点。

"要保持发展的速度,就要抓住国家发展的政策。"人社部提出加快技工教育创新发展的若干意见,学院立即根据文件精神积极贯彻落实。汤伟群认为,技工教育主要是服务区域经济发展和企业需求,一定要关注当地经济的发展,根据经济的发展、产业转型做好预判及应对准备,在对学校发展定位方面和专业设置方面需要有前瞻性。"换句话说,我们要培养的人才就是未来几年里当地经济发展和企业需要的人才。"

积极的探索者

2010年,工贸成为首批世界技能大赛"中国集训基地"。2011年,中国派出6名选手首战世界技能大赛,工贸培养的2名选手为中国夺得了两个优胜奖。截至目前,工贸连续承担6届世界技能大赛中国集训基地任务,覆盖制冷与空调、CAD机械设计、网络系统管理、网站设计与开发、商务软件解决方案、货运代理、移动应用开发七个项目,第41-45届世赛中20名选手为国家斩获3银6铜和11个优胜奖。

"我从不否认想拿金牌,但全力备战,绝不仅是为了金牌。"汤伟群坦言,世赛是对学校教学质量的检验,更是一张名片,夺金会助力技工教育的发展。"我们最重要的是以世赛为平台,以最高的标准来评价人才,把世赛技术标准转化为技能人才培养标准和课程标准,把参赛选手培养的路径方法转化为技能人才培养的路径方法,探索世界技能人才培养模式,培养与世界技能水平接轨的高技能人才。国外的设备可以引入,大批量的高技能人才却只能靠自己培养,这是工贸的责任,是技工教育的使命和责任。"

世赛为工贸的发展提供了契机,也将工贸推向了社会各界关注和期待的风口浪尖。汤伟群为此感到压力很大,但她从不将压力转嫁到教练和选手身上。"我会尽最大的努力给他们提供最好的保障,帮他们配备最优质的资源,每一个选手背后至少需要六七个人的教练团队,除了专业老师外还有通用能力素质老师、英语老师、心理老师、体能老师等,还不包括后勤人员及技术保障人员,要培养一个具有国际水平的选手是很不容易的。我对他们的唯一要求就是全力以赴、问心无愧、不留遗憾。"

展望未来，汤伟群将继续带领工贸人坚持探索转化世界技能人才培养标准，不断深化"校企双制、工学一体"的中国特色技能人才培养模式，为建设知识型、技能型、创新型劳动者大军，实现"技能强国"梦而不懈努力！

放弃保研的"大师"：林泽生

和广州市工贸技师学院林泽生老师的一番交流，让我们走出了一些认识和理解上的误区。原以为成立大师工作室是为了自己个人的成长和学校获得更多世赛的奖牌，现在我们才明白林泽生作为一个国家重点扶持的广州青年人才，有着更远大的目标与人生格局。他想参与到全国技能竞赛标准的制定中去，以促进国内竞赛标准更加完善，形成传授技能良好的环境与完善的教育体系，为国家培养更多顶尖的技术人才。林泽生的未来尚不清晰，但可期待。他的道路还在探索之中，他甘愿去做一个铺路人。从他身上，让我们真切地感受到广州市高技能人才培养与发展进程中的那股子拧劲。

林泽生1991年出生于广东省揭阳市惠来县农村，父亲是木匠，母亲是地道的农村家庭主妇。林泽生从华南理工大学本科毕业之后放弃保研机会，选择了去广州市工贸技师学院工作，建设国家级技能大师工作室时年仅26岁。

林泽生对大学生活的印象基本上停留在大一和大二，从大二开始他就参加各种比赛，后来基本上都在集训队里度过。其实他开始并没有发展职业技能事业的规划，刚进大学时，他一心只想搞好学习，能拿到国家奖学金，因为这对他贫困的家庭来说是个大帮助。不过，大一快结束时，他自学三维软件课程，参加了一次"高教杯"全国大学生先进成图技术与产品信息建模创新大赛，自此激发了他对计算机制图的兴趣。2012年他21岁时，老师推荐他参加世界技能大赛，用他的话说是"就这样莫名其妙地走上了世赛这条路"。

世赛之路,并非林泽生事业的终点。于他而言,近十年来,他完成了从选手、教练到教师、管理者的身份转变,其中包含了他在一些关键时期的人生选择。

林泽生说他经历过不少的选择,比较关键的选择是参赛。作为华南理工大学的一个学生,他的学校不像广州其他职业学院对世赛那样支持,他的身份是比较尴尬的。每个大学都有不同的定位,他的学校更倾向于学生参加方程式赛车和建模大赛一类的赛事,而不会大张旗鼓地支持学生参加职业技能大赛。他心里明白,如果继续选择参赛,那就需要进入国家队集训,肯定会影响到他学业上的很多事。他也曾犹豫过,而他的另一个同学则直接弃赛了。世赛的竞争更为激烈,全国上下都要层层进行淘汰赛,直到最后每个领域只能选出一个人代表国家参赛,所以说风险很大,最有可能的是付出的努力会打水漂。但林泽生最终还是选择了世赛,这个选择可能将影响到他一生。

后来又面临大学毕业之后的选择。是选择保研进行硕博连读呢,还是选择工作?林泽生承认,他理想的选择是前者,他相信每个重点大学的毕业生都会做出如此选择。然而,家庭的一场变故,让他改变了初衷。比完世赛后,他父亲得了肝癌,不久就去世了,这对他全家来说都是个重大的打击。他有三个姐姐,还有一个弟弟,也就是说他是家中的长子,必须提前承担起家庭的重任,所以他被迫选择了工作。

在工作选择上,林泽生同样也面临多重选择。几家大公司面试都通过了,比如三星、C.P.T.等,而且开出了诱人的18万年薪的条件,这对一个本科毕业生来说已相当不错了;不过,广州市工贸技师学院也向他发出了邀请,同意给他一席教职。林泽生这个时候陷入沉思,他必须做出正确的选择。他再次回想起世赛,其实比赛并不难,难的是我们不了解规则,所以需要经验的传承。他是代表中国第二次参加世赛的,之前参赛的师兄带着宝贵的世赛经验读研去了，着实很可惜。"当时我就想，如果我也去读研或者去公司工作，那么下一届会面临很大的困难，要从头开始，不知为什么，那个时候我突然产生了一种莫名的责任心，这种责任心决定了我最终的选择。"于是，我们看到了一个教师身份的林泽生。直到2017年8月，人社部、财政部明确"十三五"期间继续组织开展国家级高技能人才培训基地和国家级技能大师工作室项目建设，"林泽生技能大师工作室"的正式挂牌，坚定了他把职业教育这条路走下去的信心。

从此以后，林泽生不仅是一个教练，还是一个管理者。他要传授给学生技能、比赛的经验，也要做好一个管理者。学校把整个基地交给他，让他去管理，那么他就得组建一个团队，并带领这个团队去教好更多的学生。这不是一个人的战斗，而是一个团队的战斗。他觉得这个变化对他来说是最大的，从一个选手成为一个基地的管理者，也让他各方面的能力都得到了很大的提升。这个工作室的成立，并非白手起家，其实之前已打下了良好的基础，只是时机成熟时他把握住了，而且学校也给了他这个难得的机会。他说："我们的基地，其实已经有了这个工作室的雏形。开始是培养少数几个人去参加世界技能大赛，后来就不是为了培养几个人去参赛的事了，我们办了个'精英班'，就是为了培养更多的学生。现在工作室这个平台更好、更高，有了国家、省、市和学校的支持，就能更好地开展工作，不过，使命感也更强。"

林泽生工作室的宗旨早就不再只是为了培养几个选手出去参赛了，增强团队力量，扩大专业面，他在尝试着建立一个成熟的职业高技能人才培养体系。现在的工作室，精英学生达到30余人，团队成员已由原来的2人增加到了7人，学校也给了他们很大的自主权，他们完全可以放开手脚大干一场。授技带徒、培养人才、成果转换、企业攻关、技术攻关……林泽生特别提到，世赛体现的是世界最顶尖的技术，但一定要适应我们国家的发展才能更好地发挥它的作用。所以，他们需要与更多的企业进行交流，对市场的标准做一些改变，然后将这些成果推广到全国，这样才能够更好地发挥竞赛的引导性作用。

听到林泽生的这些话，我们真的可以想象他以及他的团队美好的明天。从他个人和团队的发展势头来看，我们不仅看到广州对高技能人才培养的重视，也将会看到国家高技能人才即将产生巨大作用的明天。林泽生感叹他工作环境的优越、机遇的难得，也表示他肩上的任务很重。林泽生还特别提到，市政府和学校领导对他都很关心，他个人家庭的困难也得到了解决。说起这些，他脸上的笑容就特别灿烂……

三 "世赛"中一身本领的他们

素有"技能奥林匹克"之誉的世界技能大赛，由世界技能组织举办，每两年举办一届，是世界技能组织成员展示和交流职业技能的重要平台。世界技能大赛已经有70余年的历史，首届世赛于1950年在西班牙马德里举办，迄今已举办过45届。历届世界技能大赛以在欧洲举办为主，亚洲只在日本、中国台北和韩国举办过四届。2010年中国加入世界技能组织，第41届世界技能大赛2011年10月4日在英国伦敦开幕，中国首次派出代表团参加这一赛事，参加数控车床、焊接等六个项目的比赛。在这次比赛中，中国石油天然气第一建设公司员工裴先峰勇夺焊接项目银牌，使中国首次参赛即实现了奖牌零的突破。在接下来的第42、43、44、45届世赛上，中国进步神速，取得了举世瞩目的优异成绩。其中尤值一提的是，在第44届世赛上，中国参加47个项目比赛，获得了15枚金牌、7枚银牌、8枚铜牌和12个优胜奖，位列金牌榜首位，取得了中国参加世界技能大赛以来的最好成绩。在第45届世赛上，我国选手共获得16金、14银、5铜和17个优胜奖，位列金牌榜、奖牌榜、团体总分第一名。在巨大的飞跃面前，世界重新认识了中国，2017年10月13日，中国上海终于获得2021年第46届世界技能大赛举办权，实现了历史性突破。

截至2013年第42届世界技能大赛，世界技能大赛比赛项目共分为六个大类，分别为结构与建筑技术、创意艺术和时尚、信息与通信技术、制造与工程技术、社会与个人服务、运输与物流，共计46个竞赛项目。大部分竞赛项目对参赛选手的年龄限制为22岁以下，制造团队挑战赛、机电一体化、信息网络布线和飞机维修四个有工作经验要求的综合性项目,选手年龄限制为25岁以下。由于对参赛选手年龄的限制,广州市尽得天时、地利、人和之优势,数十所职业技术院校中涌现出大量优秀青年学子,他们拼尽全力,在世赛中取得了骄人的成绩,令广州这座中心城市更加光明璀璨、熠熠生辉。

正如第46届世赛主题口号 "一技之长,能动天下",令人惊叹的是,在几届世赛中,广州就有33位职业院校的学生获奖,黄枫杰、温彩云、莫镇安、胡耿军就是其中的佼佼者。

黄枫杰:对母亲的愧疚与对工匠精神的追求

这看似矛盾的题目,却蕴含着生活中的诸多无奈,当我们了解了主人公的人生追求后,慨叹之余,也会让人产生些许欣慰和赞许。这是一场传统观念和现实人生的博弈:于亲情,没有对;于梦想,也没错。但故事中的精彩,却值得留下一笔。故事主人公叫黄枫杰,他是广东雷州一个农民家庭的儿子,广州市技师学院的一位年轻教师,一位世界技能大赛的金牌得主。

1996年,黄枫杰出生于湛江雷州一个贫寒的农民家庭,一家几代都以务农为生,家庭收入不高。由于时代的发展,黄枫杰的家人越来越明白读书的重要性,父母对黄枫杰兄弟仨的教导就是要好好读书。黄枫杰的哥哥不负众望,考上了大学。至于黄枫杰,他的想法则不一样。俗话说:"穷人的孩子早当家。"黄枫杰年纪很小的时候,就对人生有了自己的规划——学技术。谈及这个想法的萌芽,黄枫杰不禁莞尔:"这还要归功于我的爷爷。"

黄枫杰的爷爷是个修拖拉机的。黄枫杰很小的时候,爷爷就教他一些拖拉机的维修知识,有时拖拉机的零件坏了,也是叫黄枫杰去买回来。爷爷一边装零件,一边给黄枫杰讲拖拉机工作的原理,小小的黄枫杰听得津津有味。没多久,黄枫杰自己也会一些简单的拖拉机维修技术了。爷爷曾经有两条路可走：一是当老师，二是修拖拉机。最终，爷爷还是选择了修拖拉机。因为家在农村，拖拉机的用处更大，需要的人也更多。那段蹦蹦跳跳去买拖拉机零件的时光，对黄枫杰的影响很大，他也想学技术，继承爷爷的事业。

黄枫杰想去学技术还有一个原因，那就是家庭经济负担太重。哥哥正在念大学，家里还有一个小弟弟。父母亲务农的微薄收入，根本支撑不了三兄弟完成学业。中考考了700多分的黄枫杰果断放弃了上高中的机会，选择了广州市技师学院。家里因此产生了分歧，爷爷和父亲对黄枫杰的选择表示支持，黄枫杰的母亲则强烈反对。当母亲知道黄枫杰的选择之后，几乎以泪洗面。母亲不死心，反复劝说，可是黄枫杰主意已定，他甚至不敢去看母亲的眼睛。

他无颜面对母亲，为此只有逃避。他背着行李，到城里表哥那里打暑期工，挨到暑假快要结束的时候，就叫叔叔帮他在学校报了名。直到开学，黄枫杰都没敢回家。"后来我去学校之后，才慢慢体会到母亲有多么伤心，甚至是绝望！"黄枫杰回忆说，"因为农村人的思想比较保守，认为学技术没出息，只有念大学才有面子、有前途。"他后来听说入学很久之后，村子都有人在议论他，说他不走正道。

至今，黄枫杰对母亲仍心怀愧疚，但对自己的选择，却没有丝毫后悔。进入广州市技师学院后，黄枫杰选择了数控专业。一直以来，他都积极参加国内的各种比赛，不断获奖，还自己组建了一个社团。"我之所以这么努力，一是要追逐自己的梦想，二是想减轻对母亲的愧疚。"黄枫杰笑着说，"我想效仿爷爷，却始终没法给母亲一个交代！"

初识世界技能大赛是在2016年。当时黄枫杰正在一家工厂实习，老师打来电话，问他是否愿意参赛，黄枫杰懵懵懂懂地就答应了。黄枫杰知道世界技能大赛的分量和难度，这无形中给他增添了很大的压力，导致了他在省级选拔赛上的失利。"那段时间我陷入了自我怀疑。"黄枫杰说。那个时候他最想做的就是给母亲打个电话，可是他不敢，或许是出于儿子对母亲的依赖感,犹豫了很久的他最终还是鼓起了勇气。拿电话的那只手一直是颤抖着的,心跳得厉害,当他叫"妈"的那一刻,几乎忍不住要哭出来了。电话那头开始是短暂的沉默,之后他听到母亲轻柔的话语:"儿子啊,你专心比赛吧,不要想太多了,一定要多注意身体。"黄枫杰最终没有放弃,而是更加勤苦地训练,有时为了获取有用的经验和信息,他要无数次反复观看往届比赛的手机视频。功夫不负有心人,最后他还是获取了参赛的资格。黄枫杰回想起最后一个月冲刺的劳累,至今仍心有余悸,他说:"我现在想想都后怕!"特别是教练故意设置的障碍训练,总是让他措手不及。明明头天晚上离开时做完并检查好的设备,第二天就发现全被教练调乱了,黄枫杰只得又从头一步一步来,检查设备,逐一试行操作。

往事值得回味。他还记得比赛结束,当主席台宣布他夺得金牌的那一刻,他英文不好,手足无措得不知道怎样才好,等站到领奖台上时仍在嘀咕,是不是念错名字了?

夺得世赛金牌之后,黄枫杰留校任教,完美地实现了从一个技工到老师身份的转变。黄枫杰载誉而归,回到老家的时候,母亲正在打扫院子。黄枫杰大声叫了一声"妈",原本以为母亲会兴奋、会很自豪,谁知母亲只是平淡地说:"饿了吧?饭是热的呢!"黄枫杰突然明白过来,母亲心里的那个结还没有真正地解开。

荣誉重要,但他还有很远的路要走。之后,夺得金牌的黄枫杰迅速从世赛的兴奋中冷静下来,真正地思考自己未来的人生。他很喜欢看《大国工匠》那个电视节目,他清楚地记得有位钳工师傅做出来的零件精确度只有0.01毫米的误差。再想想自己,黄枫杰知道自己离真正的"工匠"还有很远的距离。他记得教练曾和他说,日本、韩国对于工匠精神有着极致的追求,在他们眼中,中国的工艺技术根本不行。他还记得,那次获奖之后,日本和韩国的选手主动地和中国选手交谈。

只有技术而没有蕴含精神,那最多只能被叫作"机器",工匠本身是不完整的。可是真正的工匠精神是什么呢？在黄枫杰内心深处，似乎正滋生着某种指引着他奋斗的信念，他说："工匠精神最重要的是传承，一辈人接着一辈人地干。这就是大国工匠的精神。"

黄枫杰永远都不会忘记，2017年11月，李克强总理在接见第44届世界技能大赛中国代表队时，勉励他们要争做大国工匠时所说过的话。尽管几年下来，黄枫杰获得过许多荣誉，但他最看重的是要努力成为一个真正的大国工匠！

温彩云："芭比娃娃"与金牌服装设计师的故事

"英雄不问出处"，没有谁是天生的英雄，那些有所成就而被历史所铭记的人，无一不是凭借坚韧和坚持，方才登顶为峰。

温彩云，一个名不见经传的女孩子，胖嘟嘟的样子很可爱。2019年8月19日，温彩云带着梦想，带着希望，踏上了世赛的征程。这次世赛时装技术项目的比赛分四天进行，比赛共有款式设计、打版与排版、大衣制作、立体剪裁四个模块，竞赛时间共计18个小时。在长达四天的比赛中，温彩云在专家教练以及学校保障团队的悉心关照和帮助指导下，凭借着自己长期系统学习、科学训练积累的经验，轻松上阵，正常发挥，顺利完成了比赛。

2019年8月27日，当第45届世界技能大赛正式落下帷幕，主持人宣布第45届世赛时装技术项目的冠军是来自中国的温彩云的时候，她才终于如释重负，激动地挥舞着五星红旗跑上领奖台，领取那块来之不易的世赛金牌。她在俄罗斯喀山世赛上挥舞国旗的那一刻，就注定了这个自己的不平凡。她的父母，为她骄傲；她的老师和同学，为她骄傲；她的祖国，也为她骄傲。我们在默默地欣赏并为她祝福的时候，心底会升起一个疑问：温彩云是谁呢？

当时温彩云只是广州市白云工商技师学院服装系2013级服装设计与品牌

策划专业的一名学生。她出生于广东湛江一个普通农民家庭，从小受从事芭比娃娃服装设计的姑姑影响，特别喜欢给各种玩具设计各式各样的衣服。不知不觉地，就在心里埋下了一颗成为一名服装设计师的种子，并从此迷上了服装设计。但是，事情并不是一帆风顺的，一开始她没能学习服装设计。她有中考梦，有高考梦，现在实现的金牌梦只不过是她在读书梦破碎之后，重燃起希望、重新编织的又一个彩色的梦。

2013年，温彩云的人生被残酷的中考竞争迎面泼来一盆冷水，由于发挥失利，她没能考上高中。姑姑心疼地看着情绪低落的温彩云，灵机一动，试探地问她："彩云，中考、高考不是唯一的路，你喜欢服装，那就去广州学习服装设计，怎么样？"温彩云在迷茫中疑惑地微微抬起头，探询地看着姑姑，眼里开始闪烁着微弱的希望之光，她在心里选择了去广州市白云工商技师学院。没有人知道，她做出选择的那一刻是怎样的心情，在传统看来，学技术是不太被看好的。可是木已成舟，失败是无法挽回的，面临眼前的情景，她又能怎样呢？当父亲陪着她来到广州市白云工商技师学院报名入学的时候，温彩云心里十分失落，甚至有说不出的厌恶：这分明不是她想要的人生啊！她来自地方县城，来自普通的农村家庭，她想得更多的是，进入高中，然后考上大学，以此来改变自己这个普通家庭出来的孩子的命运。温彩云至今都还记得，中考成绩出来的那一天，她一个人躲在屋子里哭泣，老实巴交的父母也不知道如何去安慰女儿，只有唉声叹气，不知如何是好。

选择去学习操作一堆冷冰冰的机械，温彩云心里是极不愿意的。徘徊犹豫之际，温彩云看到了桌上摆放的芭比娃娃，俏丽可爱，娇艳欲滴，裙袂飘飘。然而，温彩云发现这一身的服饰搭配有些别扭，颜色过于鲜艳，反而让娃娃失去了本身的公主气质。温彩云就在那一刻发现了新大陆，心里顿时亮堂起来了，干脆就学习服装设计吧！何况，她从小就喜欢。她便和父母商量，父亲和母亲也都竭力支持她。特别是她的姑姑，也就是每年都要送给她芭比娃娃的姑姑，听到侄女要去学习服装设计，高兴得不得了，因为她所从事的工作就是给芭比娃娃设计服装。

刚进入校园，接触新的环境，温彩云还有些迷惘，但似乎又在暗暗地积蓄着某种力量，每天只是在图书馆看些和专业相关的书籍，或者就在教室里摆弄已经设计好的服装，反复琢磨。她的室友们每天都在参加各类活动，那样子忙碌得都要飞起来。和她们相比，温彩云自己的人生，稍微显得无趣了些。

转机在一次课堂上出现，老师说起了世赛。晚上，从自习室回到宿舍，室友们正在充满好奇心地谈论世赛。温彩云也来了兴趣，听着她们的讨论，才明白这个比赛的难度和规模。她心里仿佛突然打开了一扇通往新世界的大门，她甚至憧憬着，如果能够和世界顶尖高手较量……温彩云思潮涌动，兴奋得辗转难眠。夜深了，室友们都已酣然入睡，夜静得她能听见自己的心跳，她最终悄悄地对自己说了一句："试一试吧！"第二天，她将自己的想法对老师说了。老师乍一听很惊诧，在老师眼里，温彩云是个话不多的学生，学习很认真，总是默默地做着自己的事情。老师为她感到高兴，很支持她的想法。后来老师评价说："这个孩子终究是有勇气的。"于是，成为世界冠军，成为著名的服装设计师，成了温彩云的人生梦想。

但追逐梦想的道路，向来都不会是平坦的。跟许多人一样，温彩云经历了不少的挫折和艰辛，也品尝过失败的滋味。温彩云第一次参加第44届世界技能大赛，最终以全国第九名的成绩顺利进入国家集训队，然而却止步于"十进五"选拔赛。那次经历让温彩云清醒地认识到自己与高手之间的差距，也给她的自信心带来很大打击。比赛并没有温彩云想象的那么简单，世界级赛事，哪怕是国内的赛事，都可以说是高手云集，稍有不慎就会落败。

没能进入世赛，温彩云彻底失望了。那段时间，她甚至比中考失利还要失落，整个人闷闷不乐。放假回到家里，看着父亲和母亲，她好不容易才止住眼角的泪水，不让它掉下来。可是，她有什么能瞒得住父母呢？父母还是察觉到了女儿的情绪，可是他们什么也做不了，连一句安慰的话也不知道怎么说，只在心里忧虑。父母只希望女儿开开心心、无忧无虑。

傍晚，母亲在院子里洗衣服，父亲外出了。家里的小狗懒洋洋地趴在地上沐浴落日余晖，几只母鸡在院子一角踱着步，时而发出咯咯咯的低语。其实，生活是那么宁静、那么美好。姑姑的到来，为温彩云打开了心结。姑姑性格开朗、善解人意。她给温彩云带来了一堆新设计的芭比娃娃服饰。姑姑兴致勃勃地谈论她这一年的经历，这是她俩每年都会谈论的话题。温彩云专心致志地听着。姑姑说老板如何如何催她提交方案，姑姑又说她如何如何加班熬夜把方案修改出来，而且最后都通过了。温彩云好羡慕姑姑，羡慕姑姑的生活态度和状态。早上，她和姑姑一起出去散步。池塘碧绿的水，在微风的荡漾下，泛起一丝丝波纹。晨风清爽，沁人心脾，似温柔的言语，安抚着她那颗焦虑的心。"彩云，你知道吗？无论做什么事，心态最重要，情绪最重要，如果你管理不住自己的情绪，做任何事情都难以成功的！"姑姑突然说。听了这话，温彩云似有所思，又若有所悟。是的，一次失利后，还有下一次机会。一生中，会有无数次机会，只要自己不放弃。在姑姑的开导下，温彩云逐渐走出失利的梦魇。"那段时间真的很消沉，"温彩云说，"我永远忘记不了和姑姑的那次谈话。"

经历了第44届世赛后，温彩云在老师们的帮助下终于更加坚定了信心和决心。为能进一步打牢基础，积累更多的经验，在学校的帮助下，温彩云去了中山卓尔特时装有限公司实习，负责晚礼服的工艺设计。在卓尔特，她经常主动申请加班，做完了本职工作就找设计师拿活干，一点都不嫌累。在经历了近一年时间的学习和沉淀之后，由温彩云设计的礼服作品正式在香港时装周订货会上发布，这意味着她已成为一名真正的服装设计师！而此时，距第45届世界技能大赛选拔赛到来还有不到三个月的时间。在出师与继续征战世赛之间，经过紧张的思想斗争与权衡后，在老师的建议下，温彩云最终决定在卓尔特完成香港时装周的作品发布会后，回校备战第45届世界技能大赛，再次开启征战世赛之旅。

在喀山赛场上，温彩云真正做到了游刃有余、心无旁骛、淡泊宁静。比赛中的温彩云心态沉稳，专心操作手里的机器，硬是将那1毫米的误差纠正过来，做到了"天衣无缝"，看不出任何破绽。结果可想而知，就是文章开头那激动人心的夺冠的一幕！

温彩云终于在赛场挥舞起了国旗，那是多么激动人心的时刻啊！多少辛酸和泪水都值了！后来她说："冠军荣誉背后是强盛的祖国和强大的专业保障团队。当我拿到第一名的时候，场外的教练团队都流下了激动的泪水，没有大家的支持，我就不会走到今天。"是的，这一刻值得所有人为她记录和见证，不得不说，广州又多了一位耀眼炫目的能工巧匠。温彩云的成功、她命运的改变，必将激励与她人生境遇相似的每一个年轻人！

莫镇安：重型车辆重，心中的梦想更重！

2019年第45届世界技能大赛上，一个阳光帅气的小伙子手扛中华人民共和国国旗走在中国代表队的最前面，脸色略带兴奋，眼神却自信而坚定，他就是第45届世界技能大赛重型车辆维修项目中国队选手，也是该项目优胜奖获得者——广州本地人莫镇安！尽管他并没有为中国队摘得金牌，但是却刷新了中国在这个比赛项目上的最好成绩。

此刻的莫镇安与三年前的莫镇安判若两人。与其说是成熟，莫若说是对人生态度的坚定。2016年夏天，莫镇安的人生遭遇一场突如其来的意外，他高考失利了！当时他是以体育特长生身份参加高考的，体育考试之后他信心满满，也如他所愿，取得了良好的成绩；可是在文化课上，他遭遇滑铁卢，与当时的文化课分数线只差了几分！

这对莫镇安以及他的家庭来说，是一个很大的打击。莫镇安一度怀疑自己的能力，站在街上，望着来来往往的行人，不知所措，他甚至不敢去面对自己的父母，还有关爱他的亲友。一天晚上，吃完晚饭。莫镇安来到自己的小卧室待着，书桌上还放着高中的课本以及一些高考练习题。窗外是一望无际的灯光，星影斑驳。莫镇安习惯性地将手边的一本复习题集打开，上面整齐排列的字迹就像一张张无情嘲笑的脸，他无心再看下去，合上书本，看着外面。

房门被轻轻推开，一缕微光从门缝里渗透进来，门口站着一个佝偻的中年人，那是他的父亲。莫镇安突然发现，原来父亲不知不觉地老了，于是他心里更加难过起来，也充满了自责。"镇安！"父亲开口说道。"爸！"莫镇安蜷缩着身子，看着父亲坐到床沿。"这么晚了，还不休息吗？"父亲扫了一眼桌上的课本，说，"这可不是什么大事啊，你这一辈子才刚刚开始，怎么一下子就蔫了呢？好好回想一下你在操场上训练流下汗水的日子吧！"父亲再没有多说什么，就出去了。门外，传来母亲洗碗的声音。

父亲的声音回响在莫镇安的脑海中，不知何时，他眼里竟满含热泪。高考失败了，这意味着人生的终结吗？父亲的话再次让莫镇安陷入深思。他回想起在操场上训练的那个自己，似乎从来没有放弃过，哪怕汗水从脸颊流到肩膀，也称得上是他享受的时刻，他觉得不能就此沉沦下去，得重新规划自己的人生。

重新打起精神，莫镇安想了两条出路：一是出去打工，二是学一门技术。他最终决定学技术，他把想法告诉父亲，父亲表示支持。在接下来的日子里，莫镇安为了选择学校，每天乘坐公交车穿梭在城市里，他向很多老师、同学和朋友打听，并收集整理从各个渠道得来的信息。最后，他选择了广州市交通技师学院的汽车维修专业。开学典礼那天，操场上人山人海，同学们的年纪都和莫镇安差不多大。学校领导介绍了不少优秀学子，也介绍了世界技能大赛，莫镇安以为这只是一个笑话：一个技术学校的比赛，能有什么了不起的！当时的莫镇安并不知道世界技能大赛的分量，心里对其不屑一顾。可是校长随后说："这个比赛相当于技能界的奥林匹克竞赛！"莫镇安这才心里一惊,原来这个比赛并不是小打小闹啊!他当时几乎是石破天惊地产生了一个念头:"如果是这样的话,我也想去试一下!"

莫镇安开始了在这个学校的学习生涯,不久他报名参加了重型车辆项目竞赛班,专门准备世界技能大赛。教练带他们来到一个大厂,莫镇安瞬间感到自己的渺小。厂里摆放着无数的汽车零部件,让人一脸茫然,无所适从。"你们就在这里练习,如果晋级成功,将会有更先进的设备等着你们。"教练似轻还重地对同学们如此说道。在学校培训期间,学校带领他们去广州电视台观摩第九场广州榜样发布会。也就在那里,他看到了在第44届世界技能大赛上大放异彩的黄枫杰、梁智滨等人。那一刻,莫镇安才真正认识到这个比赛的分量,蓦然间,一种神奇的力量吸附住莫镇安,仿佛是什么让他觉醒了一般。莫镇安感到汗水从脸颊流到肩膀的那种熟悉的感觉又回来了。"我的人生将从这里开始!"莫镇安对自己暗暗期许。当天夜里,同学们已经休息了,然而莫镇安一个人待在实验室,望着眼前那堆机器,久久不能平静。至今回忆起那个时刻,他仍然会热泪盈眶。

练习!反复练习!就像当初在操场上训练一样。机械的安装操作很复杂,哪怕是一个细小的零件安装错了,整个系统就运行不了。日子就这么一天天紧张地过去了,在广州市选拔赛的前一个月,莫镇安和他的队友们每晚都是训练到凌晨三四点。饿了就点外卖——那段时间对他们来说,想起外卖就想吐,但又最是难忘。几个人围坐在机械上,一边狼吞虎咽,一边打趣聊天。

"你困不困啊?困就回去睡觉。"

"你累不累啊?吃完了回去休息吧!"

…………

可是每当吃完外卖,几个人就又很默契地回到自己的岗位,没有一个人说离开。他们就是这样,一路互相鼓励。"每个人都为了自己的目标而勤奋地努力、奋斗,在这种氛围里训练,我很快乐。"莫镇安后来说。

世赛重型车辆项目一共有六个，平均每个项目需要三个小时左右才能完成。在这期间，不仅要求选手的精力高度集中，而且对选手的体力也有很高的要求。莫镇安之前是体育特长生，在体力方面自然不用担心了；但重型车辆技术十分复杂，对选手的技术操作、心理和思维能力都有着很高的要求，这些都同时在考验着莫镇安。当莫镇安的目标锁定世赛之后，他就下定决心去克服所有学习上的困难，连教练也被他的求知欲所折服，常常私下对人说："莫镇安有冲击金牌的潜力和实力！"

成功之路是用汗水洗亮的。最终，莫镇安成功通过学校的选拔，接着获得广州市第一名，后来又获得广东省第一名，这些成功对他是极大的鼓舞。在国家队选拔中，他最终成绩名列第二，成功入选国家集训队；在接下来国家队的9进5选拔赛中，又以第二名的优异成绩顺利晋级。让人欣喜的是，靠着出色沉稳的发挥，在5进1的最终考核中，莫镇安取得通往第45届世界技能大赛重型车辆技术项目国家队正选入场券。

进入国家集训队之后，他训练更为刻苦，几乎取消了休息时间，大年三十就得背着行囊回到训练场地。然而，训练场上挥洒的汗水，都是用来浇灌成功的种子的。比赛结束，莫镇安又想起松下幸之助的那句名言："在荆棘道路上，唯有信念和忍耐才能开辟出康庄大道。"这是他最喜欢的名言，也是他在每次面临逆境和挑战时对自己的勉励和肯定。

胡耿军：机器人，"99分都算不及格"

知识与科技能够带来什么？答案隐藏于滔滔不绝的历史长河之中。仔细算来，那是一个国家的柴米油盐，也是锯齿上的锋刃。对于00后胡耿军而言，知识与科技，更是有着非比寻常的力量。

胡耿军出生于揭阳市一个农村家庭。一家人全靠父亲在外务工养活。母亲没什么文化，在村里做短工补贴家用，每日早出晚归。父母吃过没有知识的苦头，在忙碌奔波之际，也会嘱咐胡耿军要好好学习、用功读书。务工务农是家庭收入的主要来源，贫困家庭过着紧巴巴的日子。对读书，胡耿军有着自己的想法，故事还得从他小学毕业刚迈入初中的时候说起。

那年胡耿军刚读完初一上学期，放了寒假就是过年。父亲也照往年一样回家团圆。父亲母亲、哥哥姐姐一家人乐呵呵地围坐在屋里，浓郁的年味感染着家里每个人。只是父亲与以前不一样，双手环抱膝盖，时常抬头望望漆黑简陋的楼板，突然说道："这房子实在过于简陋了，以后可怎么办呢？"母亲正在纳鞋垫，听到父亲的话，原本因家人团圆而喜气洋洋的神色，蓦然如霜雪降临。胡耿军听了也不是滋味，独自坐在火炉最里面的那个角落，暗自思忖。父亲年前就说过要重新建房子，考虑到成本和负担，最后只得作罢。家里的房屋实在太破太小，是胡耿军爷爷那辈留下的，有些木质房梁已经腐朽。他和哥哥睡一屋，房间狭小。哥哥再过一两年就到了娶妻的年纪，家里实在不成样子，这可怎么办？

父亲的话触动了胡耿军的心弦，他突然产生要逃离农村的想法。或许这是年少的冲动，就像一个孩子羡慕另一个孩子手中的玩具。可是生活不是玩具。胡耿军不是想逃离生活，而是想去创造。小小年纪的他想为家里分忧，正所谓"穷人的孩子早当家"吧。

胡耿军忧心忡忡，就连作业也没心思做了，望着桌上的寒假作业练习册，他实在没心思去写，埋头一下午，日落西山时，笔尖仍未动。他的同学，也是刚进入初一，牵着一头牛从门前缓缓走过，用MP3听着音乐。现在回忆起来，胡耿军记忆犹新，他说："以后早点去打工赚钱，为家里分担一些嘛，对，以前是这么想的啊。"少年胡耿军对未来一片迷惘，对完成学业产生了抗拒心理。

胡耿军的母亲发现了苗头，极力反对，并带胡耿军到地里一起干活儿。不到半天，胡耿军便腰酸背痛起来，脸上满是黏糊糊的汗水。一天下来，胡耿军双脚疲惫，回到家便如软泥一般倒下。当天夜里，母亲要他继续完成学业。胡耿军听了，便说："家里负担这么重，难道读书能吃饱肚子？"母亲说："车到山前必有路，你现在这么个年纪，能干什么？"胡耿军一阵沉默，心中十分压抑。他突然想起父亲懂电工技术，于是想，要是自己也学一门技术，就能为家里减轻一些负担了。

胡耿军想上中职学校，学校每年都有高年级的学生去中职学技术。后来他回忆说："我个人的理解，就算是读高中、读大学，最后还是要学一门技术。我只是想提前通过实践来学到技术，而且我个人是相当喜欢学技术的。"

夜晚，他和哥哥商量。哥哥不赞成他读中职，认为那并不是学习，而是混日子。一开始就碰壁，这是胡耿军没想到的。一向疼爱他支持他的哥哥居然反对他，这让他颇受打击。更让他意外的是，哥哥说："要是读中职的话，不如不读，直接出去打工。"然而，胡耿军执拗得很，他暗地里已打定了主意。胡耿军永远不会忘记那个夜晚，月光皎洁，透过窗口洒在床边，偶尔能听见村子里的狗吠。当时的心境，正如他后来面对记者采访时所说的那样："其实，身份并不重要，重要的是你是如何看待一件事情，又是如何完成它的。"

初中毕业之后，胡耿军来到广州市机电技师学院。和初中不一样，这是一个全新的环境，专业技术分类复杂，有各种技能比赛。从初中进入这个学校，学制是五年，意味着学好一门技术，需要长期坚持。有几位同学因为坚持不下去，中途退学了；有的因为家里贫困，坚持不下去；有的则是觉得学业毫无希望，才心生退意。而胡耿军在这个全新的环境里，满心好奇，对各种自动化机器、对电脑上操作的各种软件产生了浓厚的兴趣，求知欲前所未有地强烈。

据他回忆，去学校那天，夕阳的余晖很温暖，他却很迷茫，因为他不知道自己将要去往何方。正式入学之后，正如他所期待的那样，用双手成就自己的梦想，他积极参加学校组织的各种活动，并且当选了班级的学习委员。他与别的同学不一样，总给自己确立一个个明确的目标。广州市机电技师学院以培养学生的实践能力为主，专研各种机械，后来在无意间，他对机器人项目产生了兴趣。一次机缘巧合，班主任介绍他进入一个项目组，而这个项目和自动化机器人有关。经过一段时间学习，他逐渐加深了对机器人系统化的了解，他明白当时自己最大的缺点是缺乏理论知识，这是他接下来最头痛的事。

刚进入项目组，胡耿军并不知道这个项目是为参加世赛做准备的，他稀里糊涂地一点准备都没有。到项目组的第一天，领队老师就叫他组件一个东西。胡耿军看着散落的零件，信心满满，不一会儿工夫，一堆散落的零件就被井然有序地组成了一个完整的工具。胡耿军年少气盛，心里自然得意。领队老师也点了点头，颇有几分赞赏，可是接下来问了他一句："你知道这个机器其中的原理吗？"胡耿军一下子愣住了，茫然不知所措，这有什么原理，不就是机械零件吗？领队老师接着说："这个零件为什么要这样组装才能相互发生作用，你知道吗？"胡耿军一下子垂下了头，很遗憾，他并不知道什么原理。领队老师接着叫他去实验室看一看，然后就离开了。实验室有四五十个同学，都在鼓捣着手里的小部件，都与机械自动化有关。他在实验室转来转去，也没人和他打招呼，所有人都在忙碌着。胡耿军回忆说："当时真的很迷茫。"

胡耿军没有退却，依然打算待在这个项目组里，同时他也开始了拼命学习理论知识的历程。复杂的流程常常让他心烦意乱，曾几度心生退意，但看到一个个同学不胜其烦、不堪其累，相继退出项目组的时候，他却莫名地坚定了自己的决心，从最初的四五十人，到最后包括他在内的几个人，后来回想起这些往事，连他自己都觉得不可思议。胡耿军所面临的难题主要有两个：一是电脑上的操作软件，二是理论知识的补充学习。因为基础差，他对老师教授的内容总是听得迷迷糊糊的，不得不经常学习到凌晨。教练对胡耿军的努力看在眼里，打心里欣赏胡耿军的学习劲头。胡耿军也没让教练失望，凭借从小养成的出色的动手能力和勤奋学习得来的理论知识，他一般都能够独立完成教练布置的任务，最后也争取到参加第45届世界技能大赛移动机器人项目的名额。他至今都不能忘记在俄罗斯喀山比赛期间的惊险。当时他和队友都紧捏一把汗，因为他们的决赛对手是称霸这个项目长达五年的韩国队。然而，胡耿军和队友硬是凭着长久积累起来的深厚功力，一步一步化险为夷，最终在世赛上夺得了金牌。

2019年8月31日晚，由中央电视台制作播出的、著名主持人白岩松主持的《新闻周刊》本周人物专题，讲述了第45届世界技能大赛移动机器人项目金牌获得者胡耿军与搭档郑棋元的冠军故事。白岩松说："高水平的技能，是可以拿金牌的。"白岩松还说："让匠人精神被弘扬，让劳模品质被传承，也让整个社会对职业教育有更高的尊重和认可，可能这是比继续拿金牌总数第一更加重要的事儿。"这话说得真的是意味深长啊！

对于胡耿军的夺冠，教练庞春的一席话，让人感觉到了广州这座城市的另一重魅力："广州拥有实力雄厚的制造业基础，近年来越来越多的技术型企业开展智能化转型，有大量的机器人、智能化需求，产业环境催生对专业技术人才培养、培训的需求，在这种大环境下，高端、高素质技术人才的诞生也是自然而然的。"没错！艺无止境，精益求精，广州就是这样一座产生工匠的城市，正如胡耿军的一句豪言切中肯綮：对机器人这一领域来说，工匠精神应是"99分都算不及格"。

获奖的胡耿军没有骄傲自满，反而更加沉稳，对于他来说，工匠精神就是"坚持"。胡耿军的父亲说："就想让他学一门技术，这样才能在社会立足，如今，他不负众望。我相信行行出状元！我也相信，将来耿军也一定会实现自己的理想，为社会做出应有的贡献！""宝剑锋从磨砺出，梅花香自苦寒来。"几年下来，胡耿军解决了家里的困境，帮助家里还清了盖房子所欠下的债务，同时他也圆了大学梦——2020年秋，胡耿军进入天津职业技师范大学,攻读机电一体化专业。胡耿军所取得的成绩,离不开母校的悉心栽培和广州市政府的大力支持,学校是他成长的土壤,政府提供了让他成才的环境。

广州对高技能人才的打造和培养情况,足以反映具有广州特色的人才建设的另一个重要侧面。如果说高层次高端人才能让广州直冲云霄的话,那么高技能专业人才则是要让广州脚踏实地。毫无疑问,广州在这一领域已走在全国前列。知识型、技能型和创新型的高技能劳动者大军,大力弘扬劳模精神和工匠精神,营造劳动光荣的社会风尚和精益求精的敬业风气,这是进一步推进国家中心城市建设和适应产业结构优化升级的迫切需要。这是以人民为中心的全民类型人才建设模式,是人民真正实现小康生活的有力保障。需要"阳春白雪",也要"下里巴人",这才是真正合理的人才建设生态。工匠精神是广州现代化进程中的新的精神,与广州的红色文化、开放创新的先行者文化、多元文化一道,必将汇入宝贵的广州精神文化品质之中。

| 第七章 |

为人才发光发热做贡献

改革开放数十年来,在每个不同时期,广州一直在开拓着人才建设的新路径,同样也在书写着人才服务的新篇章。中国梦、广州梦、人才之梦和现实发展,需要服务来保障。在日益激烈的全球城市竞争大潮中,广州从曾经的拼勤奋和拼资源,转向拼人才和拼服务。所以,广州的行政机构和职能部门一直以来都在考虑着的,就是能为人才的发光发热做点什么,"栽好梧桐树,引得凤凰来"。

人才未到,服务先行,这是广州人才强市的秘诀,也是人才战略的先见之明。大力发挥海内外人才的作用,走好新型城市发展的转型之路,人才服务是保持人才生存环境良性生态的重要支撑。2010年,广州市出台《关于加快吸引培养高层次人才的意见》及配套实施办法,形成含金量极高的"1+12"人才政策体系,从完善政策、创新机制、优化服务、落实责任等方面提出具体措施,制定实施办法,解决高层次人才岗位聘用、职称评定、经费支持、安家入户、住房保障、医疗保障、子女入学、配偶就业等难点问题。从中我们可以看到,这些政策的制定无一不与人才服务相关。

在广州市委、市政府的统一谋划之下,广州市人力资源和社会保障局以及其他有关职能部门,本着全套的、与时俱进的人才服务规划,精心打造人才综合服务平台,以专业、系统、全面的服务,为广州人才竞争力的跳跃式提升做好前期铺垫,为广州城市的繁荣发展做出了巨大贡献。

一 海归归来心飞扬

原广州市劳动和社会保障局局长、原广州市人事局局长江云曾介绍说：广州市一直高度重视吸引和鼓励海外人员回广州创业和就业。1999年就在全省率先推出了《关于鼓励出国留学高级人才来粤创业的若干规定》，几年后接着出台《关于鼓励海外高层次人才来穗创业和工作的办法》。2012年又出台《广州市鼓励留学人员来穗工作规定》等相关规定，规定明确了留学人员来穗工作可以享受众多优惠，包括：直接申报评审相应等级职称，其中高层次留学人员可按规定直接聘任相应职称的职务，不受任职年限、单位专业技术岗位结构比例等限制；每人10万元安家补助费；租用广州市人才公寓；子女入园、入托由当地教育部门和有关部门协助安排，子女参加高招享受政策性照顾借读生待遇；购买一辆免税国产小轿车；高新技术成果转化项目优先给予市科技风险投资资金等支持。从1999年之后的10年间，到广州创业和就业的海外留学人员有2万人以上。海归人才对广州的经济和社会发展起到了重要的促进作用，对广州经济转型和产业升级也起到了不可忽视的推动作用。

上下齐心，共同努力，广州成为引进国外各类人才的重镇。在广州人才建设史上发生过许多大事，每一件大事都值得留下重重的一笔！2008年12月25日，这一天正是西方最重要的节日——圣诞节，第11届"留交会"开幕式如期举行，"广东吸引海外高层次人才新政策新举措在线访谈"在"留交会"现场举办,这在"留交会"的历史上还是首次。当时,中共中央政治局委员、国务委员刘延东,中共中央政治局委员、广东省委书记汪洋和教育部部长周济等高度重视,并来到访谈现场,向广大海外留学人员祝贺新年,欢迎大家回国创业或就业,以服务乡梓,报效祖国。

人才"红娘"颜光美

20世纪90年代,留学美国的颜光美于1996年回到中山大学,之后他发起"12博士集体回国"行动,12名在世界各地留学的医学人才集体回国,到当时的中山医科大学工作。一个12人的博士团队,集体回到广州,这在当时引起了很大反响,甚至被当时社会评价称"这是中华人民共和国成立以来的'创举'"。广州之于海归是非常有吸引力的,20多年前"12博士集体回国"的壮举证明了这一点。20多年过去了,广州依然是海归人员的首选。

在颜光美博士等人的倡议下,1998年首届中国留学人员广州科技交流会举行,"留交会"后来升级为"海交会"——中国海外人才交流大会暨中国留学人员广州科技交流会。参会的国外人才群体更为广泛、更为高端,这个海外人才交流平台即将迎来第23届。它不仅有媒介功能,更具备服务功能,解决了很多海外人才归国创业、就业的难题。

2009年1月至2017年4月12日,颜光美任中山大学副校长,从身份上有了更好、更高的平台和更多对外接触的机会。"留交会"办起来后,颜光美还担当留学归国人员与广州的"红娘",介绍更多的海归人才,比如钱长庚博士,在归国前已经是美国上市公司的副总裁,正是颜光美"拉"到广州的。钱长庚2012年落户广州开发区,研究抗癌药,如今他已经是广东省"珠江人才计划"引进创新创业团队项目带头人。哥伦比亚大学博士张必良也是颜光美在"留交会"引进的。张必良在广州创办公司,他的"基因沉默技术与治疗"科研团队在2017年以第一名的成绩入选"广东省引进创新科研团队",2017年公司又成为广东省"珠江人才计划"引进创新创业团队。颜光美的"红娘"角色,本身就是一种服务,不仅为海外人才服务,也在为广州和国家繁荣兴盛服务。难道不是吗?

为何一直致力于让留学人员扎根广州?颜光美认为,要把留学人才留住,必须形成人才集聚的生态环境,人才之间相互支撑,共同发展。广州有着开放基因,经过政府及社会各界的多年努力,逐步形成了优良的人才聚集生态环境。颜光美说:"我最深的体会是,广州是最先认识到'人才是第一资源'的地方。"他还说:"现在回想,不是我们倡议者有多远的眼光,是当时广州市委、市政府领导的眼光高远。"其实,颜光美的眼光不仅仅停留在广州,而是放眼于整个中国。他在举办"留交会"的建议中提出了要"立足广州,服务全国",广州做到了这点,很多留学人才通过"留交会"这一平台,在广州和其他国内城市找到了适合自己的发展机遇。正因为广州胸怀开阔,"留交会"很快就得到教育部、科技部等部委的支持,成为中国规模最大、层次最高、影响力最强的海外人才创新创业交流平台。

颜光美1957年出生于湖南娄底一个贫农家庭,1982年考入中山医学院,1989年获得博士学位,在获得博士学位之前,他已经是中山医科大学里最年轻的副教授。1991年颜光美赴美国深造,拿过很多美国奖学金,学术优秀的他本可成为美国中产阶级的一员,但他一直没有申请美国绿卡,立志要回国服务。他说:"中国人的事业不能在国外。在自己的祖国为祖国人民服务,是一个中国知识分子的良心、道义和责任,祖国既是成长之地,也必定是用武之地。"

多么朴素的话,又是多么深情的发自肺腑的话!去海外留学的人中有太多优秀的栋梁之材,他们绝大多数都有报效祖国的火热的心,我们又有什么理由不为他们做好服务呢?颜光美就是一个极佳的例子,广州热情接纳了他,他不仅把宝贵的青春献给了广州和祖国,而且还以一个过来人的身份,牵线搭桥,引进更多的海外优秀人才,又为如何服务好海归人才建言献策,并身体力行。"'留交会'的方案是集合了大家的智慧,我亲手撰写的五页纸的方案提交给了时任广州市市长林树森。"颜光美回忆道,"林市长接到方案时正在开会,专门抽时间做了批示,并表示:'意义重大,值得干!'"从首届只有数百人参会到1998年上千海归与会,可以说,"留交会"见证了数以万计的海外学子从广州登陆回国创新创业的辉煌篇章。

颜光美给广州人才建设进程中的服务意识提供了太多的启示。没有服务,没有真心实意的热忱服务,国内外的优秀人才哪能齐聚广州?

从无到有到强:鸿基创能的伟业

2019年对鸿基创能团队来说是不平凡的一年。这一年,鸿基创能的产业走上正常轨道。2019年3月27日,"情系黄埔,氢芯中国"鸿基创能膜电极项目竣工暨HyKey1.0产品发布仪式,在位于广州黄埔区的广州高新技术产业开发区举行。鸿基创能膜电极项目的厂房位于广州开发区宏远路8号,处于粤港澳大湾区和广深港科技创新走廊的核心位置。这个晚上,邹渝泉博士走出鸿基创能的总部,长舒一口气,氢能源产业化已经朝着梦想的方向前进了。

两年前,邹渝泉从加拿大的公司辞职,回国创业,最后他把创业地址选在广州。一路走来,有艰辛,更有收获之后的欣慰,真是让他百感交集。

邹渝泉出国后,从事燃料电池研发工作,曾参与奔驰公司最新一代GLC燃料电池汽车膜电极,及其他重要组件的研发与生产,他成为加拿大AFCC公司资深科学家,先后申请了11项国际专利。

2015年,世界上第一款氢燃料电池诞生;2016年,中国燃料电池迅速进入产业化方向。虽然国内的氢能与燃料电池产业仍处于起步阶段,但邹渝泉看到其中蕴藏着巨大商机,产生了回国创业的想法。他在加拿大工作期间,结识了现在的一些合作伙伴,其中就有加拿大国家工程院院士叶思宇博士、国内燃料电池质子交换膜的技术领头人唐军柯博士,等等。英雄出于同源,英雄所见略同,鸿基创能的八名初创成员达成一致意见,回国创业。

通过海交会,又多次走访广州,创业团队了解到广州提供给海外人才的优越条件,大湾区已经开始布局新能源产业链。广州的黄埔区、广州开发区已在为新能源汽车产业链提前谋划布局,为氢能产业在大湾区发展创造有利条件。最终他们决定落户广州。

鸿基创能是目前国内燃料电池领域领军人才密度最高的企业,拥有以加拿大国家工程院叶思宇院士、邹渝泉博士和唐军柯博士为核心成员的膜电极技术团队。其中叶思宇担任鸿基创能副董事长兼首席技术官,他是加拿大国家工程院院士、巴拉德前首席科学家,拥有20年以上的燃料电池研发产业化经验,为燃料电池领域的国际级顶尖专家。

氢能源的产业链很长,团队认为要做核心技术,必须保持专注性,他们要"掘金"的地方叫作氢燃料电池膜电极。这块神奇的"膜",看上去像一张平平无奇黑色的"纸",但怎么撕都撕不开。它的构成有十几种基础材料,包括铂金等贵金属,虽然薄如无物但实际由很多层组成,可以隔绝氢气、氧气防止互窜,组成稳定的化学反应场。当它被组装进电堆里时,可以稳定工作10~20年,并保持优越的性能。技术是高超的,前景是广阔的。鸿基创能创办之初,团队就达成了共识:要加强产学研结合,打造一个完整的、自主的燃料电池产业链,保障国产膜电极的不断发展。

鸿基创能要生产产品,需要9米高的厂房,而现成的厂房一般没有这个高度的。广州开发区了解到这个情况,开会商量,为了缓解他们的资金困难,推出先租后让模式,后来才找到现在的厂房。为了缩短资金周转周期,在叶思宇院士的指导下,鸿基创能通过和设备厂家的紧密合作,一边进行设备制造,一边研发生产自己的膜电极。在无尘车间和生产线都还在建设时,他们已经发布了第一代膜电极产品,并获得了市场的订单。

2019年9月9日，广州市黄埔区、广州开发区对外发布《促进氢能产业发展办法》（以下简称"氢能十条"）。"氢能十条"公布以后，与鸿基创能合作的资金、项目纷纷上门，产品订单增长更快。

广东省一直坚定推进燃料电池核心技术的自主创新攻关，培育本土化核心技术企业。广东省科技厅会同省发改委多次深入鸿基创能，促成鸿基创能连续参与了广东省科技厅2018年、2019年的重点领域研发计划项目；同时，公司核心技术团队也成功入选广东省2019年"珠江人才计划"创新创业团队。

2021年3月18日，六家氢燃料电池头部企业与重庆市九龙坡区政府签订合作协议，将投资40亿元合作建设全球领先的氢能科技产业园，打造中国西部（重庆）氢谷。邹渝泉博士所在的鸿基创能科技（广州）有限公司也在其中。邹渝泉博士及其创业团队正在坚定地朝着氢能源产业化的方向跨越式挺进。

邹渝泉博士出国求学，在海外从事科研工作，后来回国创业，这条海归的典型路径，在广州屡见不鲜。邹渝泉们之所以能够毅然回国并成功创业，除了他们的那一颗颗拳拳爱国之心，还与广州市无微不至的人才服务密不可分。

广州人才工作，尤其在引进海外人才方面，没有引人注目的、布局宏大的硬件建设和工作细致全面的服务平台这对翅膀，就不可能实现腾飞，二者的结合、双翼的平衡，相得益彰。广州在加大力度建设广州国际生物岛"千人计划"示范园区，打造南沙"粤港澳人才合作示范区"、中新广州知识城院士创新基地和广州开发区、天河区等国家级人才管理改革试验区的同时，也倾力打造了海外人才综合服务平台，依托广州市人力资源和社会保障局和下属的广州留学人员服务管理中心，不断创新服务模式，充分发挥海外人才作用。

多少年过去了，多年的持续探索成绩有目共睹，广州城市的繁荣也日新月异。广州的海外人才服务平台就像一块不可抗拒的、具有超强吸附力的吸铁石，让无数海外赤子心生倾慕，相携相伴前来安家落户，创新创业，描画人生的宏伟蓝图。

在广州的海外人才亲切地把广州海外人才服务平台称作"我们的娘家"，这一点儿都不会让人感到奇怪。

二 创新创业之孵化梦想

新世纪以来的第二个10年,或者说党的十八大召开以来,面对激烈的人才竞争新局面,广州以全新的姿态果断摁下人才建设的"加速键"。广州大手笔设立了高达10亿元的高层次人才专项扶持资金,启动了"广州市创新创业领军人才百人计划",不断优化高层次人才和高新技术着陆广州的软硬件环境,大力吸引海外人才及高层次人才到广州创新创业。

什么对人才具有长久的吸引力?无数来穗创业的人才心里清楚得很!在广州将创新创业事业经营得风生水起的海外人才,几乎都不约而同地说出发自肺腑的两个字——"服务"。没错!服务才是真正的吸引力。早在20世纪末,广州市委、市政府就意识到打造海外人才综合性服务平台的重要意义。广州市政府依托市人社局下属的留学人员服务管理中心全力精心打造了一个综合性的人才服务平台,事实证明,近20年来,这个平台在服务人才、引进人才、用好人才方面作用非凡、贡献巨大。

广州市大力扶持"创新创业领军人才",建设各类留学人员创业园、科技企业孵化器,让数万海外人才在广州这片热土上实现梦想,成就人生。

"人才港"和"服务包"

天河区委、区政府重点打造了公益性创新创业人才服务平台——天河人才港。天河人才港通过统筹政府、市场、社会等各方资源,以人才集聚引领技术、资本等创新要素集聚,助力政府打造完整的创新创业生态链,逐步建立与天河高端、高质、高新现代产业相匹配的人才服务体系。天河人才港汇聚了30余家专业服务机构,秉承服务创新的理念,根据"双创"不同阶段,为人才在天河的发展全过程提供更加高效、务实和专业的配套服务。

2020年8月13日,来自新加坡的联合环境投资(广州)有限公司,参加在广州国际金融中心"红棉心语"党群服务站举行的"人才服务带动区域经济高质量发展主题交流会暨天河人才港服务体系发布会"。在会上该公司获得天河人才港颁发的"2020心动天河人才创业项目落户服务包",享受场地支持、落地财税、项目护航、人才招聘、人才培训、团建文化、项目融资、海外拓展等10项优惠服务,市场总价超40万元。2020年8月19日公司落户广州市天河区博汇街。在这么短的时间落户广州,初步完成公司建立的联合环境投资(广州)有限公司,注册资本3000万美元,是从新加坡落户天河的外商投资的金闪熹灯饰、昇月文化等八个天河区重点引进的创业项目之一。这是天河区引进外来公司的例子之一,也是为吸引外来优秀人才,天河区推出的极具吸引力的服务的体现。

天河人才港服务特点有三:一是"服务到家";二是服务升级;三是服务贴心。"服务到家"主要体现在服务站的推广上,它挂牌八个广州小样青年社区(天河人才港)服务站。广州小样青年社区(天河人才港)向远洋新三板孵化基地、Brinc、智汇park等11家区内科技企业孵化器,猎德街、五山街两个试点国际社区,授予广州小样青年社区(天河人才港)服务站牌匾,来天河创业的人才公司不再需要到位于软件路的天河人才港去办理相关业务，在落地园区中就能零距离享受天河人才港的服务。服务升级主要体现在服务的高效、省时。实行一站式服务，向社会各界推出"2020心动天河人才创业项目落户服务包"2.0版本。该服务包尽量地缩短创业公司的申办时间、程序，让来天河创业的公司，可以在最短的时间完成注册，顺利落户，大大节省公司的时间、金钱。2020年上半年，天河人才港"礼享服务"已为26家企业发放人才服务大礼包，兑换80项"双创"服务，总服务金额价值550万人民币。服务贴心主要体现在帮助企业解决后顾之忧方面。在企业落户后，天河人才港又协助企业办理子女入学、申请人才公寓等具体事项，解决人才的后顾之忧。

孵化器不是一台机器

在国家和广东省政府的号召下，广州兴起了一股创业热潮，出现大批创业孵化基地，如越秀区的广东电科院能源技术有限责任公司，天河区的孵客创业公社、金发科技创新社区、广州国际企业孵化器有限公司、广州联炬科技企业孵化器有限公司，黄埔区的视联科技园，荔湾区的广州五行数字创意园有限公司，海珠区的广州市海珠高新技术创业服务中心等。

PCI·未来社区是广州上市公司佳都科技旗下新建专业孵化器，建成后短时间内运营业绩就达到头部孵化器水平。

2019年12月18日，PCI·未来社区的黄志坚来到海交会特别设置的展区，他是PCI·未来社区的展区负责人，为海外人才项目的落地提供精准对接服务。黄志坚已经多次参加海交会，对于引才和服务他有自己的看法。他认为首先是要做好宣传。2018年海交会重点宣传海归人员的成功创业事迹，这对海外人才非常有吸引力。每年的人才政策会有一些细微的变化，他和同事们都会提前熟悉政策文件，好及时为海归人才提供尽可能详细、可靠的信息。毕竟，人才政策的变化，在项目咨询中是相当重要的一环。

有的海外留学生想回国，也有外国留学生想留在中国创业。有几位来自非洲的留学生在广东技术师范大学就读，他们学习的是计算机与网络营销相关专业，正因为对中国的营商环境和理论课程都比较熟悉，他们希望通过自己的创业将中国的电商模式带回非洲去。黄志坚发现，来咨询的一些留学生拥有自己的项目，有的在一些比赛中还获过奖，所以想在广州成立属于自己的企业。要成立企业肯定有场地需求，因此要进一步沟通，了解双方意向，告知他们企业入驻后，平台能为他们提供怎样的服务。有相关意向的留学生还可以参加平台的配套活动，亲自前往PCI·未来社区咨询。

PCI·未来社区总部设在天河区科韵路的一栋橘色与灰色相间的建筑里，有近80家企业入驻。这里提供了安静、高档、独立的空间，并且可以在最短的时间内获得相关信息、了解政策，获得国家对企业的帮助。这是一栋非常具有生命力的创业楼，楼下有餐厅、图书馆、咖啡馆，设施齐全，生活方便。楼上有各种类型的办公室：联合办公卡位、独立房间、独立楼层等，适合不同类型的投资者。

PCI·未来社区为企业提供实在优质的服务，助企业成长：对企业进行政策辅导，帮助人才落户，提供产业对接；提供科技金融服务，建立专业化的金融服务团队，为中型企业量身打造"融资小管家服务"，从企业诊断、可行性分析到融资放款提供一站式服务；建立新e代学堂，每周三为"天使开放日"，搭建投资人与创业者交流平台；帮助创业者梳理商业模式，寻找更多的资金支持；设立创投会客厅；引入广东省创投协会，省创投协会副秘书长长期驻点服务。

不少在此创业的企业已经在业界崭露头角：广州云从信息有限公司，专注人脸识别技术，2019年获广州"独角兽"创新企业；广州至真信息科技有限公司，专注移动广告应用分发平台，获2019年广州"未来独角兽"创新企业；广州拓尔思大数据有限公司，致力于大数据应用，已跨入国内大数据行业前列；图普科技，致力于零售行业数字化，被评为广州"高精尖"企业，等等。

以"双创"人才大赛促进人才服务

举办创业人才竞赛是共青团广州市委服务青年人才的重要举措。广州市共青团通过举办多种比赛为"双创"人才提供优质服务，大量优质企业和创新人才在大赛中涌现，其中最有代表性的是"科创杯"和"青创杯"。

2020年6月18日，第九届中国创新创业大赛（广东·广州赛区）暨第五届羊城"科创杯"创新创业大赛正式启动。大赛可为企业人才进行极速微诊断和大赛辅导培训，比赛中专家的点评打分、建言建议，可帮助投资人打磨创业模式；大赛可让参赛者接触到大量同行业人员，彼此拓宽了业务发展及事业平台；大赛还让参赛者接触到更多的优秀企业，也让更多的优秀企业关注到更多的优秀人才，实现人才与企业的双向流动。此外，还在一定程度上实现了与资本的对接，可以获得银行和其他投资机构的注资。大赛在广东催生了广东康云科技、广州技象科技等一批高成长性的科技型企业，集聚了一批高水平的创新创业人才，也促进了一批优质科技成果转化落地。

大赛从不向参赛企业收取任何费用，并且继续结合广州市科技型中小企业技术创新专题，对优胜企业给予相应奖励补助。对大赛初创企业组各行业赛一、二、三等奖企业分别给予100万元、60万元、30万元奖励补助。对大赛成长企业组各行业赛一、二、三等奖企业分别给予200万元、150万元、100万元奖励补助。除上述奖励补助外，还根据各行业决赛情况，对各行业若干优胜企业给予一定奖励补助。在赛后可为企业提供信贷产品一站式筛选、投资机构量身式对接、政策标签匹配与推送、技术成果高效转化等持续性的要素匹配服务，有针对性地解决企业发展中的困难，多方位加速企业发展。据了解，2019年广州赛区301家获奖企业获政府奖励支持总额超过1亿元，225家企业获得银行贷款11.5亿元，获投资超过10亿元。

2020年8月12日，"青创杯"第七届广州青年创新创业大赛决赛结果揭晓。陈智诚团队的"折叠空间"获得二等奖。这一次获奖对陈智诚和他的团队而言，意义非凡。不仅是赢得赛事，更重要的是获得了比赛提供的相关支持，帮助企业走出困境，为日后的成长壮大找到了机会。这次比赛让他们公司获得数万元奖金，以及在税收、场地费减免等方面的扶持，还有青创平台提供的相关辅导及平台资源，其职工可以申请人才公寓。对于他们这样的港澳创业团队，广州还会提供更多、更优惠的政策。

陈智诚来自香港，曾在暨南大学主修经济专业，大学期间，就参加了学校的创业团体，接受学校专门为大学生提供的创业培训。一次机会，让他关注到团市委组织的"青创杯"，也让他更多地了解到关于港澳青年在广州创业的一些优惠政策。还在暨南大学读书的时候，他就在考虑公司选址的事，经过多次走访考察，最终确定把公司落户南沙。从筹备到落户，南沙青创中心提供了一站式服务，还帮助公司申请了南沙青创人才公寓。新落成的南沙青创人才公寓坐落于"创汇谷"粤港澳青年文创社区，是园区重要的配套服务之一。那里单套间48平方米，有厨房、卧室、卫生间、阳台，家电家具都配备，拎包即可入住，月租仅收1 000元，是市场同类房源价格的50%～70%。按规定，他们还可以申请每月1 500元的生活补助。

这已经不是陈智诚的第一次创业了，上一次他们的项目是智能门窗，惜败；这一次的项目是"折叠空间"，属于智能家居范畴，是刚需。经过这次比赛，该项目的发展方向经过专家精心打磨、投资人论证，最终获得认可，并引来部分资本的注入。

像陈智诚这类在广州创新创业的青年人才还有很多，只要是有才能、真心创业的青年人，广州都能给予一定的扶持和帮助。在青年人才创业的过程中，如果出现资金困难、技术困难，以及设计与投产落实方面的困难等，广州的人才优惠政策、广州共青团的培训引导、孵化平台的牵线搭桥和细心周到的服务，总会在很大程度上帮助创业者。这不，对以后企业的发展，陈智诚和他的团队信心满满。

每次大赛经过初赛、复赛评审，分别选拔出创新青年英雄前10强、创业青年英雄前10强、青创服务英雄前10强。围绕大赛，广州共青团还推出极具特色的青年人才培训服务：一是为初创青年提供各类创业基础培训，打造"青创工坊"；二是为大赛100强提供创业培训和实训等服务，举办封闭式训练营；三是为100名创业青年开展青创班，进行跟踪培训和辅导；四是招收百名优秀青年民营企业家，开展领航班培训活动。当然，广州共青团还会为青年才俊们提供后续扶持。据了解，针对青创榜入榜的青年人才，主办方将为青年人才在成果转化、创新创业、政策对接、培训提升、宣传推广等方面给予系统孵化扶持服务。这些丰富而有力的服务举措，吸引了广州大批本土青年留在大湾区创业。

广州共青团举办大赛，达到了培育人才、宣传人才、选拔人才的目的。至2020年广州共青团连续举办了七届"青创杯"广州青年创新创业大赛，持续多年的赛事，大大提升了本土青年的创新创业能力，为大湾区培养了许多本土科技人才。我们看到的是创业比赛，实际上广州共青团的目的是要做好青年创新创业人才"挖掘""培育""维系""服务"工作，为粤港澳大湾区和广州国家中心城市建设贡献力量。

服务技能人才："粤菜"和"家政"

"粤菜师傅"工程改变了许多广州年轻人的人生轨迹。2019年5月，在广州市"粤菜师傅"培训基地，2019年广州市粤菜师傅技能竞赛正在进行，黎永泰、马健雄等23位来自广州知名酒店的总厨和烹饪大师组成专家团队担任评委。

广州市轻工技师学院的陈洪亮正在展示刀功,手起刀落,不及细看食材即在他手下整齐如发丝。陈洪亮初中毕业就来广州市轻工技师学院学习烹饪,仅刀功就学了一个月,手指被切伤了很多次。陈洪亮早就规划好自己的职业路线,毕业后先去星级酒店学厨,将来自己开店。

利落的马尾发髻、服帖的围裙,在广州创办的"点子厨房"里,美女厨师陈明媚正在小心翼翼地将卤水鹅肝切片,再点缀上应景的芦笋、蚕豆,一道清爽的粤式鹅肝就完成了。陈明媚本是艺术学院毕业的大学生,因为爱好,参加了"粤菜师傅"工程培训,将来准备成为一名粤菜师傅。

孔建雄是广东清远人,2016年在第三届广州市技能大赛中获中式面点项目季军。他先供职于广州酒家,从2008年接触粤菜,如今已成为一名合格的"粤菜师傅","粤菜师傅"工程项目彻底改变了他的人生轨迹。

还有很多人……

2020年4月广州市出台《关于深入推进"粤菜师傅"羊城行动 促进餐饮从业人员稳岗就业工作方案》,推出11条措施助"粤菜师傅"稳岗就业。"粤菜师傅"工程项目,至2020年6月已经帮助广东5万多农民工获得"粤菜师傅"证书,鼓励包括农民工在内的城乡劳动者学习厨艺,专研食品知识,为农民工成才打开了新通道。

2021年3月25日《广州日报》报道:广州"南粤家政"羊城行动助推毕节就业扶贫。做保姆也能"高大上"。2019年11月广州颁布"南粤家政"羊城行动方案,11月27日广州被确定为全国家政服务行业提质扩容"领跑者"行动重点推进城市。在广州市政府的推动下,广州市家政服务综合平台成立了,并推出"安心服务证"项目,至2020年5月,已经推出了2万张;20多万名家政服务员纳入平台诚信登记,注册企业143家,并与多家平台共享数据。广州市家政服务综合平台,让从业者更专业、更有尊严、更有权益保障；同时让雇主放心，保证服务质量。

"南粤家政"羊城行动方案推行以来，广州家政有了良好的发展。市人社部门也出台帮扶减免补贴，政府还联合民间资本配置了174家"羊城家政"基层服务站。从业人员开始年轻化，学历大大提升。27岁的张茉莉是"51家庭管家"的工作人员。她2016年从武汉大学毕业，进入"51家庭管家"工作，从最低职员做起，深入家政一线；2017年升任管家部主管，2019年成功获得股权激励，成为公司新股东。上万的月薪、多样化的福利，张茉莉很满意，对未来的工作生活充满自信。

"南粤家政"已经成为广州新增就业的蓄水池和人才服务的新模式。

"人才公寓"的故事及其他

2020年6月10日，中铁十九局集团广州工程有限公司人事部王主任告诉刚入职的符蓓，她可以申请人才公寓。符蓓抱着试试看的心理，递交了申请。她把资料传到公司，公司又统一在南沙区企业综合服务平台提出申请。7月10日，她接到通知说可以租用人才公寓，并通知她去签约。从递交申请到签约成功，仅仅20个工作日她就实现了心愿，没想到这么快！

人才公寓位于广州市南沙区政府旁的南沙青俊公社。7月15日，入住钥匙发放仪式在南沙青俊公社举行。拿到钥匙，符蓓非常开心，来广州三年了，终于有了自己的独立空间。符蓓的套间在22楼，面积48平方米，配有厨房、卫生间、卧室、阳台。

打开门，符蓓惬意地、发自内心地笑了，一切都是那么令她满意。洁白的墙壁，湖蓝色的窗帘，非常温馨。扫视房间，家用电器竟然一样不缺：崭新的空调，银灰色的冰箱，白色的洗衣机，小巧可爱的电视。厨房的设备也一应俱全：橱柜、油烟机、电磁炉、消毒碗柜，卫生间里有淋浴热水器，热水24小时供应。除了电器，家具也配备完善。卧房内有一个原木色的衣柜，符蓓走近了细看：这是一个三开门的衣柜，散发出淡淡的木香。她打开衣柜，里面干净、宽阔，足够存放一个人的衣物和床褥用品。床头还配了两个小床头柜，可以装上台灯，再另外装些小物件。室内还有一套尺寸合适的桌椅，平时可以放电脑办公，吃饭时腾出来还可以当饭桌。符蓓乐了，这真的完全可以满足她的日常生活所需了。

卧室连着阳台，光线良好，视野开阔，空气清新。推开玻璃拉门就是户外阳台，阳台宽大，很好晾衣服，屋顶上已经做好了晾衣服的杆子。拉开阳台门，一股温暖的海洋气息扑面而来，远处还依稀可见白色的海浪，以及在港口穿梭的影影绰绰忙碌的身影。

符蓓环视阳台，心里盘算着，准备在阳台添一张躺椅，然后她的想象就飞起来了：在周末的下午，在阳台上躺着晒晒太阳，喝喝下午茶；在夕阳下，望望远方，发发呆；在夜晚，仰望辽阔深远的星空和远处璀璨的城市灯光……想着这一切，她几乎都要醉了。

这时候还是中午，符蓓都有点等不及了，她想晚上到二楼体验一下那些公共设施。二楼开辟了995平方米的公共活动空间，包括健身房、阅览室、会议室、影视厅、公共厨房等配套设施，这是南沙人才公寓为像她这样的人群打造的优质、舒适的公共空间。

……符蓓很快就搬过来住下了。

搬到这里后，符蓓上班很方便，坐公交车10分钟就到了公司。这极大地方便了她的生活和工作，也让她舒心不已。

有时她也会感到占了很大便宜：人才公寓的租金仅为市场评估价的50%，具体点说，该区域普通公寓租金市场评估价为每平方米32元，而她的人才公寓租金只要每平方米16元；不仅如此，人才公寓的物业管理费也低于市场价格，为每平方米4元。也就是说，一间48平方米的人才公寓租金为768元，物业管理费为192元，每月合起来仅须支付960元就足够了。这样的居住成本在广州委实不高，她完全承担得起！

刚刚毕业来广州工作的符蓓，对这个包容性很强的城市有了强烈的归属感，现在的她，已在心底暗暗地盘算着长久在广州安家的事儿了。

对了，符蓓是刚刚毕业的。广州的人才服务工作，一直都在为高校服务，促进大学生的就业。

高校毕业生找不到心仪的工作，企业难招到合适的人才，这种信息不对称在就业市场上一直存在。为减少这种矛盾，促进人才合理流动，2020年广州各级政府部门与众多知名人力资源服务机构合作，比如仕邦人力、欢雀科技、前程无忧、BOSS直聘，推出各种线上线下系列论坛、沙龙、展览、对接会等活动，举办线上线下招聘会、"双一流"高校推介会，帮助毕业生克服找工作难的问题。

广州市各区政府将人力资源企业平台引入高校，加强双方合作。它们先了解高校的人才实际情况，了解学校人才专业特点、人才就业愿望，再介绍相关平台，引入合作；让人力资源企业提供针对性的培训，帮助提升高校就业率，为企业引进合适人才。

2020年7月25日，天河人才港携广州市欢雀科技有限公司来到广东邮电职业技术学院，在听取了广东邮电职业技术学院的领导介绍毕业生情况后，公司当即提出可为即将实习的学生提供就业前培训服务，帮助提升学院毕业生的就业率。

服务高校，在引才的源头上下功夫、做文章，加强高校与人力资源企业的联系，这是广州市委、市政府以及相关职能部门一直在努力做的事情。

三　服务港澳台青年人才

都是一家人：服务港澳台

2018年对于在内地的港澳青年来说是不平凡的一年，这一年他们实现了从"境外人"到"湾内人"的转化。根据国务院办公厅印发《港澳台居民居住证申领发放办法》的通知精神，按照公安部的统一部署，广东省386个受理点于2018年9月1日起全面启动港澳台居民居住证申领受理工作。

在天河区华景路的暨南大学科技产业大厦里，林俊文看到这一消息，兴奋非常。林俊文来自香港，在广州学习、生活、创业十多年。2007年，林俊文考上大学，当时他和家人很看好内地的发展，于是他报考了暨南大学的物流管理专业。完成本科学业后，他在暨南大学读研究生，学习企业管理，之后又继续攻读博士学位，学习国民经济学。林俊文一直在广州学习，边学习边创业，学完了继续创业，如今家也安在广州了。

林俊文的创业经历很丰富，做过很多项目。作为一个香港青年，在内地创业，曾面临诸多不便。比如，早些年香港与内地的征信系统没有联通，所以，他没有办法在内地办信用卡或贷款。香港每过几年就会更新港澳通行证信息，号码会变，所有通过原港澳通行证注册的银行卡、社保等，需要不断更新，最多的时候他一个人曾有过七个社保号。又如，身份特殊使得他在内地工作生活遭遇不少困难，之前只有一个"回乡证"，很多事情做不了，无法购买五险一金，无法注册使用移动支付，想买车也没法参与摇号。他还碰到过更麻烦的事，有一次他需要从广州到桂林出差，赶到车站后发现"回乡证"丢了，而他无法像内地居民一样通过办理临时身份证来购票，最后未能成行，这事让他烦心得很。

林俊文不是个案。2012年就来到广州从事AR（增强现实技术）领域创业的香港人萧铭乐发现：用"回乡证"无法注册公众号，无法通过微信公众号来进行品牌宣传推广，甚至在购物网站上也没法进行实名认证。

幸运的是，如今随着"港澳台居民居住证"制度等一系列便利化举措的不断推出，上述种种不便将成为过去。有了"居住证"，港澳台居民在内地可以依法享受劳动就业、社会保险、住房公积金三项权利，可以享受六项基本公共服务：义务教育、基本公共就业服务、基本公共卫生服务、公共文化体育服务、法律援助和其他法律服务、国家及居住地规定的其他基本公共服务。可以享受到九项便利：乘坐交通运输工具，住宿，办理银行、保险、证券和期货等金融业务，与内地（大陆）居民同等待遇购物、购买公园及各类文体场馆门票、进行文化娱乐商旅等消费活动，在居住地办理机动车登记，在居住地申领机动车驾驶证，在居住地报名参加职业资格考试、申请授予职业资格，在居住地办理生育服务登记，国家及居住地规定的其他便利。

广州还在继续推进服务港澳台人才的服务。2019年6月1日，广州市大湾区领导小组印发《发挥广州国家中心城市优势作用支持港澳青年来穗发展行动计划》，推出15项措施，推行"乐游广州""乐学广州""乐业广州""乐创广州"计划，吸引港澳青年来大湾区发展。同期广州市人社局还制订了《关于鼓励港澳青年来穗发展行动计划》，确定12项任务，为港澳青年来穗创业制定专享服务政策：港澳居民可按规定申领创业培训补贴、一次性创业资助、创业带动就业补贴，在穗创业可申请个人最高额度30万元，小微创企业500万元。

"百企千人"实习计划

自2016年以来,南沙连续五年开展"百企千人"实习计划,这已成为粤港澳大湾区融合发展的一个重要载体和平台,超过1500名港澳青年人才从这个窗口了解南沙的优势和未来:通过暑期集中实习,并利用周末时间组织开展各类主题社会实践活动,增进港澳青年学生对粤港澳大湾区城市群经济社会发展,特别是自贸区南沙片区的认识和了解;进一步加深港澳青年学生对国情社情、创新创业以及南沙人才政策的认识;亲身体验职场实况,加深对内地就业市场、职场文化及发展机会的了解,从而协助青年学生订立职业生涯规划,并借此积累工作经验,建立人脉,增强专业技能和职场竞争力。

2019年7月22日,郭嘉乐通过"百企千人"计划,来到广州实习。郭嘉乐就读于香港浸会大学生物学专业,是土生土长的香港人。在广州实习的六个星期里,他了解到南沙医疗科技、生物科技方面发展的规划,很看好这些领域的前景。

与郭嘉乐同一批到广州实习的还有提前一周左右到的黎志宇。与一直在香港生活的郭嘉乐不同,黎志宇的经历则是初二跟随父母从湛江迁往香港,在香港读完初中和高中后来到广州,进入暨南大学学习市场营销专业。来南沙实习后,黎志宇认识到广州南沙和大湾区未来的发展潜力很大,实习锻炼了他,促使他将所学知识运用在实际工作中,他的职业规划更加明确。

2020年7月22日,港澳青年学生南沙"百企千人"实习计划启动礼在广州南沙"创汇谷"粤港澳青年文创社区举行,港澳青年学生代表约150人参加了活动。

中国政法大学学生、香港青年代表陈映彤在南沙法院实习,积累了较多经验,阅读案件,了解法院流程。来自北京大学的澳门青年曾诗滢攻读的专业为城乡规划，通过实习，意识到澳门的产业单一，澳门的未来离不开粤港澳协同发展，打算在湾区内找工作，在湾区内发展。

2020年，共青团广州市南沙区委员会、南沙区青年联合会首次推出港澳应届毕业生"职场精英"就业见习计划，开发超100个薪资水平高、吸引力大、竞争力强的港澳青年专属就业岗位，这将为港澳青年在南沙实现高质量就业奠定坚实基础。其中，广州南沙金控集团有限公司是"港澳青年学生实习就业基地"正式挂牌企业之一。南沙金控集团首次参加"百企千人"计划，提供了四个岗位，实行"一对一"师徒制度，为这些实习生找好师父，让他们尽快上手，方便日后更快、更好地融入工作。

办法想尽，但求方便港澳台青年人才

各项扶持政策颁布以后，为真正将政策落实到方方面面，政府各职能部门提供了更加细致专业的服务。

团市委开通了港澳青年咨询专线。2019年5月在12355广州青少年服务台开通了港澳青年热线，为港澳青年在穗创业生活提供咨询服务，通过此平台港澳青年可以获得相关知识：如何获得求职技能培训，如何开办私人诊所，如何申办个体工商户，等等。

政府与民间资本共同打造"港澳青年之家"。2017年，天河区成立全省首个港澳青年之家，为来广州创业的港澳青年"量身定做"，提供创新创业、学习交流、实习就业、安居乐业四方面的服务指导，先后设立港澳青年创新创业基地四家，帮助扶植近百家港澳青年创办企业落地广州，成为名副其实的港澳青年"创业苗圃"。

政府提供法律援助。2019年5月，天河区政府在天河区公共法律服务中心成立广东省首个港澳青年支援中心，为港澳青年解决生活创业中遇到的困难。两年来，该中心多次为来穗港澳青年提供法律政策咨询服务，针对港澳青年在大湾区创业常见法律问题进行普法宣讲，服务港澳台创业青年近200人次。

政府相关部门提供精准的税务服务。在港澳青年创新创业基地之一的珠江新城的寰图办公空间，天河区税务部门进行了粤港澳大湾区个税优惠政策的宣讲。通过宣讲，广州木启商务咨询有限公司创始合伙人吴茵对政策规定有了更为全面和透彻的理解。像政策宣讲这种送服务上门的例子，已经是广州各级政府部门的常态性工作。

税收与金钱直接相关，是很多创业者最为关心的问题。为了让港澳青年在创业过程中有信心，并能得到切实的收益，税收上的优惠和便利是越来越多了。

香港人潘广升，至2020年在广州尚品宅配工作已三年多。他感觉近年有关港澳人士来内地发展的支持政策越来越多，税收优惠政策和便利政策也越来越多，而且纳税负担不重。潘广升当初之所以选择来广州工作，是综合考虑到薪资待遇、个人发展等因素。他认为，内地经济发展速度很快，企业成长很快，可以提供的机会更多。现在的他，已打算在广州长住，而且他有很多朋友也越来越倾向于到广州发展。

据尚品宅配财务总监余丽坚介绍，包括香港员工在内，公司员工都能享受到去年以来的个税改革红利。截至2020年7月，公司个人所得税基本减除费用累计减除金额已达3200余万元，住房租金等六项专项附加扣除累计减除共480余万元。

在南沙金融大厦办税服务厅的港澳青创税务驿站，香港创业者苗季体验了驿站的使用方法。苗先生在内地出生，后来在香港学习、结婚、工作。2015年前后，苗先生辞职来到广州寻找合适的创业平台。苗先生认为："广州靠近香港，语言相通，创业环境好，有不少针对港澳人士的支持政策，是理想的创业之地。"一开始，苗先生依托一家健康科技企业，在其支持下做自己的创新医疗器械项目——一款康复用外骨骼机器人，赢得了市科技局的重点项目资助。他发现广州南沙医谷孵化基地优势明显，而基地对项目及创业团队也特别认可，双方一拍即合。后来，他单独成立公司——广州爱米医疗科技。公司初创，要考虑的问题相当多，税务是其中很重要的一块，毕竟香港和内地的税制差异较大。他的很多税务项目都是在南沙的湾区双创税务驿站（2019年8月青创税务驿站升级）完成的——平台提供各种贴心、智能化的设施和服务，为港澳青年在内地创业提供了极为便利的条件。

此外，广州已支持符合条件的港澳专业人士在穗申报职称评审、参加职业资格考试和从业执业，认可港澳职业资格（工种）32项，让港澳青年在广州可以更便捷地就业。

广州近年来围绕"湾区所向、港澳所需、广州所能"，为港澳青年来穗发展提供多元化服务，打造粤港澳大湾区青年创新创业高地，建成了粤港澳（国际）青年创新工场、"创汇谷"粤港澳青年文创社区和广州市天河区港澳青年之家等一批港澳青年创新创业基地。据统计，截至目前，广州已建成港澳青年创新创业基地44个，入驻项目团队600余个，涵盖了高新技术、电子商务、生物医药、艺术动漫等逾20个领域。

而让广大港澳台人士更关注的教育政策也有了实质性的发展。

2019年9月广东首个公办港澳子弟班开班。9月3日，广东华侨中学首届港澳子弟班的同学们迎来了他们开学的第一课。广东华侨中学高一年级港澳子弟班一共有12名同学，其中香港学生8人、澳门学生1人、台湾学生3人。从2019年9月开始，广州市教育局在广东华侨中学试点设立市属首个公办性质的"港澳子弟班"，为港澳适龄学童在广州市就读提供多元化且有质量的基础教育公共服务。港澳子弟班招收持有港澳台居民居住证的港澳学童、适量台湾学童，以及华侨等其他符合条件的转学生。该班按照教育部关于普通高校联合招收港澳台侨学生统一考试大纲和考试科目要求开设课程，同时开设兼顾粤港澳特色的相关课程，如岭南特色课程、国学课程、国际理解课程以及STEAM（即科学、技术、工程、艺术、数学）等综合科学、综合人文课程等。选择班级管理经验丰富的教师担任班主任，并配备懂粤语的中青年骨干教师担任专职导师。目前广州已在11所学校开设港澳子弟班。2019年2月发布的《粤港澳大湾区发展规划纲要》中提到："打造教育和人才高地……加强基础教育交流合作，鼓励粤港澳三地中小学校结为'姊妹学校'，在广东建设港澳子弟学校或设立港澳儿童班并提供寄宿服务。研究探索三地幼儿园缔结'姊妹园'。研究开放港澳中小学教师、幼儿教师到广东考取教师资格并任教。"

截至2020年10月，广州为在穗的港澳居民定向提供872套人才公寓，并开始推进将在穗的港澳居民及其子女纳入全市医疗保障范围，让在穗6551名港澳居民可参加养老保险、2.3万名港澳学生能同等享有医疗保险。

令人难忘的是，新冠肺炎疫情期间，许多港澳青年仍然奋斗在广州。

2020年2月，在疫情最艰难的时候，土生土长的香港人李剑禧"投奔"广州女友孙嘉晞开始创业，项目是短视频。创业初期，条件有限，二人既是编剧、演员、导演，又是化装师、道具师、摄影师、剪辑师，一切都需要李剑禧和孙嘉晞亲力亲为。对于之前完全没有接触过这个行业的二人来说，想要开创一片新天地并非易事。他们第一时间入驻了"天河区港澳青年之家"，这里不仅为他们申请了人才公寓，还在税务、法律、市场等多个方面为他们提供咨询、培训、代办等帮助，这让他们的创业项目很快就正式启动了。忙完一天的工作，小情侣会与朋友们一起运动健身，吃饭喝茶，谈天说地……穗港两地的生活差异在他们身上几乎不存在。李剑禧开始逐步真正融入广州的生活圈，他真心希望有更多的港澳青年来内地体验一下，来广州体验一番，因为体验过才知道祖国有多么强大，有多么支持港澳青年的人生发展。"推开心窗的世界更大，前面风景，都可以入怀……"一首广为传唱的歌曲《共同家园》，道出了粤港澳年轻人融入共同家园、拥抱美好未来的热切渴望。

诸如此类的很多服务工作，广州正如火如荼地进行着，无一不是为了更好地服务港澳台人才。

对这一切，我们在看着，大家在看着，全中国也都在关注着。

| 第八章 |

无限延伸的人才建设之路

2020年12月16日，中国共产党广州市第十一届委员会第十三次全体会议通过了《中共广州市委关于制定广州市国民经济和社会发展第十四个五年规划和二〇三五年远景目标的建议》。其中提到，"十四五"时期是我国开启全面建设社会主义现代化国家新征程的第一个五年，是广州实现老城市新活力、"四个出新出彩"，巩固提升城市发展位势的关键阶段。会议强调，将使广州的现代产业体系更具竞争力，关键核心技术实现重大突破，全面建成具有国际竞争力的科技创新强市、先进制造业强市、现代服务业强市、人才强市，实现新型工业化、信息化、城镇化、农业现代化，涌现一批带动创新发展、支撑全球产业链供应链的总部企业和头部企业……

路漫漫其修远兮，吾将上下而求索！

发展没有尽头，中国梦正在实现的途中，中华民族的伟大复兴还需要举国上下不懈奋斗。2021年3月召开的全国两会，特别强调要"创新驱动"，而创新的根本在人才。一切发展都离不开人才，一切都要以人为中心，全国如此，广州更是如此！广州的人才建设规划胜利走过"十五""十一五""十二五""十三五"，如今已迈入"十四五"。成绩和胜利永远属于过去，眼光必定要朝向未来！

要育各领域人才而养之，要聚天下英才而用之！

一　人才建设"新"导向

2021年3月初的全国两会，明确了要准确把握新发展阶段，深入贯彻新发展理念的精神。年初，有一则与广州相关的新闻激起全国人民心头的那一丝波澜，说的是"广州出现招工逆向潮，老板排队站街被工人挑"。有一个服装厂老板在接受媒体采访时称："现在是工人挑老板，简单工作招到人的概率还大一些，比较麻烦的工作根本没人愿意做，日收入五六百元仍很难招到人。"这个略带点戏谑意味的新闻，实则反映了我国中低端制造业目前所面临的窘境，更为复杂和多元的深层次因素还有待社会各界去进行分析。总的来看，这一现象涉及产业升级的普遍问题。

2021年为国家"十四五"规划的开局之年，也标志着我国进入一个新发展阶段，推动并实现各行各业高质量发展成为必然趋势。服装厂老板集体站街等工人挑这一"奇怪"现象告诉了我们，国内企业应该主动顺应变革趋势，在产业升级、提升质量与品牌效应上多做文章。只有秉持新发展理念，在新发展阶段中再上新台阶，才能实现企业的可持续发展。

上面只是我们谈论广州在新阶段人才建设导向的开篇语。

2020年全国全面实现小康，消除绝对贫困，中华民族再次创造了人类发展史上的一个奇迹！由此，国家的发展也踏上了新的征程。作为改革开放前沿阵地，历来推崇"敢饮头啖汤，敢为先行者"精神的广州自然不会甘居人后，自然会涌起"再创新辉煌"的雄心壮志！习近平提出"新时代新阶段的发展必须贯彻新发展理念，必须是高质量发展"。践行国家意志，推动经济社会高质量发展，务必坚持以创新为第一动力。广东省积极响应号召，紧盯世界产业发展前沿，大力发展新技术、新业态、新模式相结合的产业新主线，于2020年并远期展望到2025年而制定发布了《广东省人民政府关于培育发展战略性支柱产业集群和战略性新兴产业集群的意见》，其中结合广东发展的现状以及独特优势，列举了十大新兴产业的发展远景规划，其中的"高端装备制造产业""数字创意产业"和现代服务新兴行业的发展尤为引人注目。广州是广东的省会，是粤港澳大湾区的核心之一，可谓得天时地利人和之便，必然会率先扛起广东新兴产业转型发展的大旗。

20世纪80年代，以广州为中心的整个珠三角的制造业发展如火如荼，壮丽辉煌，全中国都流行着这样一句顺口溜："珠江水，广东粮，岭南衣，粤家电。""广东货"有口皆碑，畅销全国，不断更新着全国人民的现代生活体验。而眼下，高端制造业的发展不仅能丰富人们的生活体验，还有着重新定义未来的可能性。现代科技的发展一日千里，容不得善于进取的广州人半点懈怠。制造业的"高端"在于技术含量高，知识、技术密集，是多学科和多领域"高精尖"技术的继承，同时位于价值链高端，具有高附加值的特征。

以广州制造业为代表的广东省高端装备制造业的发展领域，主要包括智能机器人、高端数控机床、轨道交通装备、海洋工程装备等。就目前来看，广州的高端装备制造业整体上存在大而不强的问题，研发创新能力不足导致核心关键技术和战略性产品整体上处于产业链的中低端环节。这一领域从全球来看，产业链高科技含量、高附加值的关键环节基本被美日欧等发达国家和地区所掌控，包括广州在内的中国制造业，在很大程度上面临高端缺失或失守的困境。这是广州不得不面对的非常严峻的现实！毕竟，与传统制造业相比，高端装备制造业的发展绝不是以往长年累月、重复单一的流水线生产模式所能造就的，其追求发展的复合化、智能化与开放性。由此，高端装备制造逐渐演变成为全球范围内智力的角逐。推动高端装备制造业的发展，核心在技术，关键看人才，打造超前研发能力与实际操作能力相结合的人才梯队，是制造向"智造"转变的重要法则。广州对此必须有清醒的认识！

尽管如此，以广州为代表的广东省凭借自身"绳锯木断"的恒心和韧劲，承受着传统制造业向高端制造业转型升级的阵痛，仍然占据着全国乃至世界范围内制造业的一些高地。这也是令人欣慰的现实！

"从无到有，从有到强"，这不仅是广东制造业发展的写照，广东数字创意产业的发展也同样验证着这句话。别的不说，先就通信产业而言，改革开放初期，有句话是这样流传的："广州有一怪，自行车比电话快。"广州尽管是广东的省会，在历史上也有足够骄傲的资本，是华南地区第一大城市，也是全国少有的超大城市，但当时其通信产业的薄弱令人吃惊。然而截至2020年，广东全省已经开通5G（第五代移动通信技术）基站11.64万个，全省5G用户达3 053.3万户，规模均居全国第一。据广州市工业和信息化局党组书记张晓波介绍，预计在2022年实现广州市5G信号的全覆盖。广东通信产业今昔变化是广东数字产业发展的缩影，数字产业同样经历了从无到有的巨大改变，这为广东和广州数字创意产业的发展打下了坚实的基础。数字创意产业的发展，就是要去实现数字产业从有到强的飞跃。广东省根据实际情况发布了《广东省培育数字创意性新兴产业集群行动计划（2021—2025年）》，介绍了数字创意产业这一现代信息技术与文化创意产业相融合的新兴经济形态，提出广东省"以数字技术为核心驱动力，以高端化、专业化、国际化为主攻方向，巩固提升优势产业，提速发展新业态，打造全球数字创意产业发展高地"。这是一个长远的发展目标，广州在实现这一目标的过程中，自然应该发挥无可替代的领头作用。数字创意作为新兴产业与传统数字产业发展的不同在于，传统数字产业的发展往往以技术为主导，而数字创意产业以文化创意为核心、以科技支撑为脉络，其发展的决定性因素是要具有创新意识和创新能力的人力资源，打破较高的技术（专利）壁垒以及人才壁垒。针对这一导向，广州以后的人才建设与发展，自然也要围绕这一要求去下大功夫，要用猛力。高端装备制造业的发展搭建起广东省发展的脊梁，数字创意产业如开局利剑，其发展将渗透到教育、文化、民政等多个社会发展的分支和领域。

与高端装备制造业相比，广州的现代服务业发展，则可被视为广州形象工程的精心打造，这是面向广东的，也是面向全国乃至全世界的。现代服务业是以现代科学技术，特别是信息网络技术为主要支撑，建立在新的商业模式、服务方式和管理方法基础上的服务产业，其发展涉及很多领域。它将不仅突破传统的消费服务业的既有模式，还包括新的生产服务业、智力（知识）型服务业和公共服务业等新领域。以"文旅+"文化旅游发展模式为例，其并非专指单一的旅游产业，或是旅游和文化的简单相加，而是以优质的文旅资源为基础，符号"+"后面则是一个无限的集合："文旅+5G"打造智慧文旅；"文旅+体育"发展广东地方特色马拉松、越野赛、徒步行等体育旅游项目；"文旅+乡村"契合全国和广东地方的乡村振兴战略；等等。可见，"文旅+"便是典型的、涉及多样综合发展因素的新型服务产业，广州的人才建设发展方向，可以在这一领域有所偏重、有所建树。

广东省立足自身发展实际情况，以习近平关于广东发展的重要讲话与重要批示精神为指导，始终坚持广东发展稳中求进，发展战略性支柱产业以求"稳"，发展战略性新兴产业以实现"进"，重点产业的稳步发展为广东整体发展提供坚实的支柱，而新兴产业的创新发展可开拓新的经济增长点，以增强广东省发展活力。尤其是大湾区成立之后，包括广州在内的广东迎来了一次发展的新契机。

大湾区是以香港、澳门、广州、深圳四大中心城市作为区域发展的核心引擎的，同时粤港澳大湾区是以广府文化作为核心文化的。2017年7月1日，习近平出席《深化粤港澳合作 推进大湾区建设框架协议》签署仪式；2019年2月18日，中共中央、国务院印发《粤港澳大湾区发展规划纲要》。按照该规划纲要，粤港澳大湾区不仅要建成充满活力的世界级城市群、国际科技创新中心、"一带一路"建设的重要支撑、内地与港澳深度合作示范区，还要打造成宜居宜业宜游的优质生活圈，成为高质量发展的典范。粤港澳大湾区与美国纽约湾区、旧金山湾区，日本东京湾区并称为世界四大湾区。大湾区的成立，将广州产业的全面升级真正地提到了日程上，而人才建设和培养就必须以全新的导向去施行。

国家的相关政策和经济的支持，为广州新兴产业的发展开阔了视野，开辟了路径，构建了大规模前进、发展的基础、框架。人力资源是实现创新发展最活跃的因素，无论是技能型人才、科技型人才，还是现代服务业人才，都是促进产业创新发展的宝贵资源。追求地方发展，实现产业链与人才链的良性贯通成为未来发展的新趋势，所以提升人才竞争力，摆正人才建设的新方向，才是提升产业高质量发展之根本。

二 人才建设与产业升级相匹配

2020年12月28日有条新闻，大概体现了人才建设与产业升级相匹配的趋势——中国广州人力资源服务产业园天河先导区正式开园。作为广州首个开园运营的人力资源服务产业园先导区，其将与广州（国际）科技成果转化天河基地、天河区科技金融集聚区融合发展，着力构建开放共享的创新人才服务生态体系，推动更多人才、资本、技术等高端要素集聚天河。广州的这一举措可谓顺势而为，极为生动！

2018年11月，广州获批国家级人力资源服务产业园项目，这是人社部第一次提出"人力资源服务业商圈"的概念。广州市人社局表示，获批设立国家级人力资源服务产业园，将有助于广州进一步提升人力资源服务业发展水平、推进全球创新人才高地建设、稳定就业和促进就业创业，为促进经济高质量发展，实现"四个走在全国前列"奠定坚实的基础。"人力资源服务业商圈"概念的提出，既是对广州人力资源服务产业园特色的肯定，也是对我国人力资源服务业发展方向的新探索。

时机不等人。广州市迅速构思，尽快搭建起"一港一圈一区一基地一大厦"的人才建设思路，即"天河人才港—天河人才资源服务业商圈—中国广州人才资源服务产业园天河先导区—粤港澳大湾区（广东）创新创业孵化基地—广州南方人才大厦（筹建）"，打造人力资源服务产业发展大格局。

这是人才服务层面上的升级。说明了什么？说明了产业升级后，必须有与之相匹配的人才服务产业。不过，有一个问题也会同时升浮起来，产业升级，人才建设也应该做到同步升级。也就是说，先进制造业等产业的升级、现代人才服务业和人才建设是三位一体的，呈掎角之势，三者相绑相系，才能形成一个固定、成形的铁三角。

事实上，广州在以数字经济赋能先进制造业强市建设中已交出了一份令人满意的答卷，战略性新兴产业占地区生产总值比重从2017年不足20%提高至2019年的24%，2019年先进制造业占规模以上制造业增加值比重达64.5%，数字经济核心产业占地区生产总值比重约17%，产业基础能力和产业链现代化水平不断得到增强。比如，广州开发区的明珞汽车装备公司的装备制造业已实现智能化操作，智能加工生产线的创新大幅提高了生产效率，机器有效工作时间从原来的65%提高到95%以上，工人作业时效从30%多提高到80%。这只是广州产业集群升级的一个缩影，制造业的数字化和智能化，正全力加速迈进。

按照广州市中小企业智能化数字化赋能三年行动方案的目标，到2022年，将培育不少于100家智能化数字化赋能标杆中小企业，示范带动智能化数字化转型。而且，广州正在布局构建高端创新平台体系，在全球创新指数（GII）的排名实现了连续四年大幅上升，从2017年位列第63位跃升至2019年的第21位。2020年，广州首次与深圳、香港组合，形成"深圳—香港—广州集群"，全球排名第二，不仅高于美国硅谷产业集群，也极大程度上缩小了与排名首位的"东京—横滨集群"的差距。

不仅如此，广州正在统筹重大生产力项目的布局建设，以人工智能与数字经济为主攻方向，以"引、建、储"滚动式推进重大项目的实施和完成。其中，广汽智能网联新能源汽车、百济神州、乐金显示、粤芯芯片等一大批重大项目投产，广汽丰田四期、华为"鲲鹏+昇腾"生态创新中心、百度阿波罗自动驾驶基地、维信诺、小鹏汽车等一批重大产业项目也在加快建设之中。

形势喜人也逼人，形势严峻也暗藏发展机遇。这就是广州发展所面临的大环境。越是各行各业的产业在如火如荼地升级，就越是需要各类人才建设的跟进！否则，再好的发展形势也将只会遭遇青黄不接的窘境。

我们还可以从另一些层面来加深对广州人才建设与产业升级相匹配的认识。

随着我国劳动力所占人口比例的逐年下降，以往发展的人口红利渐行渐远。不可否认，这既是产业发展的挑战，同时也是产业升级的机遇。产业升级形成了有效的倒逼机制，逆向促使其发展从提高人才培养质量方面寻找新的突破口，实现产业的高质量创新发展。先进制造业、新兴数字产业以及现代服务业三大产业领域的发展，即已加快了产业转型升级的步伐，决定了培养与产业升级相匹配的高素质人才的发展，人力资源终究是产业创新第一动力。

2019年中共中央、国务院发布《中国教育现代化2035》，提出优化人才培养结构，推动职业教育与产业发展有机衔接、深度融合。其中，高校是人才培养的主阵地，应主动对接地方，聚焦行业发展走向，培育契合行业所需、服务地方切实发展的人才队伍，实现产业发展从依托"人口红利"向"人才红利"的转变。

广州在国家促进产教融合，实现创造力转变为生产力所进行的顶层设计与发展蓝图规划下，面对从"中国制造"向"中国智造"的产业发展新态势，面对智能化、数字化对于社会发展的深刻影响，面对现代服务业的转型升级，提升"广东服务"品牌的发展目标，都迫切需要更加强大的人才队伍作为支撑。高校应切实关注社会经济发展新趋势，聚焦经济发展对于产业转型升级的驱动，积极对接行业发展标准，不断优化人才培养方案和教学活动，培育与产业升级相匹配的人才资源，提高人才培养和产业转型升级的契合度。

产业的转型发展，其发展标准与用人标准都随之发生改变。高端装备制造业的发展是传统制造业的转型升级，相比于传统制造业流水线生产模式，从业人员夜以继日在生产线上挥洒汗水，从事机械劳动，高端装备制造业的生产线上凝结的则是整个生产线的智慧，所需的是实践能力和专业知识兼备的人才资源。

现阶段，高端装备制造业的校企合作，人才联合培养并非仅停留于口头或书面合作协议的浅层次合作上。曾在世界技能大赛原型制作项目中一举夺得金牌、现任职于广州市高级技工学校的黄枫杰介绍了其所在学校的校企跨界"联姻"、共育人才的联合培养方式：学校与企业签订相关人才培养订单，根据企业切实所需进行人才培养，同时企业会定期派遣企业内部高级工程师到校为学生进行课程教学与实践指导。这一技能人才培养方式，与德国的"双元制"有异曲同工之处。德国的高等工程教育被称为是"工程师的摇篮"，高级技能型人才的培养目标非常明确，"双元制"中的一元是学校，另一元则是企业，学校的主要职能是进行专业理论知识的传授，而企业则负责学生职业技能方面的培训。校企两个主体的联合培养模式，打破了学校与产业之间的阻隔，实现了学校专业老师与实践经验丰富的产业高层次人才在人才培养道路上的"同向同行"，提高了人才对于产业的适应程度，具有高度的借鉴性与推广价值。

广州市实现技能人才培养与产业升级的对接，现行还有另一种模式，即学校运用自己已有的机器设备，设立相应的实训基地，承接企业订单，直接进行简单产品的生产，学生可以直接参与到生产线当中，进行实地观摩、操作。但从其开办的实训基地来看，学校的实训项目还仅停留在传统、粗略的操作方面，现代化、智能化、精准度项目涉及严重不足，这同时也是其他高校实施产教融合的通病。高水平教育实训基地是集综合性、实用性、专业性于一身的新型产业合作平台，承担基本技能普及性培训、高端技能型人才培养和生产研究功能。实训基地的开办，不仅需要加强高级技能人才的基本操作能力，更应着眼于产业的升级，提高人才培养的质量；除了密切与产业的联系外，还应加大资金投入，引进"高、新、尖"机器设备与专业技术，提高人才操作能力，拓宽培养人才的视野。

相应地，广东省发布《广东省培育数字创意战略性新兴产业集群行动计划（2021—2025年）》指出，打造以企业为主体、市场为导向、产学研深度融合的数字技术创新体系。广州市与省里几乎同步采纳这个行动计划，这为数字创意产教融合发展指明了方向。现阶段，市场上数字创意运用最多的是虚拟现实与产品可视化两大领域，涉及范围十分广泛，包括医疗健康、装备制造、休闲娱乐、国民教育等多个行业，契合行业发展的蓬勃态势，为其发展提供充足的人力资源储备。高校在实施人才发展对接的过程中，应侧重于将"互联网+""大数据""云计算""人工智能"等新业态发展考虑到实训基地的完善当中，改善实训条件，针对性地优化实训项目，培育综合型数字创意产业人才。

广州在数字创意领域可谓领头羊，广州以外的广东省其他地区在实现数字创意产业校企联动、产教融合的实践探索中的经验可供广州借鉴。揭阳职业技术学院的电子商务创业学院所推行的"三联动"创新创业型人才培养模式，即能起到示范性作用。这所职院实行校内理论课与校外实践课联动的举措，根据职业标准和岗位需求进行有针对性的人才培养；数字创意与创新创业联动，鼓励将数字创意融入创新创业中，实现创造力转变为生产力；工作室与孵化器联动，工作室采用企业运营与管理模式，发展态势良好的工作室可入驻校企共建的校外孵化器，在学校和企业的资金、技术支持下进行创业活动。这些有效的人才培养模式，将数字创意产业与创新创业相结合，最大限度地实现了人才培养目标与产业发展目标的统一。

随着社会的发展、经济结构的不断优化，现代服务业已成为新的经济增长点。然而，现阶段现代服务行业面临着专业人才紧缺以及从业人员普遍综合素质较低的痛点，面对人才培养与产业发展的脱节，高校及其他相关单位在人才培养方面应密切关注行业的发展趋势，培育与产业动态变化一致的人才资源。除此之外，现代服务业与我们的生活联系得异常紧密且广泛，包括社会、政治、经济、文化等各个方面，所培养的人才应具备多个领域的知识，并且能实现多方面知识的融会贯通，具备综合性工作能力。所以在人才培养方面，还应注重多样化课程资源的开发，打造综合性实训课程，将最新的现代服务理念与职业能力新要求融合至课程实训中。

高端装备制造业与数字创意产业侧重于关注新技术与新业态的发展，建立起人才培养的第一课堂、第二课堂与实现产教融合发展的人才培养实训基地，提升了产业发展与人才发展的契合度。然而，现代服务业的发展涉及范围极其广阔，其实训项目的开展即存在成本投入高与涉及难以全面的问题。要解决这一问题，可有效运用数字创意技术的发展，创设网络全覆盖的多媒体教室，引入VR（虚拟现象）技术，进行各样场景的实地模拟，提供身临其境般的体验机会。产业的升级发展所需要的是高层次技术运用、实践能力与扎实的专业理论知识兼备的人才资源。以往将普通本科高校与高职院校的培养任务区分开来：普通本科高校所培养的对象具有完备的知识结构，但动手能力较差，理论与实践脱节；而高职院校所培养的群体，有较强的实际操作能力，但理论知识不足导致其虽然能很快进入生产线中，但是向上发展的空间颇有局限。现将人才培养与产业升级相匹配，在本科院校和高职院校都积极推进产教融合教育模式，注重理论与实践的并重，实现学校和产业的双赢。对学校而言，能够更好地把握产业发展的脉搏，有针对性地提高学生发展水平，提高自身的办学效率，实现毕业和就业、创业的零距离衔接，可有效解决人才培养与产业需求"两张皮"问题；对产业而言，学校所培养的人才后劲十足，为产业转型升级的顺利运作提供了更多的支持，可为产业持续健康发展进行长效保驾护航。

三 人才建设对接世界

人才建设对接世界，也即人才建设的国际化。广州有人才国际化的传统，这也是改革开放几十年来取得如此辉煌成就的重要原因之一。人才国际化加速从20世纪末、新世纪之初掀起热潮，这不仅仅局限于广州，可谓随着全球化加速而涌起的一股强大的国际潮流。几十年过去后，中国几乎在所有领域都取得了长足的进步。在刚刚开始的"十四五"规划开局之年，人才建设的国际化程度会更加深入，这是大势，是国家大势，也是广州的大势，忽视不得。

1999年12月底，第二届"留交会"已真正开始了全国性的对海归人才的争夺战。2012年中共十八大以来，广州，作为我国改革开放的前沿城市，曾吸引无数海内外人才前来就业创业。之后几年，为进一步增强人才吸引力和竞争力，广州又频出新举措。然而，广州的人才国际化程度还远远不够，创新的程度还远远不够，人才国际化不是目的，人才的国际化是要借机走向创新的康庄大道。也就是说，广州还有很长的路要走。广州的发展先行，其实也是中国以后发展追求的一个缩影。

就拿我们的邻国日本来做个简单的比较吧。近几年，日本的创新已经发生惊人的变化。日本已在抛弃低端制造业，而全力转向新材料、人工智能、医疗、生物、新能源、物联网、机器人、高科技硬件、环境保护、资源再利用等新兴领域。据《经济学人》杂志发表的2015国家创新质量（Innovation

Quality）报告，日本位列世界第三。创新质量的意思，就是该领域的创新到底有没有为经济的发展做出贡献。麦肯锡2013年罗列了有望改变生活、商业和全球经济的12大新兴技术：移动互联网、人工智能、物联网、云计算、机器人、次世代基因组技术、自动化交通、能源存储技术、3D（三维）打印、次世代材料技术、非常规油气勘采、资源再利用。这告诉了我们，什么才叫前沿科技；也从侧面告诉了我们，广州的人才建设应该向什么方向发展。在汤森路透评选出的《2017全球创新企业百强》榜单中，日本以39家企业入榜高居第一，美国则为36家，而中国内地则仅华为一家入选。这是多么大的警示！

所以，人才建设必须对接世界！否则，我们广州就不可能真正走向世界，不可能取得决定性的发展！

我们有一个词叫"闭门造车"，所谓"闭门造车，出门合辙"。但是，在全球化背景下，世界的发展瞬息万变，若再实行封闭式人才培养模式，其后果将不堪设想。当今世界的竞争归根结底还是人才的竞争，而人才的竞争已由区域性扩展为全球性，想要在国际上占有一席之地，人才培养与国际对接才是必由之路。人才的产生离不开教育事业的发展，高校在教育的过程中不仅应注重培养人才扎实的理论基础与高超的实践技能，更应放眼世界，重视所培养人才具有开阔的国际视野和国际化思维。

人才培养应放眼于世界，教育部等发布的《关于高等学校加快"双一流"建设的指导意见》中提出，为提高我国高等教育整体发展水平与人才培养能力，倡导深化国际交流合作，"大力推进高水平实质性国际交流合作，成为世界高等教育改革的参与者、推动者和引领者"。广东立于时代潮头，经济发展有目共睹，敢于创新，在高等教育办学与人才培养模式的创新上也进行了相应的探索。应该说，广州在国际化人才吸纳和人才培养上，还是取得了可喜的成绩的。但总体而言，现阶段广东省，包括广州市在内，国际化教育资源仍存在相当的局限性，不过辩证地说，同时也留下了巨大的、可提升的空间。

就广东整体的格局来看，国际化人才培养的局限性体现在以下几方面：一是课程体系不健全。首先在教学内容的选择上，涉及国际化和前沿化的教学内容还是偏少，或者存在照搬照抄现象，不考虑人才培养的实际情况。二是师资队伍建设不完善。教师是在人才国际化培养过程中的核心和主导力量，但局限于教师自身的国际化水平，国际化教学效果并不显著。由于资金不足、政策支持力度不够，教师的成长与交流多限于国内或校际，真正走出国门的占比仍不算高。三是对外交流渠道单一。比如，世界技能大赛是广州高端技能人才发展的重要渠道，同时也是人才放眼世界、进行国际化交流不可多得的窗口。但是，也存在因赛而赛的弊端，并不能将成果有效地转化，也不能在高技能领域与国际进行有效的交流与互相提高。有时，金牌荣誉可能超过了高技能本身的意义。所以这种类型的国际化人才与国际的对接，是伪对接，有点类似于应试教育的弊端，即成绩好并不等于能力强。

只有敢于正视痛点，才能实现更好的发展。广州的国际化人才培养肯定是存在诸多不足的，但不可否认的是，广州无论是其城市的国际化发展还是人才的国际化培养，仍具有浑然天成的区域和历史优势。早在2015年，广东省政府即发布《广东省参与建设"一带一路"的实施方案》，提出将广东省打造成为"一带一路"的战略枢纽、经贸合作的中心和重要引擎，其中广州和深圳即为两个核心城市。在后续的发展过程中，广东的确显现出其具有成为国际枢纽城市的显著优势，最新发布的2020年GaWC世界城市排行榜单中，广州市跻身前列，排在全球一线城市的第34名。同时，粤港澳大湾区的持续发力建设，也为广东省对外开放、资源引进提供了先行优势，这些对于广东人才的国际化培养也具有重要意义。

广州要借助地区优势，优化国际化人才培养策略，大力提高人才培养质量，以高校作为国际化人才培养的依托，立足自身，面向世界进行国际化教学调整与设计。为了培养具备国际化思维、掌握国际通用知识、明晰国际规则的人才，各类院校应学习世界上人才培养质量突出的高校，探究其办学理念与课程的设计安排。如美国麻省理工学院在培养高级技术制造人才时，在课程设计上提出"工程集成教学"与"大工程观"理念，强调人才的培养不能局限于技术的培养或是科学知识的积累，在课程设计方面还应该包括经济、文化、道德、环境等诸多因素。广州在高级装备专业与数字创意专业等科学技术实操性人才的培养中便可借鉴这一国际先进教育理念，并且结合我国实际提出的工匠型人才培养模式，在课程设置上不仅要注重知识与能力、过程与方法等培养目标的实现，还应加强情感教育与价值观板块的设计。

在课程内容的选择上除了要充分借鉴国外课程设计先进理念之外，国际化人才培养还可以充分运用信息化技术和数字化平台的发展。大数据开启了时代转型，成为推动社会创新、提升综合竞争力的新型利器。近年来，大数据也成为教育应用研究的主要对象，正悄悄影响着教育领域的各个层面，对于全球教育活动也产生了极为深远的影响。搭建数字信息平台，实现国际教育资源的共享，高校首先应做的是数字化教学环节的改善，突破传统的多媒体幻灯片课件教学模式，运用实时视频播放信息技术，实现国际化互动教学。其次，"云课堂"具备超强的便捷性与巨大承载量的优势特点，可以容纳丰富多样的课程资源与庞大的学生群体，线上教育手机端的技术也提供了随时随地学习的机会，为人才培养国际化的进一步普及提供了可能性。

此外，无论是面对国际化人才培养规模较小还是国际交流空间与渠道开拓不足的问题，都可以通过加大资金的投入得以有效的解决。提高广东省国际人才的培养水平，应突出政府的服务功能，发挥其财政权力，有针对性地拨款至本土国际化人才的培养与国际优秀人才的引进两大方面。本土国际化人才的培养，除了丰富国内国际化课程资源外，还可以通过支持人才"走出去"的方式，进行更为直接的人才培养。人才在国外的实地学习中，可以深入了解外国文化，开阔国际视野，其国际化发展动力得以激发。

支持人才走出国门，进行国际化培养，是一个长期的过程。有道是"远水救不了近火",所以在支持产业升级发展,或者促进国内人才的国际化培养中,积极引进国外优秀人才,也不失为一种高效的方式。广州有一个很久以前的成功例子,早在1985年,珠江钢琴厂的冯汉辉团队以大刀阔斧的勇气与魄力引进国外专家,最终改变了珠江钢琴的发展命运,这向我们揭示了引进国外优秀人才的必要性。

1985年,珠江钢琴厂的冯汉辉团队应邀参加德国法兰克福的钢琴展览会,他们的钢琴被放置于位置偏僻的楼梯底层,且被称为"不入流"的钢琴。冯汉辉团队当即下定决心革新钢琴制造,其关键是掌握核心技术,为此,他们高薪聘请外国专家进行技术指导。起初这一做法并不被理解,因为聘请一个外国专家的费用支出每天就要2万元左右,相当于一个中层干部的年收入。但事实证明,冯汉辉团队的决定是正确的,在一个月内外国专家就为珠江钢琴厂解决了跑音、击弦速度不稳等40多项技术问题。现在,珠江钢琴凭借着惊人的发展速度成为产销规模连续16年稳居全球第一的钢琴厂家,在如今的展览会上,珠江钢琴也常年位居VIP(贵宾)展厅的专门位置,备受好评。广州在产业升级发展与人才培养的过程中,应该受到珠江钢琴发展事例的启发。在全球化进程中,没有哪一个国家和企业能拥有绝对的优势或者绝对的技术垄断,广州应具备全球化视野,加大资金投入与政策扶持力度,以开放的姿态引进外来技术和人才。

早在2014年5月22日,习近平在上海召开外国专家座谈会并发表重要讲话时提到,要实行更加开放的人才政策,不唯地域引进人才,不求所有开发人才,不拘一格用好人才,在大力培养国内创新人才的同时,更加积极主动地引进国外人才特别是高层次人才,热忱欢迎外国专家和优秀人才以各种方式参与中国现代化建设。要积极营造尊重、关心、支持外国人才创新创业的良好氛围,对他们充分信任、放手使用,让各类人才各得其所,让各路高贤大展其长。

在广州对接世界、注重国际化人才培养的过程中,还应该做到全面动态关注与及时反馈，不仅对自身不擅长的领域进行密切的关注，博采众长，在自身走在发展前沿的领域也应该进行实时的国际发展动态关注。人才和技术永远都不会一劳永逸，也不可能做到一直高枕无忧。故而，忧患意识是必要的。但在吸纳世界优秀资源的同时，也不可迷失自我发展方向，国际化不等于同质化，国外无论多么先进的资源，必须符合中国的国情和文化才能具有生命力。对接世界发展的各种资源，要做出与广州实际发展所需的及时反馈，再投入发展实践当中，切忌囫囵吞枣般地全盘接受。这一反馈过程不仅面向广州，更应追求反馈循环圈的搭建，创造性运用实践范围内的各种资源，所获得的发展经验和成果，再次反馈给整个广东、全国乃至世界范围内的各个地区，为其发展提供丰富的广州智慧。

近年来，广州的世赛成绩优异，在全国甚至世界上都产生了较大的影响。"好犀利，广东仔，中国制造好威水"，这是赞扬技能人才的广州方言。通过世赛这一重要国际人才交流平台，广州的技能人才已初步在国际上崭露头角，颁奖台上多次传来的"China！China！China！"，这是令中国人骄傲的呼喊声、令广州人自豪的赞美声！这象征着中国制造产业升级在国际上已崭露头角，也多少意味着广州的技能人才已开始具有一定的国际竞争力。这是一个很好的兆头！但我们必须有一个清醒的认识，广州人才建设真正做到对接世界，尚需时日，尚须广州人一再发力。

四 优化人才发展之路

古语有云,"致天下之治者在人才",昭示了"得人才者得天下"的道理。可以说,人才是衡量一个国家综合国力的重要指标。2016年5月6日,习近平就深化人才发展体制机制改革做出重要指示:要树立强烈的人才意识,做好团结、引领、服务工作,真诚关心人才、爱护人才、成就人才,激励广大人才为实现"两个一百年"奋斗目标、实现中华民族伟大复兴的中国梦贡献聪明才智。这些指示明确告诉了广州,一定要优化人才发展之路,才能获得更长远的发展,才会取得更伟大的成就。

在广东经济社会转型追求高质量发展的过程中,人才类型的需求问题也发生了根本性的变化。创新型人才资源炙手可热,尤其是高层次创新型人才,包括新知识的创造者、新技术的发明者、科学技术新成果的转化者和新产业的开拓者,成为推动发展的第一资源。在人才需求发生改变的情况下,广州应进一步优化人才发展路径,探究高质量人才发展有效路径,进而提高地方综合竞争力,融入广东和国家的整体发展大格局之中。

广州有一些领域的人才发展之路的优化是可以加快速度进行谋划与实施的。

其一,筑牢引人育人前沿阵地,有重点、分领域打造人才服务站点。首先就高端技能人才的培养而言,主要还是依托高职院校。高职院校现行的人才培养方式,的确大大增强了实践能力与理论知识的结合,培养对象不再是传统意义上"下蛮力"的体力劳动者。他们也可以依靠自己的研究能力与实际操作能力在世界技能大赛的舞台上大放异彩，为国争光。但是，培养过程中另一突出问题仍不能忽视，那便是人文环境建设的缺失。在大多数高职院校中，人员组成结构单一，文化水平差异较大，求学于职业院校的学生可能在某一技术领域非常出色，但或许出于自身原因和外在的发展环境因素，导致他们的文化素养较普通本科高校的学生会逊色一些，且由于各类职业技能专业的学生各自的求学范围多局限于自身所在省市，难以接触到来自五湖四海的同学与文化，校园文化建设没有良好的环境基础，文化育人的成效也尚不明晰。

促进高技能人才人文素养的提升，注重校园文化建设，将"广府文化""工匠文化""劳模文化"融入人才培养的日常学习、生活当中。"广府文化"的代表有"粤菜""粤剧""粤曲""广绣""广彩""醒狮"等，以"广府文化"为依托，开展兴趣培训工作室，例如广州市轻工技师学院，大力推动岭南特色工艺和文化的传承，在校开办了玉雕、牙雕、木雕等15个工艺美术大师工作室。工艺美术走进校园，增添了校园色彩，这是对工艺、技艺的传承，同时也是对非遗文化的传承。除此之外，还可以开办多样的特色社团活动，包括"粤菜班""粤剧演绎""粤曲传播"等，丰富学生生活，丰富特色人才的底蕴。"工匠文化"和"劳模文化"更要切实融入技能人才的培养过程中，通过文化讲座、主题班会等树立工匠和劳模人才榜样，丰富技能人才的精神世界。

其二，互联网时代的到来催生了大数据的产生。随着数字科学的深入发展，市场更加渴求数字创意人才，这为高校培养数字创意人才创造机遇的同时也带来了挑战。数字创意产业是数字技术产业的进一步发展，是以数字技术为基础，进行数字内容开发、视觉设计、策划和创意服务等，更加强调人才的理性思维、逻辑思维的习得。产品的运作需要复杂且严密的设计，必须精通数学、统计学、计算机科学以及各种特定专业知识，同时在创新设计和创意开发的过程中又要求所培养人才具备感性思维能力，能做到"于无声处听惊雷，于无色处见繁花"，故其思维的敏锐性应领先于他人，善于捕捉一切信息并用到创新上。超强理性思维和丰富感性思维兼备的高要求，与之相应的是需要综合素质更高的培养对象。

数字创意专业作为近年来的新兴热门专业，无论是企方还是校方，或是学生个人与学生家长都不难预料其发展前景之广阔。各级各类高校看准这一时机，不考虑自身的办学条件和水平，为迎合市场盲目开设此专业招收学生，学生也"一窝蜂"地报考该专业，导致各个高校招收的学生综合素质以及知识水平参差不齐。高校不加以选择地进行数字创意专业人才培养，在教学过程中老师和学生会同样感到吃力，就算学生勉强毕业，因其所学不精也难以在行业中立足，更不用说推动行业的发展。这将造成学生时间和精力上的浪费，同时也是对教育资源的浪费。所以要根据专业特性，在选定人才进行培养时，应考虑到学生的具体素质与现有水平，同时提高办学门槛和入学门槛，高效汇集数字创意教育资源，进行人才的重点打造。

其三，现代服务业是相对于传统服务业而言的，其属于知识密集型行业，行业里服务产品中的知识、技术含量都有很大程度的提高，所以，广州在现代服务业人才培养方面，应大力引进服务新理念与新技术，重视人才培养的综合素质。现代服务业的性质决定了从业人员所接触的是专业性工作，故需要具备专业的知识储备，相应可以扩展资格证考核的领域，设立各个行业的从业门槛，同时为人才培养提供导向性的参考。此外，还应该重视人才培养的素质化。现代服务业的发展涉及诸多领域，从前"死"守着一套法则便可以在行业中永远立足的时代一去不返，适应行业的各种变化，培养灵活处理复杂事物的能力，需要提高所培养人才的学习能力及其求知欲望。"授人以鱼，不如授人以渔"，在现代服务业人才培养过程中，不仅要注重系统性专业知识的传授，更需要促使人才自我持续发展，以应对时代发展进程中的瞬息万变。

比如，"南粤家政"工程的实施，便颠覆了家政人员等同于保姆的传统观念。"保姆纵火""保姆虐待老人""保姆掌掴婴儿"等社会新闻屡见不鲜，瓦解了雇主对于家政人员的信任感，也破坏了整个行业的口碑。这种恶劣现象的出现，除了因为某些家政从业人员素质低下，还要归因于缺少上岗前的专业培训。广州打破这一行业困境，推出"南粤家政"工程，以保姆为重点，结合广东实际，加快开发生活照理、家居保洁、儿童看护等居家服务培训项目，并且制定了板块化的课程标准，编写了相应的培训教材，对家政从业人员进行系统且专业的技能、知识培训，以满足现代家政服务行业的市场需求。

以上只是就具体的容易被人忽略的领域来说的，难以面面俱到。从大的方向来看，广州人才培养路径的优化应该从整体上持续完善人才发展策略，从政策、服务上关爱人才，激励人才，发展人才。

广东省的一些人才发展政策，包括《广东省自主创新促进条例》《广东省促进科技成果转化条例》《广东省人民政府关于加快科技创新的若干政策意见》等，以及面向在粤优秀人才发放"南粤功勋奖""南粤创新奖""人才优粤卡"等人才发展方案，都是行之有效的，广州也都有类似的相配套的政策出台。这些政策大都从物质和精神两方面进行相关的奖励规定，尽力做好人才发展全覆盖的保障工作，包括人才就业、人才安居、人才医疗保障等相关领域，为人才发展提供了相应的"保驾护航"服务。

以"人才优粤卡"举例，不少人成为这一优惠政策的受益人，其中包括因此提升了自己生活水平的技能小将——莫镇安。他在接受采访时谈到，获奖以后最大的变化是"父母不用管我了"，可以看出父母对他成长的肯定，认为年轻的孩子也具备独当一面的生活能力了。他现在工作稳定，实现了自己多年来的买房愿望，并且能在空闲时间到国内外各地开阔眼界。同样，来自农村的黄枫杰的人生轨迹也因"人才优粤卡"以及相关政策的实施而改变。先前，黄枫杰一家在村子里是被人看不起的，因为家庭中有三个儿子，劳动所得大部分用以支持三个孩子完成学业，日子过得非常贫苦。等到黄枫杰在世界技能大赛上获得金牌的消息在村里传开，大家对世赛金牌的至高荣誉尚不了解；到黄枫杰出资为家里修建一栋三层楼的洋房时，大家方才感叹"这一家的好日子来了"。黄枫杰父母的生活也因儿子的成长、成才而变得舒心很多。两个政策受惠者也都同时表示，不会安于现状，一个打算成立自己的技术创新工作室，一个则将自己发展方向定位在成为"大师型""知识型"技能人才上。

无论是对于所培养人才个人生活的改变，还是对于其家庭生活的影响，都体现了人才发展优惠政策的力度之大，从大的格局上来看，这也是实现全民奔小康目标的一个重要组成部分。不过，相应的人才发展政策还应进一步完善，要充分兼顾新生代人才队伍和以往人才队伍的共同发展，既要固本，又要求新。广州应同时兼顾培养人才、引进人才和守住人才这几条线的"战争"，这样才能从容应对各地不断兴起的"抢人"大战。不过，无论是人才的引进还是本地人才的建设发展，都不可随波逐流，应考虑到自身的城市定位，以及城市发展所需人才的实际，以制定相应的人才建设目标，避免盲目"抢人""育人"而造成大量资源的浪费。

培养人才只是第一步，关键在于留住人才，不然到头来人才流失，终"为他人作嫁衣"。留住人才，除了给予其实质性的奖励外，还可以从改善社会环境出发，加速推动形成良好的尊重知识、尊重人才的社会氛围。青少年追星，娱乐业的发展风生水起，不少年轻人人生奋斗目标模糊，对国家政治、经济、文化领域的贡献淡漠，这足够给全社会发出警示。即使袁隆平和屠呦呦进中小学课本，也一时很难扭转一大批年轻人价值观扭曲的怪象，这是需要时间的，要从意识和观念上进行源头性的解决。所以，广州应刻不容缓地营造全社会尊重人才的良好氛围，大力宣传杰出人才事例，设立地方课程、校本课程，可以请相关人才直接进校、进企、进社区等进行宣讲，形成良好的爱才、敬才的社会氛围，以此净化心灵，激励后来者。比如，在抗击

"非典"和新冠肺炎疫情中有突出贡献的广州本土院士钟南山,就应该成为大力宣传和奖励的对象,弘扬正气,激赏知识,可在很大程度上增强广州这座城市的荣誉感和美誉度。

最后,广州人才发展之路的优化,应加强重点行业、重要领域、战略性新兴产业人才需求量的预测,应该充分认识到自身的短板和不足,更应融入国家的发展大格局之中。我们承认,自改革开放以来广州在人才建设上取得了辉煌的成就,但成就不能成为骄傲的资本,应该冷静地看到广州与国内、世界其他先进城市存在的差距。广州的国际开放程度和对外科技合作水平还远远不够,仍然需要大力提高。从国际人才集聚看,外籍人口只占广州常住人口比重的2.5%,与世界公认的国际大都市外籍人口占比5%及以上的标准仍有较大差距。广州高层次人才总量不大,真正的领军人才和复合型高端人才明显不足,这既需要大力引进,也需要由自身来培养。人才争夺战自2017年以来,在全国各大城市相继展开,各地纷纷出台极具诱惑力的政策,网罗所需的高层次人才。广州在这方面千万别落后于他人!从相关现实数据来看,人才净流入率方面,位于中国东部、南部和西部的杭州、深圳、成都三个城市位列全国前三;尤为令人瞩目的是,杭州以11.21%的人才净流入率位居榜首。深圳、成都人才净流入率依次为5.65%、5.53%。作为中国老牌一线城市"北上广深"榜首的北京,人才净流入率也只为4.38%,排名第五。相较于北京,广州就显得更为落后了,人才净流入率仅为1.42%。这个数据给广州敲响一记警钟!

早在2018年11月21日,《粤港澳大湾区人才发展报告》就在广州南沙举办的第五届"中国人才50人论坛"圆桌会议上发布。会议报告分析,2022年粤港澳大湾区将超过东京湾区和纽约湾区,在世界四大湾区中地区生产总值将排名第一,如此一来经济基础与完备的产业链也将为人才发展提供保障。但是会议报告也指出,粤港澳大湾区人才发展也面临挑战。目前大湾区受高等教育人口比例较低,据统计,受高等教育人才占常住人口的比例香港是

26.18%，深圳是25.19%，广州是20.00%，而东莞只有15.74%；大湾区当前科技创新成果转化率较低，具体体现为大湾区创新人才对产业发展贡献支持相对不足，以及技术的输出与吸纳能力均存在明显不足，等等。大湾区人才发展具有深厚的基础，但机遇与挑战并存。如何在此基础上为粤港澳三地合理打造一体化的人才发展优质环境，建设湾区国际人才特区？广州的人才建设在大湾区应该扮演怎样的重要角色？这些都是值得深入思考的大问题。

总之一句话，广州的人才建设之路，将是无限延伸着的……